ULRIKE KRONECK

Familiensache

MISSACHTET Walter-Hermann Budde, Besitzer eines Technologie-Unternehmens, wird verbrannt in seinem Haus gefunden. Hat Tochter Maja, von Enttäuschung getrieben, den Vater umgebracht? Sie ist nach der Tat spurlos verschwunden. Oder wurde Sohn Hanns-Martin zum Mörder des lieblosen Vaters? Er ist der erfolgreiche und doch nicht akzeptierte Nachfolger im väterlichen Betrieb und hat allen Grund, sich zu empören. Gelegenheit zur Tat hat auch der Enkel Sven, der nichts weiter will, als seine Mutter zu schützen. Die unausgesprochenen Erwartungen der vereinsamten Familienmitglieder und ihre verzweifelte Zwietracht machen sie alle gleichermaßen verdächtig. Im Geflecht schlimmer familiärer Verletzungen versucht Hauptkommissarin Johanna Kluge, die Wahrheit zu ergründen.

Ulrike Kroneck liest (als Lektorin für Sachbuch und Wissenschaft) und schreibt (ihre eigenen Bücher) in Melle-Buer bei Osnabrück. Ihr Berufsleben begann in Berlin, wohin sie nach wie vor zahlreiche Kontakte pflegt. Nach der Zeit in den Verlagen Cornelsen, Berlin, und Gütersloher Verlagshaus als Programmleiterin zog sie der Liebe wegen in die Provinz und arbeitet dort seit 2000 selbstständig als Lektorin, Herausgeberin und Autorin. Sie schrieb mehrere Sachbücher. Mit Johanna Kluge hat sie eine Gestalt geschaffen, mit der sie noch weiteren tiefenpsycholo

Bisherige Veröffentlichungen im Gmeiner-Verlag:
Selbstgerecht (2014)
Ehe, Affären und andere Vergnügen (2014)
Grundlos (2013)
Das Frauenkomplott (2012)

ULRIKE KRONECK

Familiensache

Kriminalroman

GMEINER SPANNUNG

Besuchen Sie uns im Internet:
www.gmeiner-verlag.de

Im Ehnried 5, 88605 Meßkirch
Telefon 07575/2095-0
info@gmeiner-verlag.de

1. Auflage 2016

Lektorat: Claudia Senghaas, Kirchardt
Herstellung: Mirjam Hecht
Umschlaggestaltung: U.O.R.G. Lutz Eberle, Stuttgart
unter Verwendung eines Fotos von: © animaflora / Fotolia.com
Druck: CPI books GmbH, Leck
Printed in Germany
ISBN 978-3-8392-1914-0

Personen und Handlung sind frei erfunden.
Ähnlichkeiten mit lebenden oder toten Personen
sind rein zufällig und nicht beabsichtigt.

1. KAPITEL

Johanna Kluge stand inmitten der Zerstörung. Das Skelett des großen Fensters, das in den ehemaligen Dielenbogen gebaut worden war, hing schief in den Angeln. Sie ging vorsichtig einen Schritt weiter in das ausgebrannte Haus, das zerborstene Glas knirschte unter ihren Stiefeln. Das Dach des Kottens war intakt, die Feuerwehrleute hatten ihr Zugang gewährt, es bestand keine Einsturzgefahr.

Mit einem Blick über die Schulter vergewisserte sie sich, dass es der Brandmeister war, der hinter ihr stand. Sie hörte seinen schweren Atem, mit dem er durch die Maske die Luft einsog. Auch sie trug eine Mundschutzmaske. Trotzdem roch sie die verbrannte Farbe an den Fenstern, die sich zu Blasen aufgeworfen hatte. Wie Rippen standen die Sprossen in den zum Teil noch erhaltenen Rahmen an allen Seiten vor dem Licht, das von außen auf sie geworfen wurde. In einigen Fenstern staken noch Reste der Scheiben.

Sie erfasste den Raum mit einem Blick um sich selbst. Er erstreckte sich über die gesamte Grundfläche des Hauses. Auf der linken Seite stand ein überdimensionales Sofa, dessen roter Samtbezug fast unversehrt war, die Sprungfedern von einem der beiden Sessel jedoch waren gesprungen. Der beißende Geruch von geschmolzenem Kunststoff stieg ihr in die Nase. Um diese Sitzgruppe herum schien der Teppich zum Teil verkohlt, über die gesamte Fläche verteilt lagen noch gut zu erkennende Reste von Stapeln von Zeitschriften.

Hauptkommissarin Kluge beugte sich vor und hob die obersten Exemplare eines Zeitschriftenstapels an, der wie eine schwarz verkohlte Pyramide wirkte. Es waren »Spiegel«,

»Bunte«, »Bild der Frau« und »Eigentümlich frei« darunter – eine unvermutete Mischung. Der geflieste Boden neben den Zeitschriftstapeln war voller Scherben.

»Lauter Flaschen«, sagte der Brandmeister hinter ihr. »Da auch.« Er wies mit der Hand auf ein Metallgestell vor dem nahezu unbeschädigten Sofa, inmitten dessen ein Scherbenhaufen und einige unversehrte Flaschen lagen.

Auf der rechten Seite des Raumes war der Rahmen eines weiteren Sofas auszumachen. Verkohlt stand es etwas schief inmitten eines Durcheinanders von Balken, an deren Ende es aus den Löchern der Verzapfungen ab und zu zischte und Wasserdampf aufstieg.

Die Leiche lag in grotesker Verzerrung an die gebrochene Rückenlehne gelehnt, die Arme wie im Schlaf angewinkelt, die Beine zum Kinn gezogen. Auf Höhe der Brust war das Muster des Norwegerpullovers zu erkennen, der sich wie eine neue Haut um den Brustkorb des Mannes gelegt hatte. Die Augen in dem völlig verbrannten Gesicht waren Höhlen, die Nase ein glatter Klumpen, der lippenlose Mund weit geöffnet. Das Ganze wirkte wie eine moderne, bösartige Inszenierung.

Hauptkommissarin Johanna Kluge beugte sich vor und betrachtete den Schädel. Der Mann war offensichtlich kahl gewesen. Es gab keine geschmolzenen Haare am Kopf. Sie blickte auf die Scherben hinter sich. Mit Sicherheit hatte er eine natürliche Glatze gehabt. Er hätte sich wohl nicht die Mühe gemacht, seinen Schädel zu rasieren.

»Das war Walter-Hermann Budde«, sagte der Brandmeister.

»Kannten Sie ihn?«, fragte sie und ging vorsichtig um die Reste des Sofas herum, um den Schädel von hinten betrachten zu können, ohne ihn berühren zu müssen. Mit ihrer Lampe leuchtete sie den Hinterkopf ab, aber mit bloßem Auge war nichts zu erkennen. Sie schluckte, der Geruch des verbrannten Fleischs stieg ihr in die Nase. Sie ekelte sich.

»Jeder hier im Dorf kannte den alten Budde«, sagte der Brandmeister in so selbstverständlichem Ton, dass Johanna Kluge stutzte.

Sie mochte es nicht, wenn sie auf zu viele vorgefasste Meinungen über einen Menschen traf. Das würde ihre Ermittlungen nicht erleichtern, weil sie sich zudem dagegen wappnen musste, nicht selbst mit Abwehr zu reagieren. Die stereotype Meinung über eine Person erleichterte möglicherweise das Leben der Menschen im Alltag untereinander, weil sie sich nicht mehr die Mühe machen mussten, genauer hinzuschauen. Der Brandmeister hatte – so vermutete sie – seine feste Meinung über Hans-Hermann Budde gewonnen und sie ihr mitteilen wollen, als er sie auf die vielen Flaschen aufmerksam gemacht hatte.

»Er ist der Besitzer von BudSol.«

»BudSol? Sie meinen dieses Großunternehmen?« Johanna blickte auf. Sie ärgerte sich, dass sie wieder einmal in ihre eigene Falle getappt war und ihm stereotypes Denken vorwerfen wollte, obwohl sie es war, die nicht unbefangen war. Dass in diesem Haus etwas aus dem Ruder gelaufen war, hatte sie auch ohne den Hinweis des Brandmeisters auf die vielen Flaschen wahrnehmen können.

Der Brandmeister nickte. »Als er vor zehn Jahren dieses Gehöft gekauft hat, hat er anfangs viel für die Gemeinde hier getan. Das Solardach der Bürgerhalle hat er gesponsert.«

Johanna Kluge stellte den fotoionischen Detektor an, den sie um die Schulter trug. Der Brandmeister beobachtete sie interessiert. Er war bei ihrer Ankunft ein wenig misstrauisch gewesen, dass er einer Frau als leitender Ermittlerin gegenüberstand, die darüber hinaus auch noch die angeforderte Brandermittlerin war. Obwohl seit 30 Jahren zunehmend auch Frauen in den Feuerwehren waren, schien dieser Bereich doch weitgehend eine Männerdomäne geblieben zu sein.

Der Brandmeister hatte sich nach kurzer Vorstellung in seine Rolle begeben und war ihr – immer einen Schritt hinter ihr bleibend, gefolgt. Jetzt stand er neben ihr und wartete, bis sie ihre Messungen beendet hatte. Für Johanna Kluge stand es auf den ersten Blick außer Frage, dass es sich bei diesem Brand nicht um einen Unfall handeln konnte. Wenn auch die Ursache des Brandes noch nicht feststand, so war doch augenscheinlich, dass das Feuer auf der rechten Seite des Heuerhauses ausgebrochen war. Der Brand war eindeutig vom Sofa, auf dem die verkohlte Leiche von Walter-Hermann Budde lag, und seiner unmittelbaren Umgebung ausgegangen. Außerdem – da war sie sicher, war ein Brandbeschleuniger eingesetzt worden. Walter-Hermann Budde auf seinem Sofa war das Zentrum des Geschehens. Von ihm aus hatte sich das Feuer ausgebreitet.

»Er scheint dort oben gewesen zu sein, als das Feuer begann«, stellte Johanna Kluge fest. Mit der freien Hand wies sie auf einen Ständer des Fachwerks im Innenraum, aus dessen Zapfloch es genau in diesem Moment wieder leise zischte. Es war Wasser, das verdampfte, weil im Kern der Balken noch die Hitze steckte.

»Ja, die ganze Hiele ist mit allem, was drauf war, runtergekommen«, stimmte der Brandmeister zu.

Johanna pflichtete ihm bei, obwohl ihr das Wort »Hiele« bis heute nicht bekannt gewesen war. Aber es war offensichtlich, dass der Brandmeister den Raum meinte, der auf halber Höhe der als Wohnraum genutzten Diele auf den ehemaligen Stallungen lag, die im unteren Teil dem Wohnraum zugeschlagen waren. Oben war normalerweise in solchen auf diese Weise umgebauten Kotten ein knapp zwei Meter hoher Raum geblieben, der über eine Stiege zu erreichen gewesen war. Auf diesen ehemaligen Zwischenböden wurden früher Heu und Stroh gelagert, die zur Versorgung der Tiere durch eine Öffnung in der Dielendecke nach unten geschoben werden konnten.

Walter-Hermann Budde hatte dort oben offensichtlich eine Bibliothek gehabt, die samt Regal dem Feuer Nahrung gegeben hatte. Hinter dem Sofa ließ ein Haufen unzähliger schwarzer Quader ahnen, dass es sich um eine umfangreiche Büchersammlung gehandelt haben musste.

»Ja«, stimmte Johanna Kluge dem Brandmeister zu. »Sie haben recht, das Feuer ist dort oben ausgebrochen.« Sie vermittelte den Kollegen gern das Gefühl, sie selbst hätten genau die Erkenntnis gehabt, die sie gerade formulierte. Es war ihrer Erfahrung nach eine gute Art, ein großes Team zu leiten und die unterschiedlichen Menschen mit ihren verschiedenen Neigungen unter einen Hut zu bringen.

»Jau«, stimmte der bärtige Brandmeister zu, »wahrscheinlich hat er dort gesessen und war betrunken, als das Feuer ausbrach.«

Johanna zeigte auf ihr Spektrometer, dessen Messungen so eindeutig ergaben, dass ein Brandbeschleuniger benutzt wurde, dass auf den Einsatz von Brandspürhunden und der Ermittlung einer anderen Brandursache verzichtet werden konnte. Der ovale schwarze Fleck, in dessen Mitte das Sofa des Hausherrn wie eingebrannt lag, ließ vor Johannas Augen das Szenario des Feuers ablaufen.

»Ja, dort oben hat er gesessen. Die Frage ist nur, wer ihn in Brand gesteckt hat.«

*

Mittlerweile war es dunkel. An diesem lauen Septemberabend hätte sie gut in einem Straßencafé ihren Abend ausklingen lassen können. Sie warf einen Blick auf die Uhr, als sie am KTU-Wagen aus ihrem Schutzanzug stieg. Sie roch an ihrem blasslilafarbenen T-Shirt, das den beißenden Brandgeruch angenommen zu haben schien, obwohl sie sich bis zum Hals zugeschnürt hatte. Der Brandmeister sprach mit seinen Leuten, die im Begriff waren abzuziehen, während er sie gleichzeitig interessiert musterte. Johanna Kluge war schlank und athletisch mit ihren 44 Jahren. Seit sie wieder allein wohnte, betrieb sie ein so regelmäßiges Sport- und Joggingprogramm, dass sie das Gefühl hatte, noch nie in ihrem Leben so fit gewesen zu sein. Sie schnüffelte an einer Haarsträhne, der Geruch nach verbranntem Fleisch stieg ihr in die Nase. Sie musste unbedingt unter die Dusche.

»Das ist ein ungeheurer Aufmarsch hier«, sagte Jakob Besser. Er hatte am KTU-Wagen gestanden und ruhig gewartet, bis sie sich aus dem Schutzanzug geschält hatte und ihm mit einem Kopfnicken signalisierte, dass sie fertig war.

Besser überragte sie alle. Mit seinen fast 1,90 war er nicht einmal der größte unter den unzähligen Feuerwehrleuten, die vor ihren Fahrzeugen und in Gruppen zusammenstanden. Einige der Männer waren groß und massig in ihrer dunklen Kleidung. Sie waren dabei, die Gerätschaften zusammenzupacken, das erste Löschfahrzeug manövrierte auf dem engen Hof, um zu wenden und abzuziehen. Jakob Besser schien mit seiner überschlanken Gestalt wie ein ruhender Pol inmitten der in Bewegung befindlichen Menschen und Geräte zu sein, und die Proportion von Länge und Gewicht und seiner extrem aufrechten Haltung ließen ihn noch größer wirken, als er war.

Johanna folgte seinem Blick und gab ihm recht. Das waren in der Tat viele Fahrzeuge und Menschen, die das Feuer hier zusammengetrieben hatte. Es waren nicht nur an die fast 40 Feuerwehrleute, wie sie schätzte, die das kleine Tal blockierten. Sie hatten schon bei der Anfahrt gesehen, dass zahlreiche Privat-Pkw auf dem Acker kurz vor dem Kotten standen. Das ausgebrannte Haus stand an der Nordseite eines großen mit Blaubasalt gepflasterten Hofes. An der gegenüberliegenden Seite war ein weiteres Wohnhaus, möglicherweise das ehemalige Haupthaus, zwischen beiden Wohnhäusern stand eine große Remise, die offenbar als Garage diente. Über den Hof zogen die Feuerwehrleute ihren Schlauch zusammen. Einige gingen über die angrenzende Wiese, auf der ein Dutzend Privatwagen parkten.

»Kaum brennt's, sind die Gaffer da«, hatte Jakob Besser kommentiert, während sie mit ihrem Einsatzwagen neben den anderen Wagen parkten.

»Vorsicht, Herr Besser!«, hatte sie ihn zurechtgewiesen, »nicht so vorschnell mit der Hochnäsigkeit.« Sie hatte ihm, dem Städter, der erst seit knapp drei Jahren bei der Osnabrücker Polizeiinspektion war, erklärt, dass auf dem Land noch die Freiwillige Feuerwehr komme. »Und die kommen von überall her, viele direkt von der Arbeit, mit ihren Privatwagen zum Einsatzort.«

Um Viertel vor acht waren sie und ihr junger Kollege Jakob Besser eingetroffen. Die Sonne war gerade hinter dem Hügel, der das Tal im Westen begrenzte, verschwunden und in der schnell einsetzenden Dämmerung muteten die vielen Löschfahrzeuge und die abgestellten Privatwagen ein wenig nach Filmszenerie an, bei der die Cateringfahrzeuge mit ins Bild geraten waren.

Jakob Besser hatte während der Zeit, in der Johanna Kluge die Ortsbegehung mit dem Brandmeister gemacht hatte, die ersten Befragungen vorgenommen.

»Wenn ich die verehrte Kollegin kurz ins Bild setzen dürfte«, beugte er sich zu ihr hinunter, da sich der Brandmeister bereits wieder näherte. »Das ist möglicherweise für das heutige Vorgehen von nicht unerheblicher Bedeutung.«

»Komm, du alter Quatschkopf«, unterbrach sie ihn, obwohl sie sich freute, dass er, in welcher Situation auch immer, in derselben herablassend ironischen Art sprach, die ihr so gefiel. Dieser Ansicht waren nicht alle Kollegen.

Die Forstarbeiter, die als Erste die Rauchsäule entdeckt hatten, standen am KTU-Wagen und schauten gewichtig in

Richtung der beiden Ermittler, die ihnen gegenüber auf der anderen Seite des Hofes standen. Einer von ihnen war hochaufgeschossen und hielt sich leicht vornübergebeugt. Es war nicht alltäglich, dass sich aus einem Rauch auch ein veritabler Brand entwickelte. Häufig genug fackelten die Bewohner der Häuser im Außenbereich ihre Gartenabfälle ab, und die Feuerwehr rückte aus, ohne Grund. Im besten Fall war die Sache mit einer Kiste Bier behoben, es konnte jedoch auch einmal sein, dass für den gesamten Einsatz aufgekommen werden musste.

»Das war um Viertel nach sechs«, rekapitulierte Jakob Besser. »Fünf Minuten später wurde der Feueralarm ausgelöst.« Die örtliche Polizei war unmittelbar mit informiert worden und mit dem ersten Feuerwehrfahrzeug weitere zehn Minuten später eingetroffen. »Und dann nach und nach die Leute von drei Freiwilligen Feuerwehren.« Schließlich wollte jeder dabei sein, wenn es mal ordentlich brannte, aber das dachte Jakob Besser nur, er wollte sich nicht noch einmal nachsagen lassen, dass er hochnäsig sei. »Der Löschteich liegt übrigens 400 Meter von hier, oberhalb.« Er wies mit dem Arm ins Dunkle hinter den Wagen, die sich nun mit Blaulicht, aber ohne Martinshorn wieder in Bewegung setzten.

Der Brandmeister hatte sich inzwischen wieder zu ihnen gesellt: »Um sieben Minuten nach halb sieben haben wir den ersten Angriff von außen gefahren.«

Jakob Besser zog seine linke Braue hoch. Johanna sah ihm an, dass er die Sprache der Feuerwehrmänner nicht kannte. Sie nickte dem Ortsbrandmeister aufmunternd zu.

»Mit dem zweiten und dritten Angriff«, fuhr er munter fort, »haben wir den Innenangriff vorbereitet und angefangen, die Räume abzulöschen.«

Nach einer Stunde hatten sie das Feuer im Griff. »Und beim Nachlöschen haben wir ihn dann gefunden, den alten

Budde.« Der Ortsbrandmeister zog bedauernd die Schultern hoch, als wollte er sagen, dass es ihm leidtue, dass er es nicht hatte verhindern können.

Johanna Kluge hatte sich gerade auf den Weg zum Kino machen wollen, als der Anruf von der Leitstelle kam. Sie schloss für einen Moment die Lider, weil dieser laue Septemberabend eigentlich anders hatte enden sollen. Bedauernd schaute sie auf ihr blasslila T-Shirt, das sich so angenehm auf den Körper legte, und etwas unwirsch schüttelte sie den Gedanken an den möglichen anderen Verlauf des Abends ab. Sie hatte sich nicht die Zeit genommen, sich praktischer anzuziehen, und nur 25 Minuten gebraucht bis zu diesem kleinen Tal im Wiehengebirge. Der Zuständigkeitsbereich ihres Kommissariats in der Osnabrücker Polizeiinspektion war groß, reichte vom Artland bis in den Grönegau.

Sie stand mit dem Brandmeister und Jakob Besser an der leichten Böschung neben dem abgebrannten Kötterhaus und betrachtete das sich langsam auflösende Durcheinander von Löschwagen und Feuerwehrleuten, die nach und nach in die Dunkelheit abzogen. Der Leichenwagen, der die Leiche des Walter-Hermann Budde in die Außenstelle der Universitätsklinik Hannover nach Oldenburg bringen würde, verließ den Hof. Das ausgebrannte Haus war mit Scheinwerfern beleuchtet, und die Spurensicherer nahmen ihre Arbeit auf. Sie würden den schwarzen Quadratmeter, auf dem das Leben des Walter-Hermann Budde zu Ende gegangen war, bis auf den letzten Grund Schicht für Schicht abtragen. Sie müssten den Brandort auch in den nächsten Tagen sichern lassen, denn diese Arbeit würde ihre Zeit dauern.

»Wo sind eigentlich die Bewohner des anderen Hauses?« Bei ihrer Ankunft hatte sie angenommen, dass sie mit auf dem Hof standen und das Geschehen verfolgten. Nun aber schien ihr eine seltsame Ruhe von dem Haus auszugehen, in dem weder Licht brannte noch sonst ein Zeichen von Leben zu erkennen war. »Ist das Haus etwa unbewohnt?« Mittlerweile war es halb zehn geworden. Die Szenerie hatte sich insoweit beruhigt, dass ihr eine eigenartige Lücke fast greifbar schien, die sich zwischen dem KTU-Wagen, der Polizei und den abziehenden Feuerwehrwagen breitmachte.

Jakob Besser schüttelte den Kopf. »Das genau habe ich mich – und auch die Zeugen gefragt.« Er zeigte auf den KTU-Wagen, an dem ein Beamter im Gespräch mit einem der Forstarbeiter stand und dessen Aussage aufnahm. »Er heißt Pietschmann, er ist ein Nachbar von Budde, in der nächsten Gemarkung. Budde wohnte hier mit seiner Tochter zusammen. Jeder im eigenen Haus.«

Johanna Kluge winkte hinüber zu dem Beamten. Es war Rolf Niederbäumer vom Meller Kommissariat. Sie kannte ihn gut, weil er vor einem Jahr zu ihrer Mordkommission gehört hatte, als sie in einem eigenartigen Mordfall zusammengearbeitet hatten.

Johanna Kluge fröstelte. Es war kühl geworden in der stahlgrauen späten Dämmerung, und obwohl es für die Jahreszeit warm war, weil in einer zweiten Welle der Sommer noch ein paar Tage übernommen hatte, war es um diese Zeit mit 17 Grad doch zu frisch, um im T-Shirt draußen zu sein. Sie schaute auf die Fenster des Hauses, das all dem Gewese dunkel gegenüberstand. Mit einem Mal durchfuhr sie ein Schauder.

»Möglicherweise ist alles noch viel tragischer«, sprach sie leise in sich hinein und ließ den Brandmeister und Jakob Besser an der Böschung stehen.

Jakob zögerte kurz und folgte ihr. »Wenn Euer Gnaden mir doch zugehört hätten, müsstet Ihr jetzt nichts Schlimmes fürchten.« Er schien ein wenig gekränkt, dass sie es offensichtlich für möglich hielt, dass er in der Zeit, in der sie die Brandursache untersucht hatte, untätig auf dem Hof der Arbeit der abziehenden Feuerwehr zugeschaut hätte. »Selbstverständlich habe ich versucht, die Bewohner des Hauses ausfindig zu machen.«

Er war stehen geblieben und die Nachdrücklichkeit, mit der er das vorbrachte, veranlasste sie stehen zu bleiben: »Entschuldigung«, sagte sie.

»Bitteschön. Es gibt keine weiteren Toten«, bestätigte er ihr ausdrücklich.

Johanna Kluge lächelte ihn an. Diese Aussage beruhigte sie, doch hatte sie im Grund nicht wirklich damit gerechnet, eine weitere Leiche zu finden. Es war allein die beunruhigende Stille und deutliche Abwesenheit von Leben, die dieses andere Haus aussandte, was sie beunruhigte.

»In dem Haus wohnt Maja Budde, die Tochter …«, fuhr Jakob fort. Er hatte das Haus laut rufend begangen, hatte alle Räume geöffnet, aber kein Anzeichen dafür gefunden, dass die Besitzerin des Hauses anwesend war. Sie sei aber wahrscheinlich weggefahren, auch ihr Auto sei nicht in der Garage. Der befragte Forstarbeiter Pietschmann kannte sogar das Nummernschild des auffallend gelben Kleinwagens von Maja Budde mit ihren Initialen und der Zahlenkombination 927, weil er die gleiche habe. Im Haus sei sie nicht, und auch in der Garage stand kein Wagen außer dem Landrover von Walter-Hermann Budde.

»Komm, wir schauen uns noch einmal gemeinsam um«, forderte Johanna Kluge ihn auf.

Die Haustür war nicht verschlossen, leichtgängig und ließ sich geräuschlos öffnen. Ihre Turnschuhe quietschten leise auf dem Fliesenboden des Flurs, als sie ihn betraten. Er war bis auf eine alte Eichengarderobe völlig leer. Es war kühl im Flur. Außer durch die Eingangstür konnte kein Licht einfallen. Der Flur lief auf eine Tür zu, rechts gingen zwei ab, links eine zu einer Küche. Johanna hatte den Eindruck, in einer Ausstellungsküche eines Einrichtungshauses zu sein. Alles war leer, auf keiner der Arbeitsflächen stand etwas, noch nicht einmal eine Kaffeemaschine.

»Hast du so was schon mal gesehen?«

Jakob Besser stand in ihrem Rücken in der Tür. »Nein, dagegen bin ich eine wahre Küchenschlampe.« Johanna Kluge hatte sich oft darüber mokiert, wie ordentlich es in Jakobs Küche aussah, weil er es nicht leiden konnte, wenn irgendwelche Reste von einem Essen oder ein paar Gläser vom Abend herumstanden. Er wusch oft bereits ab, wenn sie noch gemütlich am Tisch saß, beharrte aber darauf, dass er sie nicht rausschmeißen wolle.

Diese Küche war unbelebt. Das war der Ausdruck, der sich ihr aufdrängte. Sie zog die Einmalhandschuhe aus ihrer Hosentasche und näherte sich skeptisch einem der Küchenschränke. Sie erwartete, dort die gleiche klinische Sauberkeit vorzufinden. Doch das Geschirr war genauso gestapelt und einsortiert wie in den meisten Haushalten, und in einem kleinen Hängeschrank waren allerlei aufgerissene Packungen und Grundnahrungsmittel zu finden. Johanna hatte erwartet, dass in dieser Küche nicht gekocht wurde. Dem war offensichtlich nicht so.

Das Wohnzimmer auf der rechten Seite des Flurs war sparsam möbliert und strahlte die gleiche Ordnung aus, eine Kamelhaardecke lag akkurat gefaltet über der Lehne eines Sofas.

»Mach mal das Licht aus«, forderte Johanna Jakob auf und setzte sich auf das Sofa.

»Dürfen wir das eigentlich?«, fragte Jakob von der Tür und löschte das Licht. Er lehnte sich an den Türrahmen und erfasste ihre dunkle Silhouette im Licht der Scheinwerfer, eine Antwort erwartete er nicht von ihr.

Die Lichter der Wagen auf dem Hof bewegten sich, drangen durch die Scheiben und zeichneten kurzlebige Muster auf die Wände, aus dem Gemurmel der Stimmen erschollen hier und da lautere Töne und ließen einzelne Kommandos identifizieren.

Johanna Kluge näherte sich dem Fenster, stützte sich auf die Fensterbank und betrachtete das ausgebrannte Haus auf der anderen Seite des Hofes. Sie hatte unmittelbare Sicht auf das große Dielenfenster, dessen Gerippe von den Halogenscheinwerfern der Spurensicherer Schatten auf den Hof warfen.

»Sie hat ihn immer sehen können«, stellte sie fest, ohne damit etwas Bestimmtes sagen zu wollen.

Jakob Besser zuckte die Achseln. Er schwieg, weil er sie nicht stören wollte. Johanna Kluge gab oftmals ihren Empfindungen gegenüber Tatsachen den Vorrang, ihm schien es belanglos zu sein, dass die Möbel so angeordnet waren, wie sie waren.

Johanna dachte an ihren Vater, der vor zehn Jahren mit über 80 Jahren gestorben war. Er war ein alter Vater, fast 50, als sie auf die Welt kam. Nach dem Tod ihrer Mutter war er allein in seinem Haus geblieben, und sie hatte sich immer Sorgen um ihn gemacht. Aber damals lebten sie mit ihrem Mann Paul und ihrem gerade erst sieben Jahre alten Sohn Stefan zusammen in einem Bungalow im Schinkel. Sie hätten weder zu ihm ziehen, obwohl er sich das möglicherweise gewünscht hatte, noch ihn bei sich aufnehmen können. Sie hatte keine schönen Erinnerungen an diese Zeit, stellte sie fest und starrte weiter auf das ausgebrannte Haus. Es waren allerdings auch keine schlimmen, sie erinnerte sich einfach nur an das Einerlei des Alltags. Und an das schlechte Gewissen, weil sie sich nicht genug um ihren Vater kümmern konnte.

»War er Witwer?«, fragte sie in die Stille in ihrem Rücken.

»Ich glaube nicht«, antwortete Jakob. Der von ihm befragte Nachbar sei der Meinung, dass Budde keine Frau gehabt habe, er sei wohl schon seit langer Zeit geschieden.

»Maja Budde ist vielleicht verreist, oder bei einer Freundin.« Johanna fürchtete jedoch, dass die Sache nicht so einfach war, wie sie wünschte. Die Haustür war unverschlossen gewesen, verfügte jedoch über ein modernes Sicherheitsschloss. Auch auf dem Land, wo es immer noch üblich war, die Türen nicht zu verschließen, weil man seiner Umwelt traute, würde man bei einer Kurzreise die Tür abschließen. Sie wandte sich Jakob zu, der ihr Gesicht im Dunkeln nicht erkennen konnte.

»Darf ich?«, sagte er und machte das Licht wieder an. »Du solltest, wenn du denn der Meinung bist, dass wir das alles dürfen, mal die obere Etage ansehen.«

Johanna verzog den Mund, sie war einen Moment geblendet, obwohl die Beleuchtung des kleinen Wohnzimmers angenehm war. Das Licht war indirekt, und Johanna wurde gewahr, dass dieses alte Gebäude teuer und mit guten Materialien instandgesetzt worden war. Der Raum war hell und modern, das Mobiliar in den senffarbenen Tönen teuer, aber der gesamte Raum wirkte leer – es war noch nicht einmal inszeniert mit überflüssigen Accessoires wie in manchen Architekturzeitschriften.

»Was ist denn oben?«

»Schau 's dir an.«

Jakob führte sie in den zweiten Raum auf der unteren Etage, der wohl ein kleines Büro war, über die eine Seite des Raums reichte ein Bücherregal bis zur Decke. Auch hier irritierte die extreme Ordnung, obwohl der alte Eichenschreibtisch kein Dekorationsstück war. Auf der linken hinteren Ecke stand ein Festnetzanschluss, das dazugehörende mobile Gerät stand in der Station. Es schien keinen Anruf auf dem Anrufbeantworter zu geben, jedenfalls blinkte er nicht. Auf der Ablage neben einem geschlossenen Laptop lagen zwei Briefe, die – Johanna zog den einen heraus – vom Vortag waren. Sie bemühte sich, die Briefe in genau dem Winkel abzulegen, wie sie sie vorgefunden hatte. »Meine Güte. Diese Maja Budde ist ja erschreckend ordentlich.«

Jakob Besser winkte ihr zu und zeigte auf eine steile Treppe mit gedrechseltem Geländer. Er kletterte vor ihr die Stiege hinauf. Oben erwartete er sie und wies mit der Hand über einen engen Flur auf eine geöffnete Tür.

In diesem Raum herrschte alles andere als Ordnung. Das Bett war ungemacht, als sei es gerade erst verlassen worden. Auf einem breiten Fichtennachttischchen neben einer konventionellen Digitaluhr stand eine Glasvase mit langstieligen lila Blumen. Über einem leichten Schaukelstuhl hingen mehrere Blusen achtlos übereinander, in der Ecke neben dem Bett lag ein Haufen Baumwollhemden und Unterhosen, daneben offenbar benutzte Badetücher. Ein Korb mit ungebügelter Bettwäsche stand hinter der Zimmertür.

»Hat sie keinen Kleiderschrank?« Johanna blickte sich um, aber in diesem kleinen Raum gab es weder Schrank noch Kommode. Hier schien die Besitzerin nur zu schlafen und alles auf der Stelle, auf der sie stand, fallen und liegen zu lassen.

Jakob zuckte die Achseln, bei seiner ersten Inspektion hatte er nicht danach gesehen, sondern lediglich nach möglichen Bewohnern gesucht.

Johanna ging über den kleinen Flur zurück und fand in einem kleinen Zimmer die Kleidung der Maja Budde in der gleichen Akkuratesse aufgehängt, wie sie in den unteren Räumen herrschte. Sie seufzte und kehrte ins Schlafzimmer zurück. Der Raum strömte einen intensiven Geruch nach Mensch aus. Johanna empfand den abgestandenen Geruch jedoch nicht als unangenehm. Es gibt Menschen, die kann man riechen, schoss ihr durch den Kopf, bei anderen zuckt man zurück.

»Sie hat wohl nicht oft gelüftet«, rümpfte Jakob Besser die Nase und schob seine schmale ovale Brille mit dem Zeigefinger seiner rechten Hand zurecht, eine Geste, die er zur Unterstreichung einer von ihm dargebotenen Meinung einsetzte.

»Vielleicht will sie sich riechen«, setzte Johanna dagegen.

Jakob zuckte mit den Schultern und zeigte seine Verwunderung über diese Vermutung. »Du meinst, wie man seinen eigenen Pups den anderer Menschen vorzieht.«

So hatte Johanna Kluge das nicht sagen wollen, aber im Grunde hatte er recht. Dieser Raum war der einzige im Haus, der etwas Persönliches hatte. Auf diesen wenigen Quadratmetern schien die Bewohnerin zu schlafen, zu atmen und so zu sein, wie sie war. An keiner anderen Stelle des Hauses hatte sie irgendwelche persönlichen Spuren hinterlassen. Im Türrahmen stehend machte Johanna Jakob ein Zeichen, sich mit ihr zusammen zurückzuziehen.

»In diesem Raum lebt sie wohl«, schloss Johanna die Besichtigung. Sie löschte das Licht und stieg hinter Jakob Besser die schmale Treppe ins Untergeschoss und sie verließen das Haus.

»Die Haustür war nicht abgeschlossen«, wiederholte Jakob Besser noch einmal, »sie wollte bestimmt nicht lange wegbleiben.«

Der Ansicht war Johanna auch, aber wo war sie? Mittlerweile war es elf Uhr. Die Nacht war sternenklar. Das Feuer war vor mehr als sechs Stunden gelegt worden. Wo hatte sich Maja Budde zu der Zeit aufgehalten? War sie zu der Zeit schon unterwegs gewesen? Sie schaute auf die schmale Straße, die vom Tal auf die Bad Essener Straße führte, als erwarte sie Maja Buddes Rückkehr. Aber über die Straße fuhren nur die letzen Wagen der Freiwilligen, die vorher auf der Wiese geparkt hatten. Der Brand- und Tatort gehörte jetzt ihr und ihren Leuten. Drei Männer eines Sicherheitsservices, mit dem die Polizei zusammenarbeitete, waren bereits eingetroffen, sie würden den Brandort über Nacht bewachen. Die Spurensicherung würde mindestens zwei Tage dauern.

»Wir werden Maja Budde als dringend gesuchte Zeugin ausfindig machen.« Johanna dachte an die groteske Gestalt des Walter-Hermann Budde auf den Resten seines Sofas.

Jakob Besser zog eine Augenbraue hoch. »Meinst du?«

»Ja.« Sie verstand seine Skepsis.

»Immerhin ist das Opfer verbrannt worden. Und die Tochter ist verschwunden.« Jakob zuckte die Schulter. »Was soll sie denn bezeugen?« Sein Gesichtsausdruck verriet, dass für ihn die Sache eindeutig war.

»Du magst recht haben«, räumte Johanna Kluge ein. »Aber vielleicht hat er noch gelebt?«

»Wie bitte?«

»Sie könnte bezeugen, dass er noch gelebt hat, als sie gefahren ist.« Solange es diese Möglichkeit gab – und Johanna war fest entschlossen, so lange es ging, davon auszugehen –, wollte sie Maja Budde als Zeugin suchen lassen.

»Wir warten die Obduktion ab.« Hauptkommissarin Johanna Kluge wollte dem Gedanken, den Jakob Besser offenbar eben abgewehrt hatte, dass Walter-Hermann Budde noch gelebt haben könne, als er verbrannte, heute keinen Raum mehr geben.

2. KAPITEL

Um halb fünf Uhr konnte Johanna Kluge nicht mehr schlafen. Eine halbe Stunde wälzte sie sich noch von einer Seite auf die andere, weil sie wusste, dass sie mit nur vier Stunden Schlaf noch weiteren Menschen als nur sich selbst keine Freude bereitete. Um fünf Uhr sprang sie aus dem Bett, ärgerlich über den Stress, den sie sich selbst machte. Sie wollte um zwölf Uhr im Institut der Rechtsmedizin Oldenburg bei der Obduktion sein, und für die Fahrt musste sie eineinhalb Stunden rechnen, um einigermaßen entspannt anzukommen.

Wenn sie vor der Besprechung um neun Uhr noch etwas erledigen wollte, so musste sie sich die Zeit jetzt nehmen.

So war es kurz vor sechs, als sie in den 70er-Jahre Flur auf der Etage des Fachkommissariats 1 »Straftaten gegen Leben und Gesundheit« einbog. Jakob Besser kam ihr bereits mit seiner Thermoskanne entgegen und schien nicht überrascht zu sein. Er trug eine leichte Leinenhose, die ihn in ihrer unaufdringlichen Eleganz noch größer und irgendwie nonchalant aussehen ließ.

»Schick«, warf sie ihm trocken zu und ging an ihm vorbei.

»Ich habe es geahnt, dass du heute früher kommen würdest.« Mit zwei langen Schritten war er neben ihr und öffnete mit einer übertriebenen Verbeugung die Bürotür. Mit der Kanne in der Hand wartete er, bis sie Fahrradhelm und Jacke auf den Haken hinter der Tür gehängt hatte. Schweigend schenkte er ihr den grünen Tee ein, den er zu Hause bereitet hatte, und setzte sich auf den Stuhl, der ihrem Schreibtisch gegenüberstand, kippelte sich in die bequeme Lage und legte seine Füße auf einen Stapel »Forum Kriminalprävention«.

Diese Teerunde gehörte zu ihrem Morgenritual. Jakob Besser war es gewohnt, dass Johanna morgens nicht in der besten Stimmung war, vor allem nicht nach so wenig Schlaf, wie sie in der letzten Nacht bekommen hatte. Er dagegen war spätestens um sechs im Dienst, weil er die stillen Stunden am Morgen besonders genoss und der Meinung war, dass diese Zeit für ihn im Grunde die produktivste war. Er hatte sich vorher bereits mit einer halben Stunde Yoga in Form gebracht.

»Irgendwann werde ich es schaffen, einmal vor dir hier zu sein.« Johanna gab ihr Passwort in den PC und nippte am Tee. »Auf jeden Fall ist der Tee noch richtig heiß.«

Für diesen Tag hatten sie eine erste Besprechung auf neun Uhr festgesetzt, um die Spurenteams einzuteilen und alle zu informieren, um 17.00 Uhr würde eine weitere Runde stattfinden, da um diese Zeit schon mit der Auswertung der ersten Spuren zu rechnen war. Johanna nahm Jakob Besser ins Visier, der seinen langen Körper in der schrägen Lage in einer entspannten Balance hielt. Sie sah ihm an, dass er ihr etwas mitteilen wollte, fragte ihn aber nicht. Zwei Minuten hielt er es aus, dann setzte er den Stuhl auf seine vier Beine und beugte sich vor: »Walter-Hermann Budde hat sich vor etwa acht Jahren aus der Firma zurückgezogen. Seitdem führt sein Sohn Hanns-Martin den Laden als Geschäftsführer allein.«

Sie war nicht verblüfft über seine nächtlichen Aktivitäten. Wahrscheinlich hatte Jakob noch in der Nacht zu Hause über das Unternehmen BudSol recherchiert oder war heute noch früher als gewöhnlich in den Diensträumen gewesen.

»Du weißt, dass es mit Napoleon kein gutes Ende genommen hat.« Johanna grinste ihn an. Zu Beginn ihrer Zusammenarbeit war sie neidisch gewesen, weil der jüngere Kollege wie der größenwahnsinnige Eroberer zu den Menschen gehörte, die angeblich nur vier Stunden Schlaf brauchen, um sich zu regenerieren. Sie brauchte mindestens sieben, besser fand sie sogar acht. Jede Stunde weniger ließ ihre Konzentrationsfähigkeit und Laune sinken.

»Die Frauen lagen ihm aber zu Füßen.« Jakob wedelte mit einigen Ausdrucken, die er ihr anschließend hinschob.

»Du bist der Größte.« Sie lächelte ihn an, und ein wenig Bedauern kam in ihr auf. Denn eigenartigerweise hatte Jakob Besser auf sie keinerlei erotische Anziehungskraft, und seit sie mit ihm zusammenarbeitete – das waren mittlerweile knapp drei Jahre –, hatte sie ihn nie mit einer Frau gesehen.

Die Ausdrucke enthielten alles, was öffentlich über die Firma BudSol zugänglich war. Darunter war auch der Auszug aus dem Handelsregister. Mit etwa 113 Angestellten war diese im Gebiet der Forschung und Entwicklung der Solartechnik ein erfolgreiches Unternehmen. Firmengründer war Walter-Hermann Budde, sein Sohn Hanns-Martin alleiniger Geschäftsführer. Jakob hatte das Bild von der Internetseite der Firma gezogen. Hanns-Martin Budde war 48 Jahre. Er wirkte auf sie selbstbewusst und freundlich, weil er nicht dieses Lächeln zeigte, mit dem sich viele der auf ihren Internetseiten präsentierten Manager, Chefs oder Inhaber ablichten ließen. Sie machte dieser gezielt sympathieheischende Gesichtsausdruck immer eher misstrauisch, und ihrer Meinung nach baute sich durch solch normierte Präsentationen eher Distanz zum Betrachter auf, als dass es Vertrauen schuf.

Sie schob das Bild zur Seite: »Wir müssen ihn aufsuchen.« Mit einem Blick auf die Uhr entschied sie, das sofort zu erledigen.

»Unternehmer arbeiten 80 bis 100 Stunden die Woche, so ihre Selbstinszenierung«, kommentierte Jakob, der seine Skepsis gegenüber Kapitalismus und ihren Leistungsträgern gern vor sich hertrug. »Aber ist kurz nach sechs nicht etwas zu früh?«

Johanna antwortete ihm nicht, sondern stand auf und nahm die Jacke vom Haken. Sofort eilte Jakob in sein Büro, griff sein konventionelles Notizbuch und sein Tablet und sprang hinter ihr her die Treppe hinunter. Sie sah ihm an, dass er sich auf den Fall freute. Die Kriminalstatistik war nämlich zu seinem Bedauern weit niedriger, als die vielen Kriminalserien des Fernsehens vermuten ließen. In jeder Provinzstadt zwischen Alpen und Nordsee gebe es mindestens eine Sonderkommission und wöchentlich Doppelmorde, Osnabrück mache sich dagegen seiner Meinung nach wie ein Nonnenkloster aus.

Die Stadt war noch still, als sie mit einem neutralen Dienstwagen vom Kollegienwall losfuhren. Die Dunkelheit begann sich gerade erst zu verziehen und übergab den Himmel dem Zwielicht. Die Straßenlaternen an der Richard-Wagner-Straße am Westerberg standen im Gegenlicht der aufgehenden Sonne und würden in Kürze abgeschaltet werden. Johanna Kluge liebte diesen Übergang von der Nacht in den Tag. Als sie in die kurze Stichstraße abbogen, in der Hanns-Martin Budde wohnte, hatte sich der Tag mit der Helligkeit des Spätsommers durchgesetzt.

Sie hielten vor einem niedrigen rot geklinkerten flachen Bungalow, der von der Straßenseite nicht so groß wirkte, wie er sich darstellte, als sie sich der Haustür näherten. Nach außen zur Straße war im Grunde nur ein schmalerer Vorbau sichtbar, der den Eingangsbereich ausmachte. Das niedrige Tor, das den Garten zur Straße hin absperrte, war nicht verschlossen. Als sie die flachen Stufen zur Haustür nahmen, sahen sie, dass sich das Haus im rechten Winkel, verdeckt von der Straße, hinter meterhohen Büschen weit nach hinten erstreckte.

Jakob Besser hielt sich hinter Johanna Kluge, die vor der Tür eine Klingel suchte. Er wies mit dem Daumen zurück zur Pforte, an der er einen dezenten Knopf neben einem Zeitungsbriefkasten, in dem noch die heutige Ausgabe steckte, ausgemacht hatte. Aber bevor sie zurückgehen konnten, um sich über die Klingel bemerkbar zu machen, wurde die Tür geöffnet.

»Ja bitte?«, sagte ein schmaler in einen schwarzen Kimono gehüllter Mann, der einen Kaffeebecher in der Hand hielt.

»Wir möchten gern Herrn Budde sprechen«, antwortete Johanna Kluge und stellte sich vor. Dieser Mann war auf jeden Fall nicht der, den ihr Jakob auf dem Foto gezeigt hatte.

»Hanns-Martin, nehme ich an«, sagte der Mann. Er wirkte auf Johanna Kluge ein wenig eingeschnappt.

»Ja, Hanns-Martin Budde«, bestätigte sie.

»Der ist bereits in der Firma«, sagte der Mann und führte seinen Becher Kaffee zum Mund. Er schaute sie über den Rand des Bechers an, machte aber keine Anstalten, nach dem Anlass ihres Kommens zu fragen. Vielleicht wusste er, dass sie ihm keine Auskunft würden geben können. Genauso wenig fragte Johanna ihn nach seinem Namen, was den Mann irgendwie zu irritieren schien. Er schob das Kinn ein wenig vor: »Noch irgendwas?«

»Nein«, antwortete Johanna Kluge sanft, »wir fahren in die Firma. Vielen Dank.« Sie nickte ihm freundlich zu und stieg die Stufen hinunter.

»Auf Wiedersehen«, hörte sie Jakob Besser sich hinter ihr verabschieden.

Die Tür fiel ins Schloss, ohne dass der Mann noch etwas sagte.

Sie brauchten eine halbe Stunde bis zu BudSol, das Unternehmen hatte seine Produktionsstätten seit der Gründung am Rande von Vehrte und sich dort im Gewerbegebiet am Rande des Dorfes über die Jahre kontinuierlich vergrößert. Während der Fahrt zog Jakob sein Tablet heraus und ging auf die Homepage des Unternehmens BudSol. »Walter-Hermann Budde hat 1970, warte …«, er scrollte nach oben, »da war er 27 Jahre, in Vehrte in einer Garage angefangen.«

Johanna, die den Wagen lenkte, zuckte mit den Schultern: »Aber doch nicht mit Computern?«

»Nein, mit Solarzellen. Er war im Grunde einer der Vorreiter. ›Noch vor der Ölkrise 1973, die die historische Wende in der Diskussion um die Energiegewinnung einläutete, befasste sich Walter-Hermann Budde mit alternativen Energien‹.« Jakob überflog die Historie der Firma und fasste sie für seine Chefin zusammen. »1978 wurde er vom Bund der Deutschen Industrie als erfolgreichster Jungunternehmer der Bundesrepublik Deutschland mit einem Preis ausgezeichnet.« Jakob hob seine Hand und gab vor, mit Hilfe seiner Finger zu rechnen. »Da war er 35.« Mit theatralischem Seufzer schloss er an: »Das werde ich nicht mehr schaffen.«

Das Verwaltungsgebäude von BudSol wirkte nicht unbescheiden. Der dreistöckige Bau war wahrscheinlich in den 1990er-Jahren errichtet worden – mit viel Glas und viel Metall – ein Bau, der von Licht durchflutet schien. Johanna war beeindruckt. Sie hatte das Gebäude bis zum heutigen Tag nicht von Nahem gesehen, lediglich die Hinweisschilder, die Besucher zum Unternehmen leiteten, bei einer ihrer gelegentlichen Ortsdurchfahrten wahrgenommen.

Die Eingangstür war in gleicher Weise wie die Fenster mit schwarz mattiertem Metall gefasst und in das über die gesamten Stockwerke reichende Glas eingebaut. Sie wurden von einem jungen Mann empfangen, der sich hinter einem schmalen Marmortresen erhob. Er schaute etwas verschreckt auf eine mehrere Quadratmeter große Anzeigetafel, auf der neben Temperatur, Kilowattstunden der Solargewinnung und weiteren für Johanna unbekannten Daten eine digitale Uhr auszumachen war. Es war Viertel nach sieben, die Lufttemperatur betrug 14 Grad, und 53 Kilowattstunden Leistung wurden an diesen frühen Sonnenstunden erbracht.

»Guten Tag. Wir müssen Hanns-Martin Budde sprechen«, sagte Johanna Kluge und hielt ihm gleichzeitig ihren

Ausweis hin. Sie erwartete Fragen, aber auch »Martin Klausemann«, wie das Schild auf seinem Tresen verriet, fragte nicht, sondern griff sofort zum Telefon, um den Geschäftsführer – so war auf einer mattierten Metalltafel an der grauen Betonwand neben dem Tresen zu lesen – von BudSol über die Anwesenheit der beiden zu informieren. Klausemann ging mit schnellen Schritten vor ihnen die Treppe hinauf, als sie seinen fragenden Blick in Richtung Fahrstuhl, mit einem Kopfschütteln beantwortet hatten. Das Treppenhaus war über dem dritten Stock mit einer pyramidenförmigen Dachkonstruktion überbaut, und die jetzt schnell aufsteigende Sonne konnte das Gebäude von allen Seiten durchleuchten.

Hanns-Martin Budde erwartete sie starr am Türrahmen seines Büro stehend. Sie hatten im dritten Stock ankommend von der Treppe den ganzen Weg um das offene Treppenhaus zurückzulegen, fast 30 Meter, in der er sie unbeweglich mit seinen Blicken verfolgte. Johanna Kluge musterte ihn, wie er ihnen in völliger Reglosigkeit entgegensah. Wir sind die Überbringer der bösen Nachricht, dachte sie, und bedauerte ihn, wie er dort in seiner furchtsamen Erstarrung wartete. Sie würden ihn nicht erleichtern können. Er tat ihr leid.

Als sie sich ihm näherte, hob er leicht das Kinn an, als wappne er sich. »Hanns-Martin Budde«, stellte er sich vor und reichte Johanna Kluge die Hand.

»Hauptkommissarin Kluge«, sie zeigte auf den hinter ihr stehenden Jakob, »mein Kollege Besser. Wir müssen Ihnen leider eine traurige Mitteilung machen.«

Budde schien seine Schultern zusammenzuziehen, sagte aber nichts.

»Können wir uns einen Moment setzen?«, bat Johanna Kluge und lächelt ihn freundlich an. Sie hasste diese Situationen und versuchte jedes Mal wieder, den Kummer abzuwehren, der sie oft mit ergreifen wollte, wenn sie Menschen gegenüberstand, denen sie den Tod eines geliebten Menschen erklären sollte.

Hanns-Martin zeigte wortlos durch die offenstehende Tür auf eine Sitzgruppe aus Rattan. In diesem Gebäude schien alles leicht und hell zu sein. Er setzte sich auf einen dem Fenster abgewandten Sessel, sie nahmen ihm gegenüber Platz mit Blick auf den Schreibtisch und ein lichtgraues Regal, in dessen Mitte eine schlanke Skulptur aus Glas und Holz stand. Sie zeigte eine stilisierte weibliche Gestalt. Budde selbst wirkte in seiner eisgrauen Leinenhose und dem dunkelblauen eng anliegenden Rundhalspullover gegen die Luftigkeit des Raumes schwer, obwohl er schlank war. Er sah dem Bild auf der Homepage ausgesprochen ähnlich, doch nun zeigte er nicht einmal den Anflug eines Lächelns. Mit zusammengekniffenem Mund erwartete er, was sie ihm mitteilen würden.

Johanna Kluge irritierte diese starre Schweigsamkeit. Sie fasste ihn fest ins Auge. »Ihr Vater wurde gestern am frühen Abend tot aufgefunden. Er ist in seinem Haus verbrannt.«

Hanns-Martin Budde schien seinen Kopf leicht zu heben. Er war nicht so verstört, wie sie befürchtete, sondern es schien ihr, als ließe die Verkrampfung seines Körpers nach, und seine Schultern senkten sich. Unvermittelt stand er auf und ging zum Fenster. Mit den Händen hielt er sich an der metallenen Fensterleiste fest und wandte ihnen den Rücken zu. Er schwieg, und sie warteten.

»Herr Budde?«, sprach Johanna Kluge ihn an und erhob sich. Sie mochte nicht sitzen, wenn ihr Gesprächspartner stand. »Herr Budde«, wiederholte sie.

»Wie furchtbar ist das«, stieß er aus, ihnen immer noch den Rücken kehrend, »wie furchtbar ist das alles.«

Mit einer schnellen Bewegung drehte er sich um und sah sie an. »Was ist passiert?« Ohne auf eine Antwort zu warten, ging er zum Schreibtisch, nahm den Telefonhörer. »Bitte Martin, bring mir einen Kaffee.« Er warf Johanna und Jakob, der die ganze Zeit auf der Kante des Rattansessels ausgeharrt hatte, einen fragenden Blick zu.

»Tee bitte«, war der erste Satz, den Besser von sich gab. Dann schlug er sein Notizbuch auf.

Johanna Kluge setzte sich mit Budde wieder auf die Plätze in der Besprechungsecke, und sie informierte ihn exakt und sachlich über das Feuer, die Löscharbeiten und den Fund der Leiche seines Vaters, ohne die Brandursache zu nennen. Budde saß währenddessen ruhig in sich gekehrt und starrte auf die Tischkante. Er war so versunken, dass er gar nicht bewusst wahrzunehmen schien, dass Klausemann mit einem Tablett mit Kaffee und einer Tasse Tee das Büro betrat, es auf den Tisch zwischen ihnen stellte und ihm eine Tasse eingoss.

»War es, weil er geraucht hat?«, fragte Hanns-Martin Budde rau, als Klausemann wieder verschwunden war.

»Nein«, antwortete Johanna Kluge langsam.

Budde sah sie hilfesuchend an und hob die Schultern: »Aber wie …?«

»Wir wissen noch nicht, wie es genau geschehen ist«, ließ Johanna Kluge die Spekulation um die genaue Todesursache weiter offen.

Hanns-Martin Budde starrte auf die Kaffeetasse, die er nicht berührt hatte, seit Klausemann ihm eingegossen hatte. Mit einem Mal schüttelte er sich und stand auf. »Er ist verbrannt«, stellte er fest und schüttelte seinen Kopf. »Wie furchtbar, ich begreife das nicht.«

Er ging erneut zum Fenster und richtete seinen Blick auf die vor ihm liegenden flacheren Produktions- und Lagerhallen. »Walter-Herman Budde hat das hier gegründet«, sagte er zu ihnen über die Schulter und schob seine Unterlippe vor, als sinniere er über eine lange gute Zeit. Mit einem Ruck wandte er seinen Blick von den Hallen und drehte sich wieder zu ihnen. »Ich bin der Geschäftsführer der Firma meines Vaters.« Er zog hörbar die Luft durch die Nase.

Diese Mal blieb Johanna Kluge sitzen, sie wollte seine Nervosität nicht begleiten und wartete, bis er sich erneut zu ihnen setzte. Seine Lippen wirkten schmal und blutleer, die Mundwinkel waren nach unten gezogen.

»Es tut mir leid«, stöhnte er auf und stieß die Luft aus. »Ich kann es nicht fassen.« Mit der linken Hand rieb er sich das Kinn, als habe er einen Bart.

Jakob Besser hielt währenddessen das Notizbuch offen auf seinen Oberschenkeln liegen und beobachtete Johanna, aber da sie ihn nicht anblickte, hielt er sich damit zurück, vorschnell zu fragen, was ihm eigentlich auf der Zunge lag.

»Wann haben Sie Ihren Vater zum letzten Mal gesehen?«, fragte Johanna Kluge.

Er hielt inne, sein Kinn zu reiben, und presste seinen Zeigefinger gegen die Unterlippe. Als zählte er die Tage ab, nickte er mit dem Kopf: »Das war vor knapp zwei Wochen. Donnerstagnachmittag.«

»Haben Sie ihn regelmäßig besucht?«, fragte sie.

»Was verstehen Sie unter regelmäßig?«, fragte er zurück und stand wieder auf. Er ging zum Schreibtisch, fuhr mit der Hand über das graue Holz, sah zum Fenster und kehrte resigniert zurück. »Eigentlich nicht«, fuhr er fort, da Johanna Kluge offensichtlich nicht vorhatte, auf seine Frage zu antworten. »In den letzten Monaten bin ich häufiger bei ihm vorbeigekommen.«

Da ihn beide fragend anschauten, spezifizierte er: »Vielleicht alle drei Wochen.«

Johanna dachte an ihren Vater, den sie – als er schon weit über 80 war – höchstens alle sechs Wochen besucht hatte. Er war schließlich eingebunden in eine gute Nachbarschaft, hatte sie sich immer vor sich selbst entschuldigt. Aber sie machte sich heute noch Vorwürfe, dass sie ihn nicht besser umsorgt hatte. Sie hatte ihn behandelt, als habe er noch lange Zeit zu leben. Dass das nicht so war, wurde ihr erst klar, als man sie im Dienst anrief und ihr mitteilte, dass er tot in seinem Bett gefunden worden sei. Sie hatte damals mit einer weit größeren Verstörung darauf reagiert, als sie selbst vermutete hätte. Trost von Freunden, ein so plötzlicher Tod sei doch für einen alten Mann etwas Wunderbares, konnte sie für sich nicht annehmen. Sie sah nur ihre eigenen Versäumnisse, die sie reuten.

»Das ist doch recht häufig für einen Mann in Ihrer Verantwortung.« Johanna Kluge lächelte Hanns-Martin Budde freundlich an.

»Finden Sie?« Er wirkte irritiert.

»Haben Sie vielleicht mit ihm zwischenzeitlich telefoniert?«

»Nein«, gestand er, »wir haben nicht viel miteinander gesprochen.« Er seufzte und schüttelte den Kopf. »Jedenfalls in den letzten Jahren nicht.«

»Wissen Sie, wo sich Ihre Schwester zurzeit aufhält?«, wechselte Johanna Kluge das Thema, und Jakob Besser schlug eine neue Seite in seinem Notizbuch auf.

Hanns-Martin Budde schüttelte abwehrend den Kopf. »Wieso?«

»Sie ist seit gestern Abend, als die Feuerwehr eintraf, nicht zu Hause.«

Hanns-Martin Budde machte seine Verwunderung über die Abwesenheit seiner Schwester mit einer abwehrenden Geste deutlich, indem er beide Handflächen vorschob. »Ich habe keine Ahnung, wo meine Schwester ist.« Er starrte wieder auf die Tischkante und kaute auf seiner Unterlippe herum. Er schien mit sich zu ringen, noch etwas zu seiner Schwester hinzuzufügen, aber entschied sich offensichtlich, nichts weiter dazu zu sagen.

Es brauchte kein besonderes Einfühlungsvermögen zu erkennen, dass Hanns-Martin Budde und seine Schwester kein gutes Verhältnis hatten.

»Wie verstanden Sie sich denn mit Ihrem Vater?«, fragte Johanna Kluge.

Hanns-Martin Budde hob den Kopf nicht, schloss einen Moment wie resigniert die Augen und richtete sich unvermittelt auf. Mit steifem Rücken sah er sie an, und es schien ihr, als wolle er endlich Widerstand leisten und sie fragen, warum sie ihm all diese Fragen stellte. Aber er war offenbar ein nachgiebiger Mensch, und seine Opposition endete in einem Seufzen.

»Sie werden ohnehin feststellen, dass ich mich mit meinem Vater nicht gut verstanden habe. Das werden Ihnen alle Mitarbeiter hier im Haus – ach alle«, er machte eine wegwerfende Handbewegung, »alle bestätigen.«

Johanna Kluge warf Jakob Besser einen Blick zu und schwieg. Sie warteten und schauten zu, wie Budde sich erneut erhob, seine Wanderung vom Fenster zum Schreibtisch und zurück aufnahm und sich letztlich wieder an den Tisch setzte.

»Mein Vater hat sich mit 28 Jahren selbstständig gemacht.« Budde nickte bestätigend, und es war Johanna klar, dass er seinen Vater selbst verkörperte, wie der von seinen Erfolgen sprach. »Mit 28 mit der richtigen Idee! Gar nicht mal so jung, traf einfach im richtigen Moment die richtige Entscheidung.« Seine Worte klangen bitter. Wie viele Jahre hatte er sich diese Sätze von seinem Vater anhören müssen?, überlegte Johanna. Jakob hatte ihr im Wagen die Erfolgsgeschichte des Unternehmens vorgetragen. Mit 33 Jahren hatte Walter-Hermann Budde den großen Wurf gelandet. 1976 begann nämlich die australische Regierung, das gesamte Telekommunikationsnetz im Outback mit fotovoltaisch gestützten Batteriestationen zu betreiben. BudSol bekam damals in Kooperation mit einem australischen Hersteller einen Riesenauftrag, der das Wachstum seines Unternehmens einleitete.

»Ja, mein Vater hat immer alles richtig gemacht.«

Die Bitterkeit, mit der der Sohn des erfolgreichen Unternehmens das ausstieß, verblüffte sie so, dass sie spontan entgegnete: »Und Sie haben immer alles falsch gemacht?«

Budde schob das Kinn vor, und einen Moment sah es wieder so aus, als wolle er sich empören. Aber er ließ die Schultern sinken, und als ergebe er sich in sein unvermeidliches Schicksal, stimmte er ihr zu: »Ja, wenn Sie meinen Vater fragen würden. Ja, dann ja.« Damit stand er auf.

»Den können wir leider nicht mehr fragen«, mischte sich nun Jakob Besser zum ersten Mal ein. Er sprach höher als gewöhnlich, dadurch erhielt sein Ton eine gewisse Schärfe.

»Da haben Sie recht«, nickte Hanns-Martin Budde und ließ seinen Blick achtlos über Jakob Besser wandern. »Aber glauben Sie mir, ich weiß, was er dachte, ich habe es oft genug hören müssen.«

»Wenn ich mir Ihr Unternehmen anschaue und dieses Gebäude hier, scheinen Sie doch einiges richtig gemacht zu haben«, ergriff Johanna Kluge wieder die Gesprächsführung.

»Das habe ich auch. Als mein Vater das Unternehmen vor acht Jahren verlassen musste, hatte der alles in Richtung Insolvenz vorbereitet.« Hanns-Martin Budde stand nun auf und setzte sich ihnen gegenüber auf die Schreibtischkante.

Johanna sah an ihm vorbei auf die Skulptur im Regal. Buddes Blick folgte ihrem mit einer leichten Bewegung seines Kopfes.

»Mein Vater hatte eisern auf die einseitige Ausrichtung auf Solartechnologie gesetzt. ›Einmal richtig, immer richtig‹, so hat er sich verhalten. Nur eine Handvoll deutscher Fotovoltaikanbieter war für den weltweiten Wettbewerb mit den Chinesen gewappnet, den neuen globalen Marktführer.« Hanns-Martin Buddes Stimme wurde klarer und aggressiver. »Letztlich hatte das Unternehmen das Glück, dass mein Vater einen Schlaganfall hatte. Er wäre sonst immer noch hier.«

Obwohl er eigentlich eine andere Geschichte, seine persönliche Erfolgsgeschichte, hätte erzählen können, wie Johanna

Kluge es ihm angeboten hatte, war er wieder zu seinem Verhältnis zu seinem Vater zurückgekehrt.

»Das war Ihre Chance – damals«, schlussfolgerte Johanna Kluge, und ihr therapeutischer Ton wurde von Jakob Besser mit dem Heben einer Augenbraue quittiert.

»Ja«, sagte Budde knapp und bitter. »2011 machten die Chinesen schon an die 45 Prozent des weltweiten Umsatzes im Fotovoltaikmarkt. 2009 waren es noch 35 Prozent. Bis Ende 2014 hatte der chinesische Marktführer nach eigenen Angaben weltweit Solarmodule mit einer Gesamtleistung von 11 GW ausgeliefert. Die Solarfirmen in Deutschland gingen eine nach der anderen insolvent, als mein Vater sich in die Reha und anschließend aufs Land zurückzog.« Budde schien vergessen zu haben, aus welchem Grund seine Gäste hier saßen. »Dem Kostendruck der chinesischen Massenanbieter waren die deutschen Hersteller fast hilflos ausgesetzt.«

»Aber Sie, Herr Budde, Sie haben es geschafft.« Johanna Kluge fragte das nicht, sondern legte in ihre Feststellung einen Ton der Bewunderung, die sie auch tatsächlich empfand.

»Ja, ich habe das.« Er kniff die Lippen zusammen und schwieg, als habe er zu viel von sich preisgegeben. »Trotz meines Vaters.«

Johanna Kluge fühlte die gewisse Scham, die ihn nach seinem eruptiven Bekenntnis ergriffen hatte, erhob sich und signalisierte ihm damit, dass sie sich verabschieden wollte. Sie reichte Hanns-Martin Budde die Hand, Jakob blieb sitzen, da er nicht sicher war, ob das Gespräch an dieser Stelle bereits beendet sein sollte.

»Wissen Sie noch, wo Sie gestern Nachmittag und am frühen Abend waren?«

Hanns-Martin Budde reagierte mit einer leichten Kopfbewegung nach vorn und zog seine Hand aus ihrer zurück. Er legte einen höchst verbindlichen Ton in seine Stimme: »Gestern war ich von halb acht bis halb drei hier in der Firma.

Dann habe ich mich zu Hause auf einen Termin bei der Wirtschaftsförderung der Stadt vorbereitet. Das Meeting war ungefähr von halb fünf bis sechs, anschließend haben wir noch gemeinsam etwas gegessen.«

Johanna Kluge begleitete seine Ausführungen mit einem freundlichen Nicken, machte eine leicht abwehrende Handbewegung, als wolle sie es gar nicht so genau wissen »Schon gut, Herr Budde. Es wäre schön, wenn Sie heute Abend oder morgen – wenn es Ihre Zeit zulässt – zur Klärung einiger Fragen noch einmal zu uns kommen könnten.«

Der überraschte Mann reichte ihnen die Hand und versicherte mit einer gewissen Eilfertigkeit, er komme selbstverständlich noch am selben Abend in der Dienststelle vorbei.

Sie verließen ihn, und er schaute ihnen solange nach, bis sie die Treppe im großen Lichthof hinunterstiegen. Dann erst wandte er sich ab und verschwand in seinem Büro.

Der junge Herr Klausemann am Informations- und Empfangspult saß vor seinem Rechner, neben ihm die aktuelle Ausgabe der Neuen Osnabrücker Zeitung.

»Hat Herr Budde seine eigene Ausgabe im Büro?«, wollte Jakob Besser wissen.

»Hä?«, fragte Herr Klausemann überrascht.

»Ob Herr Budde seine eigene Tageszeitung hat?«, wiederholte Jakob.

»Nein, die hier ist gerade erst gekommen«, antwortete Klausemann spitz. »Ich bringe sie ihm sofort.« Er wandte er sich wieder seinem Bildschirm zu.

»Die Nachgeordneten werden doch vom Personal meist herablassender behandelt, als die Herrschaft selbst es tut«, beschwerte Besser sich gutgelaunt bei Johanna, die bereits an der Tür stand. Als sie den Gästeparkplatz des Unternehmens verlassen hatten und über die Bundesstraße 51 wieder in Richtung Osnabrück fuhren, konnte er sich nicht mehr zurückhalten.

»Mensch, dieser Hanns-Martin Budde hat sich überhaupt nicht dafür interessiert, warum du ihn befragt hast. Er hat doch überhaupt nicht nachgehakt, auf welche Art sein Vater gestorben war, ob es ein Unfall war oder ob irgendein Verschulden vorliegt.« Jakob holte in einem Atemzug alles nach, was er die ganze Zeit zurückhalten musste. »Er wollte noch nicht einmal wissen, warum die schöne Kommissarin sich für seine Familienbeziehungen interessiert.«

»Dadurch haben wir doch viel mehr erfahren, als wir gedacht haben, oder?« Johanna überholte einen LKW, der nur 80 Stundenkilometer fuhr, und musste kurzfristig auf 120 beschleunigen.

»Gut gelaunt?« Jakob Besser schaute geflissentlich aus dem Fenster auf eine Wiese. Er fürchtete sich vor zu schnell fahrenden Frauen.

Eigentlich hätte er nicht fragen müssen, denn er kannte die Strategie von Johanna Kluge mittlerweile. Sie nahm sich zuerst die Zeit, möglichst schnell und ohne zu viele Vorbehalte die Beziehungen der Menschen herauszuarbeiten, die mit dem Fall verbunden war. »Alles andere findet sich dann schon«, hatte sie ihm immer wieder erklärt. Diese Einschätzung hatte sich heute bewährt. »Sehr gut gemacht, Frau Vettel«, lobte er, als sie das Überholmanöver beendet hatte, und schaute wieder nach vorn. Hanns-Martin Budde hatte ihnen in dem kurzen Gespräch viel erzählt, und – so war der Eindruck von Jakob Besser – sie hatte es geschafft, das Vertrauen dieses verschlossenen Menschen zu gewinnen.

Als sie in die Stadt zurückfuhren, hatte die Sonne ihren Platz über den Häusern eingenommen. Der Tag versprach, warm zu werden, und mit Bedauern dachte Johanna heute zum ersten Mal an den gestrigen Abend und daran, wie schön er hätte werden können.

*

Um neun Uhr nahmen sie im Besprechungsraum Platz. Johanna würde die Sitzung leiten. Die Materialien, die ihnen bis zu dieser Stunde vorlagen, hatte jeder vor sich auf dem Platz liegen. Jakob Besser hatte die gute halbe Stunde, die sie nach der Rückkehr noch hatten, genutzt, sich noch intensiver mit der Firma BudSol zu befassen, und war noch im Besprechungsraum damit beschäftigt, sich dazu ein paar Notizen zu machen. Außer Klaus Meyer, den alle der Einfachheit halber KTU-Meyer nannten, waren noch die zwei jungen Kollegen Barbara Klampe und Kurt Glowitz hinzugezogen worden. Rolf Niederbäumer war vom Kommissariat Melle zur Mordkommission abgestellt worden. Johanna Kluge arbeitete gern mit diesen Dreien zusammen. Beate Klampe war zurückhaltend, akribisch und ehrgeizig. Der große Glowitz war, obwohl wettbewerbsorientierter Sportler, ein eher friedlicher und genügsamer Mensch.

»Ich freue mich, dass du auch mal wieder dabei bist«, wandte sich Johanna Kluge an Rolf Niederbäumer, »deine Ortskenntnis wird uns mit Sicherheit weiterhelfen.« Sie mochte den Kollegen, ein meist gut gelaunter, sarkastischer und geistig flinker Typ. Er war der Kommission zugeordnet worden, weil der Brandort im Zuständigkeitsbereich des Meller Kommissariats lag. Johanna fand, dass sie ein gutes, wenn auch spannungsgeladenes Team waren.

Niederbäumer lehnte sich zurück, er war sichtlich geschmeichelt. Johanna Kluge warf einen Blick auf Jakob Besser, der aber Niederbäumer nicht sonderlich zur Kenntnis nahm. Die beiden waren sehr unterschiedlich, sodass es zwischen ihnen durchaus einmal zu Spannungen kommen konnte. Niederbäumer war ein selbstbewusster großer Polizist, bodenständig mit Familie und Reihenhaus. Ihm nahm man ab, dass er auch einmal einen Streit zwischen zwei ukrainischen Lkw-Fahrern durch beherztes Eingreifen schlichten konnte. Jakob Besser dagegen wirkte in seiner Größe nicht stark, sondern lediglich lang, und seine Brille zu seinem kurz geschorenen Haar erzeugte gegenüber manchen männlichen Kollegen eine deutliche Distanz. Dabei kehrte Besser seine Intellektualität ihrer Ansicht nach nicht heraus, aber Männer mochten es ihrer Erfahrung nach nicht, wenn andere Männer zu viel von Dingen wussten, von denen sie selbst keine Ahnung haben. Und Besser wusste eine Menge von vielen Dingen.

Klaus Meyer wartete, in seinen Freischwinger zurückgelehnt, bis Johanna Kluge das Wort ergreifen würde. Sie hatte ihn gebeten, bei der ersten Sitzung anwesend zu sein und anschließend wieder zum Brandort zurückzukehren, um die weitere Spurensicherung zu beaufsichtigen. Er nutzte die Zeit und beantwortete diverse SMS oder beschäftigte sich sonst irgendwie mit seinem Smartphone. Die Fotos vom Brandherd hatte er allen über ein Tablet bereitgestellt, die entscheidenden hatte er als Ausdruck vor sich liegen.

Johanna Kluge begann mit einer ersten Zusammenfassung dessen, was geschehen war: »Gestern um 18.15 Uhr entdeckten Waldarbeiter beim Verbrennen von Restholz eine Rauchsäule. Der Ruf ging um 18.21 Uhr bei der Leistelle ein.«

»Warum waren denn um diese Zeit noch Forstarbeiter im Wald?«, wollte Glowitz wissen. Er achtete immer darauf, dass nicht zu viele Überstunden in der Abteilung anfielen, und kannte sich mit der Arbeitszeitordnung des öffentlichen Dienstes hervorragend aus.

»Im Grunde war das Feuer der Waldarbeiter ein halbprivates Feuer. Der eine lebt in der Nachbarschaft von Budde und hat mit einem Kollegen in seinem kleinen Forst Restholz verbrannt.« Niederbäumer erläuterte, dass man in diesem Fall unter »Nachbarschaft« die Waldnachbarschaft meinte. Denn die alte Hofanlage, auf der Budde mit seiner Tochter gewohnt habe, sei ja in absoluter Alleinlage und habe im städtischen Sinne natürlich keine Nachbarn.

Johanna Kluge fuhr mit der Chronologie der Ereignisse fort. »Das erste Feuerwehrfahrzeug traf um 18.32 Uhr ein, um 18.37 Uhr begann die Brandbekämpfung.«

»Erster Angriff«, wiederholte Jakob Besser die Worte des Ortsbrandmeisters.

»Genau, erster Angriff«, wiederholte Johanna Kluge. Jakob Besser würde diese Feuerwehrausdrücke nun in seinen Wortschatz aufnehmen. Wenn er etwas gelernt oder auch nur gehört hatte, verleibte er es sich ein und vergaß es nie mehr. Johanna lächelte milde: »Die Leiche wurde 50 Minuten später gefunden, nachdem mit dem zweiten und dritten Angriff«, Johanna warf Besser einen zustimmenden Blick zu, »der Innenraum abgelöscht war und das Haus begangen werden konnte. Da war es 19.30 Uhr.«

Eigentlich hatte sie gestern Abend um halb acht vorgehabt, den Abend des wiederaufflackernden Sommers mit einem gut aussehenden Mann im Straßencafé zu verbringen. John von dem Bruche!, notierte sie auf ihrem Schreibblock. Sie musste ihn unbedingt anrufen. Gestern hatte sie es nur geschafft, ihn mit einer SMS zu informieren, dass sie nicht kommen könne, und seitdem keine Zeit gehabt, auf seine knappe Antwort »Schade«, zu antworten. Es sah im Moment nicht so aus, als könne sie dieses Treffen in den nächsten Tagen nachholen.

»Wir sind um kurz vor acht am Brandort eingetroffen.« Sie griff nach ihren Unterlagen. »Das Feuer ist wahrscheinlich gegen 17.30 Uhr gelegt worden. Es wurde ein Brandbeschleuniger eingesetzt. Vermutlich – Näheres wird die weitere Spurensicherung ergeben – hat jemand rund um das Sofa und über Walter-Hermann Budde Benzin vergossen und entzündet. Nach Berechungen des umbauten Raums und unter der Annahme, dass die Fenster geschlossen waren, hat sich das Feuer von oben nach unten durchgearbeitet. Es konnte sich auf der Hiele gut entfalten, hat dort alles Brennbare wie blanke Holzplanken, Holzregale und Kopfbänder in Brand gesetzt. Dann ist der Boden der Hiele durchgebrochen und das Sofa mit der Leiche nach unten gestürzt. Das Feuer hat maximal eine Dreiviertelstunde im Innenraum gewütet, bis es zur Verpuffung kam, die Fenster geplatzt sind und schlagartig eine weithin erkennbare Rauchsäule aufgestiegen ist.«

KTU-Meyer führte auf Johannas Nicken fort. »Richtig. Die Scherben der Fenster waren sämtlich außerhalb des Gebäudes, mit ziemlicher Sicherheit können wir diese zeitliche Abfolge annehmen.«

Beate Klampe betrachtete die Fotos des Toten, die sie vor sich hatte: »War er tot? Oder hat er noch gelebt, als das Feuer gelegt wurde?«

»Das können wir noch nicht sagen. Die Obduktion wird um zwölf Uhr sein. Ich werde mit Cora Schönhaus nach Oldenburg fahren.« Die Staatsanwältin hatte sich mit ihr wegen des Termins in Verbindung gesetzt. Sie wollte auf jeden Fall teilnehmen, weil der Tod von Walter-Hermann Budde, obwohl er nach ihren Aussagen eigentlich nicht mehr im Wirtschaftsleben der Stadt mitmischte, nicht so nebenbei zu erledigen sei. »Ich werde mich ein bisschen mit reinhängen«, hatte sie Johanna gesagt, »und dass wir mal wieder enger zusammenarbeiten, ist doch auch schön.«

»Auf welche Art er zu Tode gekommen ist, wissen wir nicht. Wir wissen auch noch nicht mit Sicherheit, ob Fremdeinwirkung im Spiel war. Auf den ersten Blick konnte ich nichts feststellen«, fasste Johanna Kluge noch einmal zusammen. Sie dachte an die groteske Position des verbrannten Walter-Hermann Budde mit nach oben gereckten Gliedmaßen. »Aber heute Abend wissen wir mehr.« Diese Ungewissheit hatte sie heute Morgen aus dem Bett getrieben. Hatte er möglicherweise noch gelebt? War er bei Bewusstsein gewesen? Wer würde einen Menschen bei lebendigem Leib verbrennen? Ihrem Eindruck nach aber sah Budde nicht so aus, als habe er sich gewehrt. Das beruhigte sie.

»Vielleicht war er völlig betrunken«, vermutete KTU-Meyer und griff zu seinem Smartphone. »Wir haben ja nicht nur um den unmittelbaren Brandherd Flaschenreste gefunden. Die Ecke hinter dem roten Plüschsofa im Dielenraum unten sah aus wie eine Rücknahmestelle für Altglas. Unter anderem gab es Korn und Bommerlunder, aber am liebsten trank er Irischen Whiskey, Connemara Cask Strength.« Er schob anerkennend die Unterlippe vor.

»Waren noch Etiketten zu erkennen?«, fragte Besser arglos.

»Herr Kollege, es freut mich, dass ich Ihnen auf diesem Gebiet an Kenntnissen voraus bin. Ich erkenne die Rundung der wunderbaren Flasche und könnte im Dunkeln mit den Fingern anhand eines einzigen Buchstabens den Schriftzug dieser Destille wiedererkennen.« Er reichte sein Smartphone weiter, auf das er ein Bild des Whiskeys aus einem Internetshop geladen hatte samt Preis.

»Alle Achtung, über 50 Euro ist eine stolze Summe«, fand Besser, der höchstens für einen Darjeeling Second Flush bereit gewesen wäre, einen höheren als den normalen Preis zu zahlen, weil er beim Tee Qualitätsunterschiede erkennen konnte.

»Die Tochter des Verstorbenen, Maja Budde, ist seit gestern Abend nicht auffindbar«, setzte Johanna fort. Das war das Besondere, dem sie ab sofort ihre Aufmerksamkeit zukommen lassen mussten. Sie hatte gestern bei der Besichtigung des überordentlichen Hauses keinen Hinweis darauf gefunden, ob die Frau das Haus plötzlich oder geplant verlassen hatte. »Wir suchen sie als wichtige Zeugin.« Das hatte sie gestern Nacht noch in die Wege geleitet, bis jetzt jedoch ohne Erfolg. Das Handy, das auf sie zugelassen war, war bislang nicht geortet worden.

»Sie wohnte dort seit fast 20 Jahren«, mischte sich jetzt Niederbäumer ein. »Ich kenne sie ganz gut.« Die Aufmerksamkeit der Runde war ihm sicher. »Mein Sohn ist mit ihrem Sohn ein paar Jahre in dieselbe Schule gegangen.« Sein Sohn sei mittlerweile 22, in dem Alter etwa müsse Sven Budde auch sein. »Vielleicht sind da ein oder zwei Jahre Unterschied.« Sven sei aber ein paar Jahre später auf ein Internat nach Süddeutschland gegangen. Maja Budde habe, so weit er wisse, als Biologin in einer Firma am östlichen Rand von Osnabrück gearbeitet. »Bis vor sieben, acht Jahren.« Da habe sie ihren Job gekündigt und sich um ihren Vater gekümmert, der sich nach einem Schlaganfall aus seiner Firma zurückziehen musste.

Johanna Kluge musterte Niederbäumer, dessen Ortsverbundenheit sie schätzte. Er kannte alle Dörfer und Siedlungen rund um die Stadt Melle und vor allem die aktiven Bewohner. Trotzdem wunderte sie sich über seine detaillierten Kenntnisse, was das Privatleben der Frau anging.

»Ich habe gestern mit Horst Pietschmann, einem der Forstarbeiter, die das Feuer entdeckt haben, geredet, der weiß alles«, erklärte Niederbäumer sein Wissen. »Er ist manchmal rübergegangen und hat einen Kaffee mit ihr getrunken. Seiner Ansicht nach waren Vater und Tochter ziemlich isoliert und eigentlich, so sagt er jedenfalls, ›arme Schweine‹.«

Johanna nickte. Das Gefühl der Einsamkeit hatte sie beschlichen, als sie im Haus der Tochter gestanden hatte, mit nichts vor sich als den Blick auf das Haus des alten, offenbar alkoholkranken Vaters. Sie schauderte bei der Vorstellung, sie hätte mit ihrem Vater zusammenleben müssen. Dabei hatte sie ihn gemocht und schämte sich immer, wenn sie das in den letzten Jahren in Gesprächen mit Freunden eingestehen musste, dass sie ihn nicht in einer gemeinsamen Wohnung ertragen hätte. Maja Budde hatte ihren Vater sicherlich auch gemocht. Sie würde gern mit dem Nachbarn Horst Pietschmann sprechen, notierte sie sich neben »John von dem Bruche«.

»Dann ist der Vater also zu ihr gezogen«, stellte Johanna fest.

»Ja, das Kötterhaus wurde für seine Bedürfnisse aufwendig zum Wohnhaus umgebaut, einfacher ebenerdiger Zugang, behindertengerechtes großes Bad unten und ein Schlafzimmer«, fuhr Niederbäumer fort.

»Er war aber auf einer nur über eine steile Treppe zu erreichenden Empore – Hiele sagt ihr wohl, als das Feuer ausbrach«, stellte Johanna fest.

»Von dem Schlaganfall hatte er sich im Grunde nach und nach erholt, und Folgeschäden waren, so der Nachbar, eigentlich nicht sichtbar. Er hat nur die Finger der linken Hand nicht mehr richtig bewegen können.« Rolf Niederbäumer legte seine schweren Arme auf den Tisch. »Aber es ist ja nicht verkehrt, für alle Fälle vorzusorgen mit der Barrierefreiheit, irgendwann sind wir alle dran.«

Johanna stimmte ihm zu, obwohl gerade Rolf Niederbäumer noch weit entfernt zu sein schien, irgendwann einmal Hilfe brauchen zu müssen. Er übernahm es, sich um die familiären Zusammenhänge der Maja Budde zu kümmern und mit einem Team in der Umgebung nach Zeugen zu suchen, die sie möglicherweise gestern gesehen hatten.

Johanna dachte an die beiden sich gegenüberstehenden Häuser und das sterile Wohnzimmer, aus dem die Tochter ihren Vater immer hatte sehen können, wenn sie es denn wollte. Hatte sie das getan? Vielleicht hatte sie nicht mehr hingeguckt, vielleicht hatte sie ihn ja nicht sehen wollen. Ihr Wohnraum sah auf eine merkwürdige Weise verwaist aus, als sei er unbelebt. Miteinander hatten Vater und Tochter zusammen am gleichen Ort gewohnt, isoliert von der Außenwelt, jeder in seinem eigenen Haus, jeder in seiner eigenen Welt.

Gemeinsam erörterten sie die verschiedenen Möglichkeiten, die sich nach der Nacht aufwarfen. Warum war Maja Budde verschwunden, was hatte sie gesehen? Was hatte sie getan? Es könnte einen gewichtigen Grund geben, dass sie verschwunden war. Schließlich konnte der Vater einem Verbrechen zum Opfer gefallen sein, und sie war geflohen, um sich selbst in Sicherheit zu bringen. Das Bild der verschwundenen Tochter blieb unscharf, und Johanna Kluge wollte sie nicht vorschnell verdächtigen.

»Wir suchen die Tochter Maja Budde bis auf weiteres als wichtige Zeugin.« Sie standen erst ganz am Anfang der Ermittlungen. Das Bild war viel zu unscharf, als dass sie voreilige Schlüsse ziehen sollten. »Es gibt noch einen weiteren Familienangehörigen, einen Sohn, Hanns-Martin Budde.« Johanna informierte die Runde über ihren Besuch in der Villa des Sohnes am Westerberg und das anschließende Gespräch mit Hanns-Martin Budde in dessen Büro.

»Er arbeitet in der Tat vor Tau und Tag«, begann Jakob Besser. »Offenbar war er heute schon vor sieben im Büro.« Jakob, der auf Männer immer mit einer gewissen Skepsis reagierte, vermittelte der Runde seine Irritation und die großen Bedenken, die durch das Gespräch aufgekommen waren: »Er hat während der Befragung vorhin ein derartiges Desinteresse an der Ursache des Brandes an den Tag gelegt, dass man doch nicht unbegründet vermuten kann, dass er ein übergroßes Interesse am Tod seines Vaters verbergen möchte.«

Johanna stimmte ihm zu. Hanns-Martin Buddes Interesse an der Todesursache musste so groß sein, dass er sich nicht traute, nachzufragen, wie der Brand ausgebrochen war, sondern einen Bogen um dieses Thema machte. Aber er hatte unter einem gewissen Schock gestanden und sichtlich um Fassung gerungen. Die schien er am Ende durch Schweigen und Umherwandern in seinem Büro wiedergefunden zu haben. Sie würden ihn am Abend, wenn die Ergebnisse der Obduktion vorlagen, erneut befragen.

3. KAPITEL

Als sie aus dem Schlaf erwachte, hielt sie die Augen geschlossen. Sie fühlte sich schwer und hatte das Empfinden, jemand habe ihr eine Kappe über Stirn und Hinterkopf gezogen. Der gleichmäßige Druck auf ihren Schläfen verursachte ein dumpfes Gefühl. Es war kein Schmerz, eher ein rauschendes Dunkel, als bewege sich das Schwarz hinter ihren Lidern im Hintergrund des Augapfels.

Sie wollte sich nicht rühren und lag still und regungslos in derselben Lage, wie sie erwacht war. Sie bewegte noch nicht einmal ihre Hände, die auf dem Laken neben ihrem Körper lagen. Unter ihren Hacken fühlte sie ein warme Wolldecke, ein anderes Material als das der Bettdecke, die über ihr lag. Sie nahm es wahr, ohne es zu wollen. Das Hemd über ihrer Brust war klamm. Langsam breitete sich die Feuchtigkeit von ihrem Brustkorb aus und kroch als Frösteln über ihre Beine und Arme. Sie begann zu zittern. Das Baumwollhemd klebte an ihrer Brust. Sie schluckte den Ekel hinunter und schob die Decke von sich, stöhnte auf, weil sie so viel Energie aufbringen musste. Nach dieser Anstrengung blieb sie auf dem Rücken liegen, bis sie erneut zu zittern begann, erst dann rollte sie sich zur Seite und kauerte sich zusammen, um das Zittern unter Kontrolle zu bringen.

Sie wollte nichts mehr sehen. Nichts. Wenn sie nicht frieren würde, müsste sie nicht aufstehen. Sie verachtete sich dafür, dass sie sich bewegte, weil sie fror. Aber das Hemd ekelte sie an. Sie hievte sich hoch und setzte sich auf die Bettkante. Mit einem Ruck zog sie sich das Hemd über den

Kopf und warf es auf die Erde. Als sie die Augen öffnete, blickte sie auf ihre nackten Füße.

»Meine Füße«, flüsterte sie. Sie räusperte sich und hob die Füße an. Ihr T-Shirt lag auf einem Juteteppich. Der hellbraune Teppich vor ihrem Bett war sauber. Sie sah das und fand es lächerlich, diese Tatsache wahrzunehmen. Langsam hob sie den Kopf und schaute auf die zugezogenen Gardinen, durch einen Spalt zwischen den beiden Schals fiel ein Lichtstrahl auf den Boden.

»Licht«, sagte sie ein wenig lauter. Das Raue in ihrer Stimme war geblieben. Wie lange hatte sie nicht mehr gesprochen? Sie überlegte, aber ihre Gedanken versickerten.

Langsam legte sie den Kopf in den Nacken und schaute auf eine kleine Stuckrosette an der weiß getünchten Decke des Zimmers. Sie war auberginefarben gestrichen, passend zu den Stores am Fenster. Das Zimmer war nicht groß. Neben dem französischen Bett war gerade einmal genug Platz für je ein kleines Nachttischschränkchen. Die kleine braun genoppte Reisetasche, die sie vor Jahren bei Geschäftsreisen mitgenommen hatte, stand auf der Kofferablage an der gegenüberliegenden Wand neben einem schmalen Kleiderschrank im Biedermeierstil. Die Tür daneben stand einen Spalt offen. Gestern Abend hatte sie sich das Zimmer nicht genau angesehen. Sie war an irgendeiner Stelle ihrer Fahrt einfach einem Hinweisschild zu einem Romantikhotel gefolgt. An den Namen des Hotels erinnerte sie sich nicht mehr, genauso wenig wie an den Ort. Eine junge blonde Frau an der Rezeption hatte sie mitleidig angesehen und gemeint, sie habe Glück, dass die Rezeption noch besetzt sei. Sie hatte ihr zugestimmt und gesagt, sie sei unglaublich müde und brauche dringend ein Bett.

Es war also doch nicht so lange her, dass sie gesprochen hatte. Sie blickte auf die kleine goldene Armbanduhr an ihrem linken Handgelenk. Es war vier Uhr. Der Zeiger der Uhr bewegte sich lautlos. Sie wandte den Blick ab. »Eine richtig gute Uhr ist selbstverständlich nicht digital«, hatte ihr Vater gesagt, als er ihr die Uhr zum 30. Geburtstag schenkte. »Für mein Kind«, war auf der Rückseite eingraviert. Langsam legte sie die Hände vor das Gesicht und stützte ihre Ellbogen auf die Knie. Wieder ergriff sie ein Schauder, ihre Zähne schlugen aufeinander.

Mühsam stand sie auf und ging ins Bad. Die Deckenbeleuchtung in dem fensterlosen Raum ging automatisch an, gleichzeitig schaltete sich die Belüftung ein. Ihre Schuhe standen vor der Dusche, ein Handtuch lag auf der Erde. Sie konnte sich nicht daran erinnern, dass sie bei ihrer Ankunft in diesem Bad gewesen war. Erschöpft setzte sie sich auf die Brille der Toilette und erinnerte sich in diesem Moment, wie sie auch in der Nacht hier gesessen hatte, vornübergebeugt, und nachgedacht hatte. Auf der Ablage hinter dem Waschbecken lag ihre Tablettenschachtel neben einem aus der Zellophanverpackung gerissenen Zahnputzglas. Sie griff nach der Packung und zog ein Blatt heraus, zwei Tabletten waren noch übrig, in dem anderen Blister fehlten drei.

Einen Waschbeutel sah sie nicht, sie wandte sich um und hielt sich mit einer Hand am Türrahmen fest. Warum konnte sie sich nicht mehr erinnern, wie sie hier angekommen war? Sie warf einen Blick auf die Reisetasche, ging aber zum Fenster und zog die Stores ein wenig auseinander. Ihr Blick fiel genau auf den roten Ball der sinkenden Sonne. Sie kniff die Augen zu. Ein stechender Schmerz in ihrem rechten Auge ließ sie zusammenzucken. Mit geschlossenen Augen zog sie die dicken doppelten Vorhänge zusammen, dieses Mal, ohne dass die Sonne Licht auf den Laminatboden und den Juteteppich werfen konnte.

Sie hatte trotzdem gesehen, wo sie war. Dieses Bild war ihr seit Kindertagen vertraut, sie waren so oft hier gewesen. Der weite Blick, ohne Begrenzung bis zu der schmale Linie am Horizont, die den Himmel von der Erde trennte, das Glitzern des Wassers in den Senken des Schlicks wie weiche kleine Dünen, kein Mensch, der die Relationen zurechtrückte, die Sonne in einem blassrosa Dunst. Nun, da sie wusste, wo sie war, hörte sie durch die geschlossenen Fenster das Geschrei der Vögel.

Auf der Bettkante im fast Dunkel des Zimmers sitzend weint sie. Die Tränen rollen über ihre Wangen, so sehr fehlt ihr die Mutter, die schon so lange nicht mehr da ist. Es ist 30 Jahre her, dass sie das letzte Mal an dieser Küste war, sie allein mit ihren Eltern. Es war das letzte Jahr, in dem die Eltern noch zusammenlebten, danach war die Mutter verschwunden aus ihrem Leben. Nach diesen Ferien hatte sie die Nordsee nie wieder gesehen.

Sie weiß nicht, welcher Tag ist, und stürzt sich auf ihre Reisetasche, doch sie findet ihr Handy nicht. Auch einen Waschbeutel hat sie nicht eingepackt. Dreimal kramt sie in den einzelnen Seitenfächern ihrer Tasche, aber sie findet dort keine Zahnbürste. Früher, früher hatte sie immer irgendwo eine Ersatzzahnbürste.

Ohne sich die Zähne zu putzen, kann sie nicht den Tag beginnen. Sie will den schalen Geschmack im Mund loswerden, spült den Mund mit Wasser aus und gurgelt. Sie spürt den Belag auf ihren Zähnen und reibt mit dem Finger über die Backenzähne, spuckt das lauwarme Wasser aus, aber sie wird den faulen Geschmack nicht los. Unter den diversen Proben und Badutensilien, die standardmäßig in Hotelzimmern zu finden sind, ist keine Zahnbürste.

Ihr Blick fällt auf ihr Spiegelbild, aber sie wendet den Blick ab. Sie interessiert sich nicht für sich. Sie geht zum Bett zurück und greift zum Telefonhörer. Sie räuspert sich, bevor sie die Rezeption wählt.

»Guten Tag«, sagt sie, »ich bin krank und …«

»Kann ich etwas für Sie tun?«, fragt eine Männerstimme.

»Ich brauche eine Zahnbürste, ich habe sie …«

»Selbstverständlich«, unterbricht sie die eilfertige junge Stimme. »Ich bringe Sie Ihnen sofort. Weich oder hart?«

»Hart«, antwortet sie. »Und Zahnpasta, bitte.«

»Kein Problem«, antwortet der Mann mit einem Lächeln in der Stimme. »Kann ich sonst noch etwas für Sie tun?«

»Ich möchte noch ein paar Nächte bleiben. Ist das möglich?« Sie hofft, dass sie sofort wieder ins Bett gehen kann, wenn diese Dinge erledigt sind.

»Einen Augenblick bitte, ich schau mal eben«, antwortet der junge Mann. »Oh, Sie haben doch schon für eine Woche gebucht, Frau Budde.«

»Danke«, sagt Maja Budde und legt auf.

Sie wartete, bis der junge Mann klopfte und ihr eine in Zellophan eingeschweißte Zahnbürste mit beigepackter Paste mit gestrecktem Arm durch den Türspalt reichte. Nachdem sie die Zimmertür wieder verschlossen hatte, entledigte sie sich ihres Büstenhalters und des Slips. T-Shirts und Slips hatte sie einige eingesteckt. Verständnislos für ihr Tun hob sie die Schultern und ging ins Bad. Nachdem sie die Zahnbürste aus der Verpackung gerissen und eine namenlose Hotelpaste auf die harten Borsten gedrückt hatte, öffnete sie den Wasserhahn in der Duschkabine und setzte sich auf den Boden der Duschwanne. Das Wasser lief über ihre Haare und umhüllte ihren ganzen Körper warm, während sie sich ausgiebig die Zähne putzte.

4. KAPITEL

Johanna Kluge hatte sich am Anfang ihrer Laufbahn nicht darum gerissen, bei Obduktionen dabei zu sein. Ihr war das lästig, nicht nur, weil sie in diesem Fall eineinhalb Stunden nach Oldenburg fahren musste. Sie hatte früher die Ansicht vertreten, es trage zur Aufklärung eines Falles nichts bei, ob sie nun dabei war oder nicht. Mit der Zeit hatte sie jedoch gelernt, die Opfer zu betrachten, und versucht zu entschlüsseln, was sie ihr erzählten. Sie lernte im Lauf der Jahre, dass der Tod beredter war, als sie einst dachte, und sie durch die Konfrontation mit ihm an eine Art von Information gelangte, die sie durch eine noch so genaue Analyse der Fakten nicht erhalten konnte.

Jakob Besser unterstellte ihr eine esoterische Grundhaltung, als sie ihm einmal erzählte, dass sie aus dem Gesicht eines Toten etwas über seine Einstellung zum Leben erfahren könnte, einerlei ob er eines gewaltsamen oder eines natürlichen Todes gestorben war. Sie ärgerte sich immer noch, dass sie Besser davon erzählt hatte. Sie konnte es ihm nicht erklären, dass es nichts mit Esoterik zu tun hatte, und sie auf keinen Fall behaupten wollte, die Gedanken des Opfers würden sich ihr gegenüber manifestieren. Sie war vielmehr der Ansicht, dass angesichts des Opfers und durch ihre aktive Kontaktaufnahme eigene Gedanken zu der Person in einer Weise freigesetzt wurden, wie es aufgrund von Akten und Stimmen von Zeugen nicht möglich war.

Dass heute etwas in dieser Art geschehen würde, erwartete sie nicht. Sie hatte das Brandopfer Walter-Hermann Budde bereits gesehen und fürchtete sich davor, ihm erneut entgegenzutreten. Aus diesem Gesicht konnte sie nichts mehr lesen, weil es den Mann, der Walter-Hermann Budde einmal gewesen war, nicht mehr zeigte.

»Sie haben Walter-Hermann Budde also gekannt«, fragte Johanna Kluge die Staatsanwältin Cora Schönhaus, die zügig, aber nicht zu schnell über die Autobahn A1 Richtung Norden fuhr.

»Na ja, gekannt ist zu viel gesagt«, lachte sie. »Ich habe ihm mal einen Korb gegeben.«

Johanna grinste. Cora Schönhaus war groß, ein bisschen kantig und mit ihren vielleicht 58 Jahren ausgesprochen attraktiv. Aber Männer interessierten sie nicht.

»Wir haben uns ungefähr vor 15 Jahren auf irgendeinem Wirtschaftsförderungstreffen der Stadt getroffen. Wir waren nicht einer Meinung. Er hielt sich für unwiderstehlich, ich ihn nicht.«

Johanna schaute aus dem Fenster auf die vorbeirauschenden abgeernteten Felder. Nur die Maisfelder warteten noch darauf, eingefahren zu werden. »Vermaisung« war das Schlagwort für den überhandnehmenden Anbau von Mais vor allem für die Biogasanlagen, die überall betrieben wurden.

»Sie fanden ihn unsympathisch?«, fragte Johanna überflüssigerweise.

»Nein, er war unsympathisch.« Cora Schönhaus hatte eine herbe und tiefe Stimme, und ihr Gelächter wirkte wie das Husten einer erkälteten Hexe. Johanna musste mitlachen. Cora Schönhaus gefiel ihr, und sie freute sich über die gemeinsame Fahrt.

Das Institut der Rechtsmedizin hatte seinen Standort im Westen von Oldenburg nahe der Autobahnausfahrt. Das Gebäude lag ein wenig ab von der Hauptstraße, von großen Bäumen und Büschen umgeben.

»An sich ein hübscher Arbeitsplatz«, fand Cora Schönhaus, die vom Parkplatz mit langen Schritten voranging.

Die Obduktionsräume befanden sich im Untergeschoss. Die Schritte der Staatsanwältin hallten über den mit Fliesen ausgelegten Flur. Johanna Kluge wiederholte diesen Satz in Gedanken, weil er hier tatsächlich der Wirklichkeit entsprach. Cora Schönhaus pflegte sportliche Pumps zu tragen, die ihren energischen Schritt unterstrichen. Johanna blieb einen Schritt hinter der großen Staatsanwältin, sie verursachte mit ihren Basketballschuhen nur ein leises Quietschen.

»Tag, Doktor«, grüßte Cora Schönhaus den Pathologen Dr. Schmitthals und gab ihm die Hand.

Der Mann war knapp über 1,55 Meter groß und trug das Kinn hoch: »Ich freue mich, zwei schöne Frauen in meinem Reich begrüßen zu können.« Er verbeugte sich knapp vor der Staatsanwältin und streckte Johanna Kluge die Hand entgegen. »Eine schöner als die andere.«

Johanna hatte in den vielen Jahren ihres Zusammentreffens vergeblich signalisiert, dass sie für seine Späße kein Sensorium besaß, aber ihre Abwehr ließ ihn völlig kalt, und unermüdlich spielte er die Rolle des kleinen Gockels weiter.

Mit energischen kurzen Schritten führte er sie zu seinem Arbeitsplatz, auf dem die sterblichen Überreste von Walter-Hermann Budde lagen.

»Frau Kluge«, sprach er mit erhobenem Zeigefinger, »damit Sie nicht wieder ungeduldig werden. Ich sage es Ihnen gleich vorweg: Er wurde erschlagen.«

Johanna Kluge war erstaunt, und Cora Schönhaus nickte ihr anerkennend zu. Sie hatten sich wieder einmal überraschen lassen von Dr. Schmitthals. Gewöhnlich genoss er es, die Szenen auszuschlachten, in denen er zur Geltung kommen konnte, wusste aber genau, dass er die beiden Frauen vor allem mit dem gegenteiligen Verhalten überraschen konnte.

»Sie sind ein Fuchs, Dr. Schmitthals«, lachte Cora Schönhaus, »sind wir damit unsere größte Sorge los?«

»Die wäre?« Dr. Schmitthals legte eine kleine Handkreissäge zurecht.

»Dass der Mann möglicherweise noch gelebt hat, als das Feuer gelegt wurde.« Johanna Kluge war einen Schritt an den Tisch herangetreten.

»Da können Sie ziemlich beruhigt sein. Er hat ein fast zwei Zentimeter großes Loch im Hinterkopf, sodass er auf jeden Fall bewusstlos war.« Er legte die Säge wieder aus der Hand, führte sie an die hintere Seite des Tisches und hob den Kopf der Leiche an. Dadurch bewegte sich der gesamte Leichnam in seiner Starrheit. Mit seinem behandschuhten Finger zeigte Schmitthals auf eine dreieckige Stelle am kahlen Kopf, wo die verbrannte Kopfhaut wulstiger und schwärzer war als in der Umgebung. »Hier hat sich eine andere Kruste gebildet.« Er nahm ein spitzes nadelförmiges Instrument und schob es vorsichtig zwei Zentimeter in die Mitte dieser Stelle. »Sehen Sie, kein Widerstand.« Er zog das Instrument wieder heraus.

»Womit ist ihm das zugefügt worden?«, fragte Johanna.

Dr. Schmitthals verdrehte die Augen. Johanna Kluge schlug ihre Lider nieder, denn nun würde er sie zurechtweisen, dass er erst nach Abschluss der Untersuchung Genaueres würde sagen können. Aber er unterließ es zu ihrem Erstaunen und setzte ein nachsichtiges Lächeln auf. »Mit Sicherheit mit einem schweren Gegenstand mit einer spitzen Ecke, wahrscheinlich aus Metall.«

Johanna nickte dankbar, dass er heute zum zweiten Mal von dem Muster abgewichen war, das sie von ihm kannte und wie selbstverständlich von ihm erwartete. Es ärgerte sie, dass sie diesem Mann gegenüber so voreingenommen war.

Dr. Schmitthals lächelte sie freundlich an und griff erneut zur Handkreissäge, um den Brustkorb zu öffnen.

»Warten Sie bitte noch einen Moment«, bat Johanna Kluge mit übertriebener Sanftheit in der Stimme und schaute in das verbrannte Gesicht des Opfers.

Ihr bot sich das gleiche Bild wie am Abend am Brandort. Mit Sicherheit würde sie niemandem von ihren Gedanken erzählen, vor allem nicht Jakob Besser. Aber sie fragte sich angesichts des furchtbaren Todes, den Walter-Hermann Budde gefunden hatte, ob es einen Menschen gab, der ihm genau diesen Tod und keinen anderen gewünscht hatte. Es war ja nicht unerheblich, auf welche Weise ein Mensch zu Tode kam. Was erzählte dieser Tod über das Opfer, nicht nur über den, der das getan hatte. War diese Person der Ansicht gewesen, recht zu handeln? Budde war nicht erstochen, nicht erschossen, nicht erdrosselt worden. Er war erschlagen und anschließend verbrannt worden. Ein Mann seines Alters war doch sicherlich leicht zu töten. Budde war 73 Jahre alt, gehandicapt durch die Folgen des Schlaganfalls, zusätzlich geschwächt durch Alkoholabusus. Feuer aber war das heftigste Mittel, das sie sich vorstellen konnte. Flammen hatten eine so offensichtlich zerstörerische Kraft, dass alles ausgelöscht wurde. Er war vernichtet worden. Fegefeuer, schoss ihr durch den Sinn, die reinigende Kraft des Feuers, die Vorhölle, in der der Mensch von seinen Sünden gereinigt wird. Sie wunderte sich über ihre Gedanken. Sie war – wenn überhaupt religiös – evangelisch erzogen worden. Wahrscheinlich saß sie ihren eigenen Fantasien über Fegefeuer auf. Sie würde Jakob Besser irgendwann einmal danach fragen.

Aus der Innentasche ihrer Lederjacke zog sie einen Ausdruck des Fotos des Firmengründers von BudSch. Budde war zwar auf dem Bild mindestens 20 Jahre jünger, aber das gealterte Gesicht hätte sie, wäre sein Gesicht unversehrt, mit Sicherheit wiedererkennen können.

Cora Schönhaus sah sie von der Seite an: »Suchen Sie etwa nach Ähnlichkeiten?«

Johanna zuckte mit den Schultern. »Vielleicht will ich mir klar machen, dass es keinerlei Ähnlichkeiten mehr gibt.« Aber sie hatte sich getäuscht. Wenn auch die Züge im Gesicht nicht mehr auszumachen waren, so konnte sie doch die Linien des markanten haarlosen Schädels durchaus wiedererkennen.

Dr. Schmitthals zuckte mit der Handkreissäge, er schien ungehalten: »Frau Kluge, selbstverständlich machen wir einen Zahnvergleich und DNA-Abgleich. Nicht, dass uns hier ein anderer untergeschoben wird, und Herr Budde vergnügt sich auf den Malediven.«

Johanna Kluge winkte beschwichtigend ab. Für sie stand außer Zweifel, dass es sich bei diesem Toten um Walter-Hermann Budde handelte. Jemand hatte ihn weghaben wollen, hatte den natürlichen Prozess der Verwesung, dass zu Staub und Asche werde, was einst gelebt hatte, beschleunigt. Johanna, sei nicht melodramatisch, sagte sie sich selbst, als sie sich abwandte und Dr. Schmitthals mit einer Handbewegung zu verstehen gab, dass er beginnen könne.

Die Obduktion ergab eindeutig, dass Walter-Hermann Budde tot gewesen war, als das Feuer ausbrach. Es gab keinerlei Rußpartikel in der Lunge. Da der Rumpf nicht so stark in Mitleidenschaft gezogen worden war, stand genügend Lungengewebe zur Untersuchung zur Verfügung. Der Norwegerpullover hatte sich sozusagen wie ein Schutzschild um den Brustkorb gelegt und war dort verklebt. Die äußere Verletzung am oberen Schädel hatte ihn mit Sicherheit ohnmächtig gemacht. Möglicherweise war er auch sofort tot gewesen. Genaueres zu sagen, war Dr. Schmitthals in der kurzen Zeit ohne spezifische Untersuchungen nicht möglich.

»Es ist doch auf der einen Seite eine gewisse Beruhigung, dass er wirklich tot war, als das Feuer gelegt wurde«, sagte Cora Schönhaus, als sie das Institut verließen. »Haben Sie Lust auf einen kleinen Imbiss? In der Innenstadt gibt's ein nettes französisches Restaurant.«

Johanna Kluge hatte nach den eineinhalb Stunden, die sie im Keller der Gerichtsmedizin verbracht hatten, keinen Appetit und fühlte sich zudem unter Druck. Sie wollte zurück an die Arbeit. Aber bevor sie Einwände erheben konnte, knurrte Cora Schönhaus: »Essen müssen Sie allemal, es geht schnell, und wir können uns weiter unterhalten.«

Sie setzten sich an einen kleinen Tisch mit zwei Stühlen. Die weiße Tischdecke und das Gedeck mit Wasserglas und Weinglas muteten tatsächlich an, als handle es sich um ein Bistro in Frankreich. Als die Kellnerin ihre Getränkewünsche aufnahm, gluckste Johannas Handy. Sie zog es aus der Jackentasche.

»Was hältst du von einem Flammkuchen heute Abend?«

»Entschuldigen Sie bitte, Cora«, grinste Johanna, »es ist dringend.«

»Privat geht immer vor«, stimmte Cora Schönhaus zu, sah die Kellnerin an und wies mit dem Finger auf den auf einer Tafel angepriesenen »Plat du jour«, ein »Coq au vin«.

»Nehm ich auch«, sagte Johanna und sendete John von dem Bruche: *»Viel. Wann u. wo?«* Sie freute sich, dass dieser Mann so ausdauernd war. Sie hatte ihn im letzten Winter als Zeugen in einem Fall vernommen und sich damals wie eine 15-Jährige benommen, fand sie. Dann hatten sie sich irgendwann im Sommer zufällig im »Blue Note« getroffen. Selbst Jakob hatte sich an den Mann erinnern können, weil er so verdammt gut aussah. »Hoffentlich ist er auch so intelligent wie George Clooney«, hatte er gespottet, als sie das erste Mal mit von dem Bruche ausgegangen war. Sie hatte keine Energie daran gesetzt, das herauszufinden, sondern selbst versucht, nicht allzu dumm dazustehen. Nach ihrer beendeten 20-jährigen Ehe hatte sie nicht nur keine Erfahrung mehr im Flirten, sondern zudem Bedenken, sich überhaupt auf einen Mann einzulassen. Jakob Besser meinte, Männer, die so aussähen wie John von dem Bruche, wären ohnehin nichts von Dauer, weil sie an chronischer Selbstüberschätzung litten. Sie sehe doch viel zu gut aus, als dass sie nervös sein müsse. Johanna hatte daraufhin beschlossen, ihre möglichen Liebesabenteuer nicht mehr mit ihrem Kollegen zu erörtern, auch wenn sie beide häufig am Abend zusammensaßen bei Wein und grünem Tee.

»Klappt's?«, fragte Cora Schönhaus und nahm einen Schluck von ihrem Chardonnay. »Ich bin groß. Und wir essen ja«, prostete sie Johanna zu.

»Ja.« Johanna lächelte und dachte an John von dem Bruche. Nach dem ersten Treffen im Sommer hatten sie sich einmal fürs Kino verabredet. Dann war er im Urlaub, und sie anschließend auf einer internen Fortbildung, und im August hatte sie es endlich geschafft, zwei Wochen Fahrradurlaub zu machen. Auf die Verabredung am gestrigen Arbeit hatte sie geradezu hingefiebert. Johanna seufzte.

»Sind Sie verliebt?« Cora Schönhaus war so direkt, dass Johanna vergaß nachzudenken.

»Wie soll ich das wissen, nach so langer Zeit der Abstinenz?«

»Ich verstehe«, nickt Cora Schönhaus. »Dann müssen Sie es einfach ausprobieren.«

Johanna nickte. Das hatte sie sich eigentlich vorgenommen für das nächste Treffen mit John von dem Bruche. Doch der Fall hatte dazwischengefunkt. Sie hatte eigentlich vorgehabt, diesen Mann mit in ihre Höhle zu schleifen. So hatte sie das genannt, als sie sich in ihrem fliederfarbenen T-Shirt betrachtet hatte, um ihren sexuellen Marktwert als 44-Jährige abzuschätzen. Sie hatte sich gerade vor dem Spiegel stehend über die Schulter geguckt, und den Anblick für gut befunden, als die Leitstelle sie in ihren Betrachtungen unterbrach.

»Schauen Sie nicht so skeptisch. Er sollte dankbar sein, dass Sie ihn auswählen.« Cora Schönhaus bestellte sich noch einen zweiten Chardonnay. »Santé! Sie fahren.«

5. KAPITEL

Hanns-Martin Budde schloss vorsichtig die Wohnungstür auf. Er wollte nicht, dass Dirk ihn unmittelbar überfallen würde, um zu erfahren, was los war. Die Kriminalbeamten am Vormittag hatten ihm gesagt, dass sie es zuerst bei ihm zu Hause versucht hatten. Dirk würde also Bescheid wissen. Er selbst hatte die Nachricht von dem Brand erst in der Zeitung gelesen, nachdem die beiden Beamten ihn verlassen hatten. Möglicherweise hätte er den Artikel, wenn die beiden nicht so früh bei ihm erschienen wären, gar nicht mit dem Haus seines Vaters in Verbindung gebracht. Zudem war der Lokaljournalist offenbar gegangen, um seinen Artikel zur Redaktion zu schicken, nachdem er Fotos von den Löscharbeiten gemacht hatte. Von einem Toten war in seinem Bericht keine Rede gewesen.

Den ganzen Tag hatte er in einer Benommenheit verbracht, aus der er sich einfach nicht befreien konnte. Seine Mitarbeiter hatten alle nur mit leiser Stimme zu ihm gesprochen und versucht, ihn möglichst nicht zu belästigen, weil sie Rücksicht nehmen wollten auf seine schwierige Lage. Dass alle so schnell informiert waren über den Tod seines Vaters, überraschte und ängstigte ihn gleichzeitig. Was nahmen sie sonst noch alles wahr, von dem er nichts wusste? Dieser gedämpfte Geräuschpegel und die erhöhte Aufmerksamkeit, die auf ihn gerichtet war, verstärkten den eigentümlichen Zustand, in dem er sich befand.

Er konnte es sich nicht erklären, warum das Haus gebrannt hatte. Dem Impuls zu folgen, die aufmerksame Kommissarin zu fragen, hatte er sich nicht getraut. Er war kein guter

Schauspieler und er kannte sich gut genug, dass er sich in überraschenden Situationen nicht immer so wappnen konnte, um zu reagieren, wie es möglicherweise opportun wäre. Er hatte schlicht und einfach Angst vor ihrer Antwort gehabt. Er zürnte mit sich, dass er sich wie ein Kind verhielt, dass sich sicherer fühlt, wenn es die Augen schließt. Er würde das nicht lange durchhalten können.

Geräuschlos hängte er sein Jackett auf einen Bügel in der Garderobe und wandte sich zur Treppe, die hinunter in seinen Wohnteil führte. Der Bungalow war in zwei Ebenen in den Berg gebaut, er bewohnte die untere Etage, die über eine offene Treppe mit den auf Straßenniveau liegenden Räumen verbunden war. Er zuckte zusammen, als er Dirk im Türrahmen des gemeinsamen Wohnraums stehen sah.

»Warum hast du mich nicht angerufen?«, fragte Dirk und sah ihn mit trüben Augen an. Hanns-Martin blieb stehen und hob abwehrend die Hände. Er mochte diese Attitüde von demonstrativer Traurigkeit nicht, Dirk wirkte mit diesem Blick auf ihn eher ein wenig verschnupft als unglücklich, und das erregte seinen Widerstand. »Ich hab den ganzen Tag im Laden gestanden und darauf gewartet.«

»Warum sollte ich?« Hanns-Martin sah ihn abweisend an, wollte Dirk aber nicht stehen lassen und damit einen Streit riskieren. Doch es war ihm klar, dass er mit seiner Distanz bereits am besten Weg in diese Richtung war.

»Dein Vater ist verbrannt!« Dirk stieß das im Brustton der Empörung aus.

»Ja.« Hanns-Martin versuchte, sich so zu fühlen, wie ein Mann sich fühlen musste, dessen Vater ums Leben gekommen ist, oder zumindest so zu agieren, wie der Partner erwartete, dass man reagieren müsse, wenn der Vater auf so schreckliche Weise zu Tode gekommen war. Er wusste nicht, wie es sein sollte, weil alles so völlig anders war. Er konnte sich nicht offenbaren. Auch nicht Dirk gegenüber.

»Es tut mir leid, Dirk, ich bin durcheinander.« Das war er in der Tat, und dieser Satz würde von Dirk verstanden werden.

»Das begreife ich doch, das ist doch nur zu verständlich.« Dirk verließ den Türrahmen, ging auf Hanns-Martin zu und umarmte ihn. Hanns-Martin spürte die dunklen Haare an seiner Wange und fühlte sich für einen Moment beschützt.

»Danke, Dirk.« Er schaffte es, ihn anzulächeln und, ohne ihm Weiteres erklären zu müssen, die Treppe hinunterzusteigen. Bevor er zur Polizei ging, musste er unbedingt eine Dusche nehmen. Im Grunde hätte er unmittelbar, nachdem sie gegangen waren, die Firma verlassen können. Denn arbeiten hatte er nicht mehr können, er war in seinem Büro auf und ab gelaufen, hatte auf die Dächer seiner Hallen gestarrt und nicht gewusst, was er machen sollte.

Er setzte sich auf die Kante seines Bettes und zog sich langsam Schuhe und Socken aus. Wieso wusste Dirk von dem Brand bei seinem Vater? Die Polizei musste es ihm heute Morgen gesagt haben, denn aus dem Bericht in der heutigen Ausgabe der »NOZ« hätte er es nicht eindeutig schließen können. Aber Dirk bekam alles heraus, wenn er es denn wollte.

Mit nackten Füßen ging er zurück in sein Wohnzimmer und fuhr seinen Rechner hoch, der in einer diskreten Ecke gegenüber dem offenen Kamin installiert war. Es war ohnehin notwendig, dass er sich informierte, bevor er zur Kriminalpolizei ging.

Das Presseportal der Osnabrücker Polizei eröffnete mit einem Artikel zum Brand. Als er die Überschrift las, durchfuhr es ihn, als habe er die Information zum ersten Mal erhalten:

Leichenfund nach Brand
in einem Kotten in der Nähe von Melle.

Am gestrigen Donnerstag (9. September) kam es im Ortsteil Oldendorf der Stadt Melle zu einem Brand in einem moder-

nisierten Kötterhaus. Bei der Inaugenscheinnahme zwecks Ermittlung der Brandursache stießen die Ermittler auf eine Leiche. Der Brandermittlerin der Polizeiinspektion Osnabrück war es möglich, den Unglücksort weitgehend gefahrlos zu untersuchen. Im Rahmen dieser Ermittlungen konnte eindeutig Fremdverschulden als Brandursache ermittelt werden. Auf der Empore des modernisierten Hauses war ein Brandbeschleuniger eingesetzt worden. Die Obduktion des Toten wird heute in der Medizinischen Hochschule Hannover, Außenstelle Oldenburg (MHH), durchgeführt werden. Bei dem Toten handelt es sich vermutlich um den Besitzer des Hauses.

Hanns-Martin schluckte. Kein Wort über seine Schwester. Sie war also tatsächlich verschwunden. Hatte sie das Feuer gelegt und den Vater einfach verbrannt? Ungläubig starrte er auf den Artikel, er verstand das einfach nicht. Das höhnische Lachen seines Vaters schallte ihm im Ohr. Er schüttelte sich und zog die Schultern zusammen, aber er konnte sich nicht von der Erinnerung freimachen. Er hatte dieses selbstgefällige Lachen gehasst. Vielleicht hatte seine Schwester ähnliche Gefühle, im Grunde wusste er ja nichts mehr von ihr. Die wenigen Male, die sie sich in den letzten Jahren gesehen hatten, waren gerade kurz genug gewesen, um keinen Streit aufkommen zu lassen. Aber die Spannungen, die zwischen ihnen bestanden, seit sie mit dem Vater zusammenwohnte, waren durch das Schweigen nicht weniger geworden, sondern immer größer. Dabei hatte Hanns-Martin gedacht, er würde durch das Vermeiden eines wirklichen Gesprächs weiterkommen. Er wusste nicht mehr, was er mit seiner Vermeidungsstrategie eigentlich hatte erreichen wollen. Ruhe hatte er dabei jedenfalls nicht gefunden. Schlaflos hatte er viele Nächte verbracht, lange Briefe an die Schwester formuliert, die nie geschrieben, Gespräche mit dem Vater geprobt, die nie geführt wurden. Aber immer, wenn es wieder Tag geworden war, schien ihm das alles völlig sinnlos. Er fand keine Möglichkeit, mit seinem Vater über die wesentlichen Dinge zu sprechen. Dabei drückte ihn die Last, die ungeklärten Verhältnisse in der Firma klären zu müssen. Aber immer wieder war er vor dem Vater eingeknickt, hatte klein beigegeben und war dem Hohn des Vaters hilflos ausgeliefert. Er hatte es nicht geschafft, mit seinem Vater einen Konflikt auszutragen, auf Augenhöhe sozusagen. Er hasste sich für seine Feigheit. Jetzt war der Alte tot, aber damit waren die Probleme nicht gelöst. Hanns-Martin zog laut und vernehmlich die Luft ein, und spürte, seinen Blick auf den Artikel gerichtet, dass ihm die Tränen kamen.

»Ich dachte, du wolltest duschen?« Dirk stand im Türrahmen und sah ihn mitleidig an.

Erschreckt sprang er auf und wandte sich verärgert um. »Mein Gott noch mal. Ich kann doch duschen, wann ich will!« Sofort erfasste ihn Reue, weil er Dirk in diesem Ton angefahren hatte. Aber er mochte es nicht, wenn Dirk ohne zu klopfen in sein Wohnzimmer kam.

»Hanns-Martin«, sagte Dirk sanft und verstärkte damit dessen Schuldgefühl, weil er ungerechterweise so scharf gewesen war. Resigniert schloss er die Augen. Dirk näherte sich ihm, beugte sich mütterlich vor und umschlang ihn stehend. Hanns-Martin versuchte, seine steifen Schultern zu lockern, um Dirk nicht erneut zu erzürnen, wenn er sich ihm gegenüber zu verschlossen zeigte.

»Ich habe, nachdem die beiden heute Morgen gegangen sind, die Zeitung gelesen und dann online recherchiert.«

Hanns-Martin atmete schwer. »Warum hast du mich denn nicht im Büro angerufen?«

Dirk zog sich langsam von ihm zurück und sah ihn mit geschürzten Lippen an: »Du magst es doch nicht, wenn ich immer hinter dir her telefoniere.« Er blieb stehen und wartete auf Widerspruch, aber Hanns-Martin schwieg.

»Ich mach dir einen Tee«, sagte Dirk und drehte sich so schnell um, dass er Hanns-Martin nicht mehr ansehen konnte. Auf leisen Sohlen verließ er den Raum.

»Ich …« Hanns-Martin schluckte seinen Satz herunter und wartete, bis er Dirk oben in der Küche hantieren hörte. Er hatte genug gelesen. Er ging zum Rechner und fuhr ihn herunter, seine Sachen legte er ordentlich auf das Bett. Er stellte sich unter die Dusche und drehte die Schwallbrause auf. Danach hatte er sich gesehnt. Wasser war ein gutes Element. Er genoss das Rauschen und die Wärme, die sich über seinem Körper ausbreitete. Während er sich einseifte, vergaß er für einen Moment die Gedanken, die ihn den ganzen Tag umhergetrieben hatten. Aber er konnte ihnen nicht auf Dauer entfliehen. Er fürchtete sich jetzt schon vor der nächsten Nacht.

Die letzte Nacht hatte er in seinem Sessel zugebracht. Es war ihm unmöglich gewesen, unter dem Druck der neuen Belastungen ins Bett zu gehen. In eine Decke gewickelt hatte er vor dem Fernseher gehockt und versucht, an nichts zu denken. Er hatte in sämtliche nächtliche Serien auf allen Kanälen hineingeschaut, Talkshows und kommentierte Hitparaden durchgezappt. Irgendwann hatte er einen Film gefunden, dessen Handlung er verfolgen konnte. Das absorbierte seine Gedanken eine Zeit lang. Um drei Uhr hatte er den Fernseher abgeschaltet und in seinem Bett auf die Wirkung der Schlaftablette gewartet. Als er erwachte, hatte er gerade zwei Stunden Ruhe gefunden.

Nach der Dusche wickelte er sich in den Bademantel und erwog, ins Bett zu gehen, weil die Müdigkeit seinen ganzen Körper erfasst hatte. Doch er hörte leise Geräusche aus der Küche, die durch das offene Haus zu ihm drangen. Rasch nahm er zwei Stufen auf einmal, um sich Frische zu suggerieren und die nötige Konzentration aufzubringen, die er heute auf jeden Fall brauchte.

6. KAPITEL

Maja Budde war immer noch nicht zurückgekehrt. Auf der Rückfahrt von Oldenburg hatte Johanna Kluge mit der Staatsanwältin das weitere Vorgehen kurz besprochen. Sie mussten unbedingt die Wohnung der verschwundenen Tochter durchsuchen. Bislang galt für die Frau der Status der Vermissten. Ohne erkennbaren Grund hatte Maja Budde ihr Haus und ihre Umgebung verlassen. Es lag auf der Hand, dass ihr Verschwinden mit dem Tod von Walter-Hermann Budde zu tun hatte. Aber es gab für sie noch keinen Anlass, sie als Verdächtige zur Fahndung auszuschreiben.

Kurz bevor sie die Autobahn verließen, rief Barbara Klampe an. Sie und Kurt Glowitz leiteten die Befragung in der näheren Umgebung des Tatorts: »Wir haben einen Zeugen aus der Nachbarschaft, der Maja Budde um etwa halb drei auf die Hauptstraße Richtung Osnabrück hat abbiegen sehen.«

»Um halb drei?« Johanna war irritiert. Das Feuer war um halb sechs gelegt worden. Wenn Maja Budde um diese Zeit bereits verschwunden war, war es umso dringender, sie zu finden. Möglicherweise hatte sie sich vor jemandem oder einer Gefahr versteckt oder hatte etwas gesehen.

»Gut gemacht. Aber vielleicht findet ihr noch weitere Zeugen.« Die Nachbarschaft war, wie sie gestern gesehen hatte, in dieser Gemarkung weitläufig. Bei so dünn besiedelten Gebieten fiel ein Wagen oder ein Besucher vielleicht eher auf als in Siedlungen, in denen man dem Nachbarn auf den Teller spucken konnte.

Johanna entschied sich unmittelbar nach der Rückkehr in der Polizeiinspektion, das Haus von Maja Budde gründlich zu durchsuchen. Es ging nicht nur um Anhaltspunkte für deren augenblicklichen Aufenthalt, sondern auch um Hinweise auf die Hintergründe des Brandes. Was für eine Familie war das? Was hatte sie zusammengehalten? Und was auseinandergetrieben? Nach ihrem morgendlichen Gespräch mit dem versteinerten Hanns-Martin Budde war offenkundig, dass weder das Verhältnis der Geschwister untereinander noch das Verhältnis des Sohns zum Vater ein einfaches gewesen war.

»Ich erledige alles Nötige für die Durchsuchung«, sagte Cora Schönhaus, als Johanna den Wagen bei der Staatsanwaltschaft parkte. »Der Chardonnay war übrigens hervorragend, und Sie fahren einfach weltmeisterlich.« Cora Schönhaus ging mit ihrem festen Schritt auf den zum Parkplatz gelegenen hinteren Eingang zu. Über die Schulter rief sie: »Wir sollten mal wieder solch einen Ausflug machen, Frau Kluge.«

»Nennen Sie mir einen schöneren Anlass, und ich bin dabei.«

»Lernen Sie endlich Golfen! Einen schöneren Anlass, miteinander unterwegs zu sein, gibt es nicht.« Cora Schönhaus war leidenschaftliche Golferin. Nachdem ihr ihre Kollegen zum 50. Geburtstag einen Schnupperkurs Golf geschenkt hatten, war sie für keine andere Freizeitbeschäftigung mehr zu haben und verbrachte nahezu jede freie Minute auf dem Platz.

»Ich bin zu schnell für dieses Vergnügen«, meinte Johanna und setzte sich in Trab, mit der Hand winkend.

Die 200 Meter zu ihrer Dienststelle joggte sie. Nur mit allergrößter Disziplin würde sie in den nächsten Tagen ihr Joggingprogramm durchhalten können. Vor einem halben Jahr hatte sie damit angefangen, jeden Morgen vor dem Frühstück eine halbe Stunde zu joggen, und seitdem fühlte sie sich so gut wie lange nicht mehr. Sie kannte aber ihre Schwäche, nach einer Weile mit einer eingefahrenen guten Sache aufzuhören. Heute musste es bei diesen 200 Metern bleiben. Am Abend würde sie ihr Pensum nicht nachholen können, da sie – im Grunde ohne groß nachzudenken – den Vorschlag von John von dem Bruche angenommen hatte, sich mit ihm zu treffen. Als sie an die abendliche Verabredung dachte, zuckte sie innerlich zusammen. Sie freute sich, ihn wiederzusehen, und sorgte sich gleichzeitig darüber, wie sie es schaffen könnte, ihre Gedanken von der Arbeit frei zu machen. Sie musste sich also sputen, damit sie das, was sie sich für diesen Tag vorgenommen hatte, schaffte.

»Wusstest du, dass beim Regionalverkehr Köln GmbH (RVK) 2011 schon die ersten beiden Wasserstoffbusse für die Personenbeförderung eingeführt wurden?«, empfing Jakob Besser sie, als sie den Kopf durch seine Bürotür steckte. Er warf ihr nur einen kurzen Blick zu und fuhr fort: »2014 kamen zwei weitere dazu. Das große Ziel in Köln: Bis 2030 will die RVK die gesamte Flotte durch Busse mit regenerativen Antrieben ersetzen.«

»Aha«, sagte Johanna Kluge. »Lässt du mich den Zusammenhang wissen?«

»Darin liegt die energetische Zukunft, Herrin.« Jakob kippelte mit seinem Küchenstuhl zurück. Der fünfbeinige Schreibtischstuhl stand in der Ecke für etwaige Besucher bereit. Er hatte auf seinem Holzstuhl bestanden, weil es für seinen Rücken gesünder sei, auf einem starren Stuhl zu sitzen und seinen Rücken aus eigener Kraft gerade zu halten. »Auch BudSol setzt seine Zukunft darauf.«

»Ich dachte, sie setzen in erster Linie auf Solarenergie.« Johanna hatte den Internetauftritt bislang nur kurz überflogen, und allein der Name BudSol schien ihr auszudrücken, um was es ging.

»BudSol. Genau, der alte Budde hat sich im Firmennamen verewigt und mit der Solarenergie gute Geschäfte gemacht.« Aber als Anfang der 2010er-Jahre die Förderung von Solarenergie endgültig den deutschen Markt zurechtrückte, machten viele der Solarunternehmen unwiderruflich schlapp. BudSol hatte es zwar geschafft, sich am Markt zu behaupten, aber das Unternehmen hatte ein neues Geschäftsfeld aufgebaut, an dem es offensichtlich schon seit über 15 Jahren arbeitete. »Und das ist die Brennstoffzelle.« Jakob Besser reckte seine Nase hoch und hob seine Augenbraue, eine unbewusste mimische Marotte, mit der er sein eigenes Engagement zu begleiten pflegte.

»Aha.« Johanna Kluge sagte das Thema nichts, und sie wartete darauf, dass Jakob ihr erläutern würde, was es damit auf sich habe. Ohne Grund würde er sich nicht in die Materie vertiefen. Wenn Jakob Besser jedoch über irgendeinen Sachverhalt wirklich etwas wissen wollte, so schaffte er es auch, sich schwierige technische Thematiken anzueignen.

»Ich verstehe es noch nicht im Einzelnen, aber BudSol entwickelt und produziert einen Brennstoffmotor, der …«

»Ich bin zu sehr in Eile für technische Dinge«, unterbrach jetzt Johanna. Sie würden die Details zu den Unternehmenszielen der Firma BudSol gemeinsam am Abend erörtern. Zudem würde Jakob bis dahin eine idiotensichere Darstellung gefunden haben, die ihnen allen kurz und bündig darlegen würde, welche Bedeutung die Produkte der Firma möglicherweise für ihren Fall haben könnten.

»Aye, aye Käpt'n.« Jakob widmete sich wieder seinem Bildschirm: »Es geht hierbei nämlich um Wasser! Nur damit du schon mal eine Idee hast.«

Johanna lachte. An den Türpfosten gelehnt betrachtete sie den kahlgeschorenen Hinterkopf ihres jüngeren Kollegen und versuchte zu ergründen, warum dieser intelligente, große und hagere Typ für sie keinerlei erotische Ausstrahlung hatte, obwohl er zugegebenermaßen ein interessantes Gesicht hatte. Vielleicht lag es am Alter. Besser war Mitte 30. Aber wäre das ein Grund? Sie war 44, und auch wenn sie es nicht offen zugeben würde, so fand sie doch, dass sie attraktiv war – und sexy. Johanna seufzte und kehrte mit ihren Gedanken zurück:

»Ich muss mir noch einmal den Tatort ansehen. Hat sich KTU-Meyer schon gemeldet?«

»Nein, die sind noch vor Ort, so weit ich weiß. Aber Beate hat eine Zeugin aufgetan …«

»Das hat sie mir schon gesagt«, unterbrach Johanna.

»… die Maja Buddes Auto um Viertel nach fünf auf dem Hof hat stehen sehen.«

Johanna, die bereits im Begriff war, den Raum zu verlassen, drehte sich langsam um. »Das heißt, um Viertel vor drei ist sie weggefahren, und um Viertel nach fünf ist sie wieder auf dem Hof?«

»Brillant, Frau Holmes.« Jakob Besser stand auf und öffnete das Fenster, um Luft in den kleinen stickigen Raum zu lassen.

*

Es war kurz nach vier Uhr an diesem spätsommerlichen Nachmittag, als Johanna Kluge den Tatort zum zweiten Mal sah. Die Sonne stand schon tief und würde in einer halben Stunde hinter der Brandruine versinken. Die liebliche Landschaft des Grönegaus mit ihren Hügeln und Tälern war ihr wie die anderen Teile ihres großräumigen Zuständigkeitsgebiets nicht sehr vertraut. Meist hatten sie in der Stadt zu tun, und sie wunderte sich immer wieder aufs Neue, wie schön die Regionen des Osnabrücker Landes waren. Seit sie mit Anfang 20 als junge Kommissarin aus Buxtehude nach Osnabrück gekommen war, war sie im ganzen Landkreis unterwegs. Doch gab es immer wieder regionale Ecken, die sie überraschten. Dieses kleine Tal gehörte dazu. In ihrer Kindheit hatte sie sich einen solchen Ort gewünscht, allein mit Blumen, Gräsern und Bäumen, geborgen zwischen zwei Hügeln, abgeschnitten von allem Lärm.

Die Sonne kümmerte sich nicht darum, dass diese Idylle gestern in ein oder zwei Stunden abgebrannt war. Das verkohlte Haus wirkte auf einmal zerbrechlich, und die weißen Gestalten, die von KTU-Meyer dirigiert wurden, bewegten sich immer noch wie fremde Wesen durch das Gebäude. Sie signalisierten mit ihren hellen Anzügen weithin, dass hier etwas Schreckliches geschehen war.

»Wir sind fast fertig, Johanna«, berichtete ihr KTU-Meyer. »Ich bin auf jeden Fall zur Besprechung um fünf Uhr zurück.«

»Habt ihr einen spitzen, schweren Gegenstand gefunden?« Johanna zeigte mit den Händen die ungefähre Größe, die sie mit Dr. Schmitthals erörtert hatte. »Etwas Schweres mit irgendeiner markanten Ecke, mit Metall.«

Klaus Meyer schüttelte den Kopf: »Rund um den eigentlichen Tatort gab es, soweit ich das jetzt beurteilen kann, nur Bücher, also Papier, dazu Holz und jede Menge Scherben. Der Mann hat da oben offenbar sein Whiskey-Lager gehabt.«

Johanna warf von der Eingangstür noch einen Blick in das ausgebrannte Haus. »Wie sieht es hinten aus, in Bad und Schlafzimmer?«

KTU-Meyer zeigte ihr einen Weg außen um das Haus herum, um von den dort liegenden Fenstern die beiden Räume in Augenschein nehmen zu können. Die Flügel der Fenster waren intakt. Hier hatte das Feuer nicht gewütet. Aber über allen Dingen im Schlafzimmer lag ein leichter Film von Ruß. Er hatte sich über ein ungemachtes Bett gelegt, über Haufen von Wäsche und verschiedene Schuhe. Irgendwie hatte der Raum keine sichtbare Struktur, sondern ließ unter der schwarzen Schicht ein großes Durcheinander von irgendwie achtlos liegen gelassenen Dingen erkennen. Johanna reckte sich vor. Die Bettdecke auf dem schmalen Bett schien ihr nicht bezogen. Sie rümpfte die Nase.

Das direkt neben dem Schlafraum gelegene Bad war modern mit großen Fliesen gekachelt. Hier gab es weniger Spuren des Feuers, die Rußablagerungen waren wesentlich geringer. An zwei Haken hingen dunkle Handtücher, auf dem Boden standen zwei paar Schuhe. In einer Ecke lagen Socken. Über dem Rand der Wanne waren ein paar Hosen abgelegt. Irgendwas schien ihr nicht zu stimmen.

Ein Blick auf die Uhr sagte ihr, sie müsse sich sputen, aber trotzdem holte sie sich vom KTU-Wagen einen Anzug und Handschuhe und kehrte zurück zum offenen Fenster. Es war so niedrig, dass sie ohne Anstrengungen einsteigen konnte.

Wanne und Duschwanne waren völlig sauber. Sie schienen nach dem Putzen noch nicht benutzt worden zu sein. Nur das Waschbecken wies ein paar Flecken auf. In einem Zahnputzglas stand eine Zahnbürste, deren Borsten verdreckt und verbogen waren. Vorsichtig näherte sie sich mit der Nase den dunklen Handtüchern. Sie wich ein wenig zurück, so sauer rochen sie. Mit spitzen Fingern nahm sie die Socken hoch. Sie waren frisch gewaschen und rochen nach irgendeinem Waschmittel, das sie an ihre Mutter erinnerte. Auch die Hosen über der Wanne waren sauber. Sie nahm die Schuhe in die Hand. Sie waren einst teuer gewesen, jetzt aber durchgetreten und ungeputzt. Der Toilettendeckel und die Brille waren hochgeklappt, und bis zur Fensterkante waren Urinspritzer zu erkennen. In der Schüssel waren Kotspuren.

Das Schlafzimmer ließ sie ratlos zurück. Es war ein einziges Durcheinander, durch das sie kaum einen Weg finden konnte. In der Tat gab es kein Bettzeug auf der Decke. Es lag auf einem Haufen am Fußende. Offenbar war das Bettzeug nach dem Abziehen einfach auf den Boden geworfen worden.

Zurück ging Johanna durch den Flur in den großen vorderen Raum, in dem die Kollegen den ganzen Tag Schicht für Schicht des Brandherds abgetragen hatten. Sie drehten sich überrascht zu ihr um, als sie im Türrahmen erschien.

»Nehmt da hinten das Bettzeug am Fußende mit. Ich will wissen, was damit los ist.«

Sie hatte nicht mehr viel Zeit, um sich im Haus von Maja Budde umzusehen, wenn sie pünktlich zur Besprechung zurück sein wollte. Mittlerweile war es schon zehn nach vier. Sie hatte höchstens eine halbe Stunde, um im Haus nach Hinweisen auf den Verbleib von Maja Budde zu suchen.

Der Flur lag im Dämmerlicht, das durch die im oberen Teil verglaste Haustür fiel. Johanna ging unmittelbar in das Büro, das sie gestern nur oberflächlich betrachtet hatten. Maja Budde musste unglaublich pedantisch sein. Das bis zur Decke reichende Bücherregal enthielt auf den ersten Blick nur biologische Fachliteratur und Naturkundeführer, die im Rücken exakt ausgerichtet waren. Obwohl es offen war, gab es keinen Staub. Einer der zwei Briefe auf der Ablage des alten Eichenschreibtisches war vom örtlichen Stromversorger. Johanna warf einen Blick auf das Regal, in dessen unterem Bereich Aktenordner standen. Wahrscheinlich hatte sie vorgehabt, den in diesem Brief angebotenen Preis zu prüfen. Ein entsprechender Ordner stand im Regal. Vielleicht hatte sie als Naturwissenschaftlerin Sinn für solche Dinge. Ihr selbst waren solche Preisvergleiche lästig, sie warf die normierten Angebote immer weg und blieb ihrem alten Anbieter treu. Aber Maja Budde hatte wohl Zeit. Der zweite Brief war ungeöffnet und enthielt keinen Absender. Der chamoixfarbene Umschlag und die handschriftliche Adressierung ließen vermuten, dass es ein privater Brief war. Johanna Kluge steckte ihn ein.

Dieses Mal blinkte das Lämpchen an der Telefonstation. Sie drückte die Wiedergabetaste, aber das Gerät forderte einen Pincode. Sie seufzte, da sie nicht in der Lage war, auf die Schnelle verschiedene Zahlenkombinationen auszuprobieren, um den Anruf abzuhören. Sie würde KTU-Meyer Bescheid sagen.

In der rechten Schreibtischschublade fand sie ein Aufladegerät für das Modell eines recht neuen Smartphones, dessen Kabel ordentlich zusammengerollt war. Also hatte Maja Budde es möglicherweise wirklich nicht mitgenommen, und es lag irgendwo in diesem Haus.

Johanna Kluge stieg nach oben in das Schlafzimmer, das bei Tageslicht betrachtet in noch größerem Kontrast zu den unteren Räumen stand. Am Türrahmen stehend dachte sie einen Moment, dass es dem Raum des Vaters ähnele. Doch das stimmte nicht. Obwohl sich dort eine Schicht Ruß über alles gelegt hatte, war doch darunter eine Art von Verwahrlosung wahrzunehmen. Dieses Schlafzimmer hingegen strahlte etwas anderes aus. Es waren nicht nur die frischen Blumen auf der Kommode. Der Raum wirkte belebt, unter all der Unordnung war es sauber. Auf dem Fensterbrett lag kein Stäubchen, die kleinen Scheiben in den Sprossenfenstern waren geputzt.

Sie schlug die Bettdecke zurück. Das Bett war sauber und frisch. In der Schublade der Kommode lag das Handy. Es war ausgeschaltet. Johanna steckte es in eine Plastiktüte und verstaute es in ihrer Jackentasche.

Sie blickte sich noch einmal um, aber ihr fiel nichts Bedeutsames mehr auf. Allein der Blumenstrauß auf dem Nachtschränkchen irritierte in dem Durcheinander. Aber offenbar war dieses Schlafzimmer der Lebensraum der Frau. Warum sollte sie sich also nicht Blumen in ihr persönliches Chaos stellen?

Im Badezimmer stand eine elektrische Zahnbürste mit mehreren Köpfen, in einer Kommode, in der sie Hygieneartikel aufbewahrte, stand ein Kulturbeutel bestückt mit allerhand Dingen im Kleinformat, ideal für kurze Reisen. Ein Blick in das halbe Zimmer, das der Frau als Kleiderschrank diente, verriet nichts weiter, als dass die Besitzerin ordentlich war, und für Johanna war nicht ersichtlich, ob hier jemand etwas für eine Reise mitgenommen hatte oder nicht. Alle Sorten von Kleidungsstücken gab es im Überfluss.

Sie schloss die Tür hinter sich und ging zu KTU-Meyer, um ihn zu bitten, das Telefon mitzunehmen und anschließend den Eingang zu versiegeln. Dann eilte sie zu ihrem Auto, das sie am Rand der schmalen Straße geparkt hatte. Als sie die Hand auf den Griff der Wagentür legte, sah sie den jungen Mann auf dem Treckingrad. Er stand am Rande der Böschung, an der sie gestern Abend den Aufräumarbeiten der Feuerwehr zugesehen hatten. Regungslos starrte er auf die Männer in ihren weißen Anzügen, so gebannt, dass er gar nicht wahrnahm, als sie auf ihn zukam.

»Guten Tag«, sprach Johanna den jungen Mann an. Er war klein und ausgesprochen kräftig. Seine stark ausgebildete Muskulatur zeichnete sich unter seiner Sportkleidung ab. Er trug keine auffällige Rennradbekleidung, aber seit sie joggte, kannte sie sich mit Funktionskleidung aus. Und dieser junge Mann schien aus sportlichen Gründen Fahrrad zu fahren.

Er wandte ihr verunsichert den Blick zu.

»Johanna Kluge, Kriminalpolizei«, sagte Johanna, während sie näher kam.

Der junge Mann starrte sie an und blieb weiterhin mit einem Bein auf den Pedalen an sein Fahrrad gelehnt.

»Ist hier was Schlimmes passiert?«, flüsterte er.

Johanna Kluge nickte und schaute auf den Brandort, an dem ihre Kollegen jetzt die letzten Arbeitsmaterialien zusammenpackten.

»Was denn?« Er stieß diese Frage so atemlos aus, und in seinen Augen zeigte sich ein solches Entsetzen, dass es Johanna erschreckte.

»Sind Sie Sven?«

Er nickte, und Panik machte sich in seinem Gesicht breit.

»Ihrer Mutter ist nichts passiert.« Johanna musste sich zusammenreißen, um ihm nicht beruhigend die Hand auf seinen Arm zu legen.

Sven Budde war immer noch nicht bei sich.

»Bei dem Feuer ist ihr nichts passiert«, versicherte Johanna Kluge und hoffte, dass Maja Budde wirklich nichts zugestoßen war.

»Nein?« Er war erleichtert und zugleich wissbegierig. »Bei dem Feuer?«

Johanna Kluge nickte. »Ihr Großvater, Walter-Hermann Budde, ist bei dem Feuer umgekommen.«

Sven Budde schluckte. Er biss sich auf die Unterlippe, öffnete den Mund, schnappte nach Luft. »Wo ist denn meine Mutter?«

Johanna Kluge erklärte dem fassungslosen Jungen, dass seine Mutter seit gestern Abend nicht gesehen worden sei. Sie würden sie natürlich im Zusammenhang mit dem Brand als Zeugin suchen und hofften, dass sie möglicherweise einfach bei einer Freundin sei.

»Bei einer Freundin?« Sven Budde zeigte unmissverständlich, dass er diese Annahme für völlig abwegig hielt.

Johanna Kluge bedauerte den jungen Mann. Er schien völlig überrumpelt von dem Anblick des zerstörten Hauses und der Nachricht vom Verschwinden seiner Mutter. »Hat sie denn keine Freundin?«

Sven Budde zuckte mit den Schultern. »Ich, ich …« Er holte tief Luft. »Ich weiß nicht, äh … ich glaube nicht. Aber …«

Johanna wartete, dass er seinen Satz vollenden würde.

»Sie hätte Opa doch nicht allein gelassen!« Sven war so überzeugt, dass sich wieder Sorge auf seinem Gesicht breitmachte. »Nur mal zum Einkaufen.«

»Haben Sie sie regelmäßig besucht?« Johanna blickte von dem teuren Treckingrad auf die ausgebildete Bein- und Armmuskulatur des jungen Mannes. Sein Körper und sein Gesicht hatten noch etwas Jungenhaftes. Sie schätzte ihn auf nicht älter als 21, 22 Jahre.

Sven Budde nickte: »Ich habe manchmal mein Training mit einem Besuch bei ihr verbunden.«

»Waren Sie gestern auch hier?« Johanna Kluge sah ihn an, weil sie fürchtete, er begänne zu weinen, so sehr verzog er sein Gesicht. Aber er schluckte nur.

»Ja, ich hab ihr auch Blumen gebracht.« Mit der Hand wies er hinter sich auf den sanften Hügel, der das Tal zum Westen hin abschloss. »Dort am Weg gibt's schöne.« Sven Budde benutzte offenbar die Fahrradwege, die über ausgebaute landwirtschaftliche Versorgungswege ausgeschildert waren. Einer dieser Wege mündete in die schmale Talstraße kurz vor dem Gelände des Buddeschen Anwesens. »Aber sie war nicht da.«

»Wann waren Sie denn hier?« Johanna musterte ihn aufmerksam, da er sich in diesem Moment ein wenig zurückzuziehen schien und Zeichen von ärgerlicher Irritation zeigte.

»So ungefähr um halb vier, kurz nach halb vier.« Er zuckte unsicher mit den Schultern. »Warum fragen Sie? Was ist denn mit dem Feuer?« Sein Ton wurde ärgerlicher.

»Es handelte sich um Brandstiftung«, erklärte Johanna vorsichtig.

Sven Budde schaute ungläubig und schien die Informationen des Gesprächs zu ordnen. Johanna sah ihn schweigend an und wartete auf ein Zeichen, dass er bereit war weiterzusprechen. Er schaute über ihre Schultern hinweg auf das abgebrannte Gebäude. »Was ist denn noch passiert?« Der junge Mann machte ein verschlossenes Gesicht und biss die Zähne aufeinander.

»Was wollen Sie denn wissen?«, fragte Johanna Kluge freundlich.

Er überlegte einen Moment und sah sie mit dunklen Augen an: »Es war also kein Unfall?«

Sie schüttelte den Kopf. »Das sagte ich ja schon.«

Aber das war nicht die Information, die er haben wollte, das sah sie ihm an. Auch er musste wissen wollen, ob sein Großvater noch gelebt hatte, als es brannte. Aber er fragte nicht.

Stattdessen sagte er: »Mein Großvater war ein abartiger

Säufer.« Er hatte viel Energie auf das Wort *abartig* gelegt und zeigte seine Verachtung, indem er die Mundwinkel übertrieben nach unten zog.

Der Bulli der Spurensicherung hupte, und die beiden mussten ein Stück von der Straße weichen. Meyer winkte im Vorbeifahren aus dem Fenster. Johanna warf einen Blick auf ihre Uhr. Wenn sie rechtzeitig zur Besprechung zurück sein wollte, musste sie sich sputen.

»Wann sind Sie denn wieder zurückgefahren gestern Nachmittag?«

Sven Budde sprach langsam und überlegt, als versuche er gleichzeitig, das herauszufinden, was die Kommissarin genau von ihm wissen wollte. Er sei um kurz nach halb vier auf dem Fahrrad über den gleichen Weg gekommen, den er auch heute genommen hatte. Als er kam, war das Auto seiner Mutter nicht auf dem Hof gewesen. Er hatte die Remisentür geöffnet, dort aber nur den Wagen seines Großvaters gesehen, den der ohnehin nur noch sehr selten fuhr. Sven Budde hob die Augenbrauen, was seinem jungenhaften Gesicht einen etwas altklugen und blasierten Anstrich gab. Er sei also davon ausgegangen, dass seine Mutter einkaufen sei, und habe ihr die Blumen ans Bett gestellt.

»Bewohnt sie die anderen Räume nicht?«

Sven sah Johanna verständnislos an. »Doch, aber…« Er sei anschließend wieder nach Osnabrück zurückgefahren, vielleicht zehn Minuten später.

»Und Sie haben niemanden gesehen?«

Sven Budde dachte nach und schüttelte langsam den Kopf. »Nein.«

»Haben Sie vielleicht doch jemanden gesehen?«, insistierte Johanna, weil er unsicher auf sie wirkte.

»Nein.«

»Auch nicht Ihren Großvater?« Johanna lächelte den kleinen Sven Budde freundlich an.

»Nein, ich mochte ihn nicht.« Er kniff die Augen missbilligend zusammen, als wehre er ab, dass sie ihn dafür kritisierte, dass er seinen Großvater verabscheute. »Das ist ja wohl nicht verboten!« Er habe das Haus des Großvaters nicht betreten.

»Mir kamen vielleicht zwei oder drei Autos entgegen, als ich aus dem Weg hier auf die Straße einbog.« Er zeigte über die Schulter hinter sich. Aber er habe keinen der Wagen gekannt.

Erst als sie ihn bat, für seine Aussage zu ihr in die Dienststelle zu kommen, und ihm den Weg erläuterte, schien sich Sven Budde wieder auf seine Mutter zu besinnen. »Wo ist denn meine Mutter?« Er sah sie wie ein Kind an. Es war offensichtlich, dass er durch dieses unerklärliche Verhalten seiner Mutter völlig irritiert war und zwischen Panik und Unverständnis schwankte.

»Wir suchen sie.« Johanna versuchte, in seinem Gesicht zu lesen, ob ihn diese Feststellung zu weiteren heimlichen Vermutungen animieren könnte, was die Motive und das Handeln seiner Mutter betraf.

Sven Budde kam jetzt erst auf die Idee, die Polizei könne seine Mutter in den Kreis möglicher Brandstifter zählen: »Warum denn?«, fragte er ungehalten. »Sie glauben doch nicht, dass sie …«

»Nein«, unterbrach Johanna Kluge den jungen Mann. »Wir suchen sie als Zeugin, und weil es offensichtlich ungewöhnlich ist, dass sie länger als 24 Stunden nicht zu Hause ist.«

Johanna verabschiedete sich von ihm und ging zu ihrem Wagen. Er tat ihr leid, wie er so allein auf seinem Fahrrad vor den Resten des Hauses seines Großvaters stand, sichtlich in Sorge um seine verschwundene Mutter. Als sie ihn in der langgezogenen Kurve der schmalen Talstraße nicht mehr im Rückspiegel sah, gab sie Gas, um die Strecke von knapp 30 Kilometern in 20 Minuten zu schaffen.

7. KAPITEL

Hauptkommissarin Johanna Kluge schaffte es nicht, um 17.00 Uhr in der Besprechung zu sein. Das lag jedoch nicht daran, dass sie zu langsam fuhr, sondern daran, dass sie zu schnell war. Kurz nach dem Ortseingangschild eines Dorfes an der Landstraße Richtung Osnabrück wurde sie geblitzt und 200 Meter später angehalten. Sie versuchte es nicht mit Ausflüchten, sondern trachtete danach, möglichst schnell weiterzukommen. Einer der Kollegen, der die Papiere des Dienstwagens kontrollierte, hob pädagogisch den Zeigefinger, um ihr zu bedeuten, dass sie doch Vorbild sein sollte. Sie hatte keine Lust auf ein wenn auch noch so scherzhaft gemeintes Geplänkel und schwieg daher. Ihre Eile kostete sie zehn Minuten.

Als sie um zwölf Minuten nach fünf den Besprechungsraum betrat, saßen dort nur der kräftige Rolf Niederbäumer aus Melle und KTU-Meyer, der entspannt mit seinem Smartphone spielte.

Er schaute kurz auf. »Kollege Besser hat uns informiert, es ginge erst c.t. los.« Niederbäumer lehnte sich in seinem Stuhl zurück und schloss die Augen.

Johanna seufzte hörbar. »C.t. hat er gesagt, Klaus?« Sie hatte Besser von unterwegs mitgeteilt, sie komme ein wenig später.

KTU-Meyer nickte bedächtig. »Vielleicht hat er gedacht, ich weiß nicht, dass ›cum tempore‹ heißt: 'ne Viertelstunde später.«

»Glaub ich nicht.« Johanna legte ihre Unterlagen auf den Tisch. Jakob hatte wahrscheinlich überhaupt nicht nachgedacht. Manchmal benutzte er Wörter, die aus dem normalen Sprachschatz schon verschwunden waren, und wunderte sich dann, dass man ihm nicht folgen konnte.

Sie hatten ein straffes Programm für die eineinhalb Stunden, die sie angesetzt hatten, und Johanna wollte damit durchkommen. Sie schob den Gedanken an ihre Verabredung dabei weit von sich und eröffnete die Besprechung mit dem Hinweis darauf, dass Hanns-Martin Budde im Anschluss komme.

Die knappe Zusammenstellung über die Firma BudSol, die Jakob Besser zu Beginn der Besprechung als Handreichung gab und ins Intranet gestellt hatte, war so aufgebaut, dass jeder verstand, um was es ging.

»BudSol wurde 1971 von Walter-Hermann Budde gegründet. Die Firma gehört ihm zu 100 Prozent – und so ist das bis heute.« Besser machte eine Pause und schaute in die Runde. Die Aufmerksamkeit der Anwesenden war Jakob sicher. »Nach Auszug aus dem Handelsregister ist Walter-Hermann alleiniger Gesellschafter, Hanns-Martin hat als Geschäftsführer der GmbH die Alleinvertretungsbefugnis.«

»Die Firma gehört also gar nicht Hanns-Martin«, stellte Johanna Kluge fest. Sie dachte an den verschlossenen Hanns-Martin Budde und mit welcher Bitterkeit er heute Morgen über seinen Vater gesprochen hatte, mit welchem Stolz aber auch über die Erfolge der Firma. Für sie hatte in seinen Worten die Selbstsicherheit des Eigentümers geklungen.

»Nein, Hanns-Martin Budde ist der Geschäftsführer eines prosperierenden Unternehmens, das ihm aber nicht gehört.«

Jakob Besser verblüffte sie mit der Zusammenfassung der Daten aus dem Bundesanzeiger, bei dessen Lektüre Johanna meist die Segel streichen und Kollegen aus der Wirtschaftsabteilung zu Hilfe holen musste. »Die Firma BudSol hat eine Eigenkapitalquote von 52 Prozent und …«

KTU-Meyer schien beeindruckt, er legte sein Smartphone auf den Tisch und faltete bedächtig die Hände vor seinem Bauch. »Das ist allerhand.«

»Wie sieht es denn bei den Unternehmen aus, auf die du setzt?«, frotzelte Kurt Glowitz. Er beugte seinen langen Oberkörper über den Tisch und grinste. Er unterhielt sich häufiger mit Meyer über die richtige Entscheidung beim Aktienkauf. Während Meyer auf verschiedene Autobauer schwor, meinte Glowitz als Sportler mit Aktien von Fußballvereinen und deren Sponsoren auf das richtige wirtschaftliche Pferd zu setzen.

»Bei denen, die ich kenne, liegt die Eigenkapitalquote bei ungefähr 25 bis 30 Prozent. Ich bleibe trotzdem dabei, schließlich bin ich konservativ.« Er grinste und blickte Jakob herausfordernd an. Jeder im Raum wusste, dass Meyer, was seine politische Orientierung betraf, konservativ war und jede Gelegenheit dazu nutzte, es mitzuteilen. »So bin ich auch bei der Zusammensetzung meines Portfolios.«

Johanna Kluge stöhnte innerlich, dass die beiden Kollegen Aktienbesitzer sich austauschten, als seien sie Banker. Sie hatte zu diesem Thema nichts beizutragen.

»Auf jeden Fall ist die Eigenkapitalquote der Indikator für ein florierendes Unternehmen«, schloss KTU-Meyer den Exkurs zum Thema Aktien ab.

»Wobei BudSol keine Aktiengesellschaft ist.« Jakob Besser hatte die Stimme minimal erhoben, um wieder die volle Aufmerksamkeit auf sich zu ziehen. Er kam so schnell wieder in seinem normalen Tonfall zum Thema zurück, dass Johanna vermutete, dass ihm die Abstecher seiner männlichen Kollegen nicht auf die Nerven gingen, sondern ihn einfach nicht interessierten. »Das Unternehmen ist eine reine Kapitalgesellschaft, bei BudSol handelt es sich um eine GmbH, wie gesagt mit einem einzigen Gesellschafter.« Er schaute zu Johanna: »Ich wusste bis heute Morgen übrigens nicht, dass die Eigenkapitalquote darüber Auskunft gibt, wie Eigenkapital im Verhältnis zur Bilanzsumme aussieht. Je höher die Quote, desto besser.«

Sie dankte ihm mit einem kurzen Blick: »Es handelt sich also um ein gutes Unternehmen, das viel Eigenkapital hat.«

»In der Tat«, fuhr Jakob fort, »es macht einen Umsatz von 27–30 Millionen und hat aktuell 113 Mitarbeiter.«

KTU-Meyer nickte bedächtig und tippte irgendetwas in sein Handy. Johanna Kluge schien der Umsatz hoch, ohne dass Besser ihr die Kennzahl Umsatz pro Mitarbeiter verraten hatte.

»Das ist ja ein Umsatz von 265.000 Euro pro Nase«, informierte KTU-Meyer die Runde.

Johanna Kluge grinste die beiden Kollegen an. Für sie war es normal, dass sich die Männer in einem Revier in Konkurrenz begaben. Sie fand das im Grunde bereichernd für die Arbeit, und es belustigte sie eher, als dass es sie nervte. Sie hatte nur manchmal das Gefühl, Jakob Besser schützen zu müssen, wenn zu deutlich wurde, dass sie ihn nicht mochten. Vielleicht waren diese mütterlichen Gefühle schuld daran, dass Jakob auf sie so unerotisch wirkte.

Jakob Besser ließ sich nicht beirren, sondern setzte seine Kollegen weiter ins Bild: »Eine weitere Sache ist möglicherweise von Interesse. BudSol ist durch die Krise der Solarindustrie nicht in Mitleidenschaft gezogen worden. Die Firma hat rechtzeitig die Zeichen der Zeit erkannt.« Über den Beamer warf er die entsprechende Internetseite des Unternehmens an die Wand. »Die Firma macht seit sechs Jahren gute Geschäfte mit einem selbst entwickelten Motor.« Mit dem Cursor markierte er einen Satz: »Der Motor ist außenluftunabhängig, die Antriebsanlage basiert auf Brennstoffzellen.«

Dieses Mal machte er keine Kunstpause, denn er erwartete offensichtlich nicht, dass irgendjemand wusste, welche

Bewandtnis es damit hatte. »Eine Brennstoffzelle ist kein Energiespeicher, sondern ein Wandler. Er …«

»Na ja«, warf KTU-Meyer dazwischen. »So was Besonderes ist das ja nun nicht. Viele Autobauer haben erst mal die Finger davon gelassen.« Es machte ihm sichtlich Spaß, Besser zu widersprechen, der aber diesen Einwand erwartet zu haben schien.

»Sic, Herr Kollege. Aber BudSol bewegt sich nicht auf der Straße, sondern zu Wasser.« Besser blätterte die Seite um und zeigte auf das Foto einer mittelgroßen Yacht. »Für diese Flitzer hat BudSol einen sauberen kleinen Motor entwickelt, der Wasserstoff direkt umwandelt. Sie sind sozusagen in ihrem Element.«

Johanna Kluge wollte unterbinden, dass sich die Kollegen nun gegenseitig mit technischem Wissen übertrafen, und hob eine Hand, um dem Gespräch eine andere Richtung zu geben. »BudSol macht also nicht nur Geschäfte mit Solarenergie, sondern mit einem eigenen Motor für Wasserfahrzeuge«, fasste sie zusammen.

Jakob Besser verstand diese Zusammenfassung als eindeutige Aufforderung, seinen Beitrag abzukürzen: »Bringen wir die Sache also auf den Punkt. Der alleinige Gesellschafter dieser prosperierenden Firma wird in seinem Haus erschlagen und anschließend verbrannt.« Er schaute sie von unten an, um ihr zu zeigen, dass er noch mehr beitragen könnte.

Johanna dankte, weil diese Hintergrundinformationen von Bedeutung waren für das Gespräch mit Hanns-Martin Budde. Natürlich hatten sie gewusst, dass der alte Budde reich war. Rätselhaft aber war, dass der Besitzer eines so gut gehenden Unternehmens seit mehr als acht Jahren in einem kleinen Tal hockte und sich mit Whiskey volllaufen ließ.

»Wer profitiert von seinem Tod?«, fragte sie laut.

Sie waren sich einig, dass sie als Erstes würden klären müssen, wer das Unternehmen erbte. Johanna blickte auf ihre

Armbanduhr, Hanns-Martin Budde würde in einer knappen Stunde kommen. Sie war gespannt auf das Gespräch und spürte eine gewisse Unruhe.

»Ist es so, dass auch solch ein Betrieb dem ganz normalen Erbrecht unterliegt?«, fragte Beate Klampe. Sie fand es ungerecht, dass Unternehmen, die wuchsen und vielen Menschen eine sichere Arbeit gaben, einfach unter das bürgerliche Erbrecht fallen sollten. Es könne doch sein, dass die juristische Lage für Unternehmen eine andere sei. Immerhin gebe es doch den Artikel 14 des Grundgesetzes, der ausdrücklich bestimmte, dass Eigentum verpflichtete.

Jakob wandte ein, sie zäume das Pferd von hinten auf: »›Das Eigentum und das Erbrecht werden gewährleistet‹, das sagt der erste Satz. ›Eigentum verpflichtet. Sein Gebrauch soll zugleich dem Wohle der Allgemeinheit dienen‹, ist der nachgeordnete zweite Satz.«

Beate schluckte, sie hatte sichtlich damit zu kämpfen, dass Besser selbst Grundgesetzartikel aus dem Stand zitieren konnte. Sie hatte eine Information geben wollen, die noch niemand hatte.

»Wer erbt und wie verantwortlich der versoffene Budde mit seinem Eigentum umgegangen ist, wird sich zeigen. Budde hat ein notarielles Testament gemacht. Die Öffnung des Testaments ist beantragt. Morgen wissen wir da sicher mehr.« Jakob hatte bei der Staatsanwaltschaft bereits alles in die Wege geleitet.

Rolf Niederbäumer hatte sich in der Umgebung des Brandorts umgehört und vor allem noch einmal den Nachbarn und Forstarbeiter Pietschmann befragt. Der Mann hatte häufiger bei Budde gehockt und mit ihm geredet, er war zwar nicht wirklich informiert über die Familienverhältnisse, hatte aber das gesunde Vorurteil derer, die nur die eine Seite kannten.

»Walter-Hermann Budde hielt nichts von seinen Kindern, meint Pietschmann. Sein Sohn sei ›ein arroganter Idiot‹ und seine Tochter ›eine depressive Schlampe‹, die sein Geld ausgebe.«

»Das sagt Herr Pietschmann, oder zitiert er den Vater?« Johanna zog den Brief, den sie im Haus der überordentlichen Maja Budde vom Schreibtisch genommen hatte, aus der Tasche und betrachtete ihn, während Niederbäumer weiter erzählte.

»Angeblich hat das der Vater gesagt, und Pietschmann pflichtet dem bei.« Niederbäumer hob die Augenbrauen und schniefte: »Die beiden Nachbarn haben sich im Saufen gegenseitig nichts gegeben.« Pietschmann sei der Meinung, er sei der einzige Freund, den Budde je gehabt habe. Der sei ein armes Schwein gewesen, den alle nur ausgenommen hätten. Auch der Enkel Sven sei alles andere als ein lieber Junge gewesen.

Johanna Kluge dachte an den verbrannten Budde, der zuletzt wohl in der Tat nur einen anderen Säufer zum Freund hatte. Säufer durfte sie als Kommissarin nicht sagen, heute hieß es *Alkoholkranker*. Sie hatte es nie geschafft, Alkoholabusus als Krankheit zu sehen. Für sie blieb Saufen Saufen, und ihrer Ansicht nach konnten Trinker damit aufhören, wenn sie es denn wollten. Die Kurse bei der Drogenberatung über Alkoholmissbrauch hatten bei ihr nicht gefruchtet, und sie musste sich immer zusammenreißen, ihre Ansicht nicht laut zu äußern.

»Wir werden diesen Pietschmann vielleicht noch mal befragen. Wie glaubwürdig ist er denn hinsichtlich seiner Erinnerung, was Besuche angeht?«

Rolf Niederbäumer schüttelte den Kopf. Pietschmann selbst war vor zehn Tagen das letzte Mal bei Budde gewesen und meinte, der Sohn sei zuletzt vor drei Wochen dort gewesen. Zu der Zeit habe er den dunkelblauen BMW auf dem Hof vor der Remise stehen sehen, als er mit seinem Trecker am Haus vorbeigefahren sei. Am Tattag selbst hatte Pietschmann nichts bemerkt. Da war er vom Vormittag bis zur Entdeckung der Rauchsäule im Wald gewesen und hatte Bäume gefällt.

Beates erster Zeuge kam aus dem Nachbardorf. Er hatte den hellgelben Kleinwagen von Maja Budde um halb drei Richtung auf der Landstraße Richtung Stadt fahren sehen. Als Vater eines Schulfreundes von Sven Budde sei er zuverlässig, da er Maja Budde kenne. Er arbeitete bei der Sparkasse und war um diese Zeit nach der Mittagspause auf dem Weg zurück zur Arbeit, seine Zeitangabe war absolut zuverlässig. Die andere Zeugin war eine Nachbarin aus dem Dorf. Sie war sicher, den Wagen von Maja Budde um Viertel nach fünf vor ihrem Haus gesehen zu haben. Sie kannte nicht nur die Frau, sondern als Verkaufsleiterin eines Meller Autozentrums auch das Auto. »Auch sie ist, was die Zeit angeht, absolut sicher, weil sie selbst einen Auswärtstermin hatte.« Sie kannte zudem die Gegend wie ihre Westentasche und nahm den Weg an Buddes Anwesen vorbei immer als Abkürzung zur Arbeit.

Johanna informierte die Kollegen abschließend über den vorläufigen Befund der Obduktion. Walter-Hermann Budde war mit einem schweren Gegenstand mit einer Metallecke erschlagen worden und mit Sicherheit bereits tot, als das Feuer um halb sechs gelegt wurde. Als Brandbeschleuniger war normales Benzin genommen worden. Ein zur Verletzung passender Gegenstand war bei der Spurensuche im Haus nicht gefunden worden.

»Das Schwerste, was wir gefunden haben, war ein unbenutztes Beil im Flur.« KTU-Meyer gähnte, ohne die Hand vor den Mund zu halten. »Im Wohnraum haben sich außer den Sprungfedern des Sofas und Spackschrauben keine metallischen Reste gefunden.« Mit der freien Hand rieb er sich seinen Nacken und gähnte wieder ausgiebig.

Wir sind alle übermüdet, dachte Johanna und wandte den Blick ab. Sie schimpfte sich eine Wahnsinnige, dass sie ausgerechnet auf den Abend des ersten Tages einer Mordermittlung ein Date mit einem Mann gelegt hatte, den sie zu ihrem Liebhaber machen wollte.

»Wenn Maja Budde bis morgen früh nicht auftaucht, werden wir sie als Verdächtige zur Fahndung ausschreiben.« Im Grunde fand Johanna das verfrüht, aber die Zeugin, die das Auto unmittelbar vor Brandausbruch gesehen hatte, und das Verschwinden der Frau machten es einfach notwendig, sie als Verdächtige einzustufen. Hanns-Martin Budde war um diese Zeit auf einer Veranstaltung der Industrie- und Handelskammer und hatte vor mindestens 20 Personen die Unternehmenspolitik eines »Hidden Champions« dargelegt. So lautete der Titel der Veranstaltung, und Beate Klampe bestätigte, dass Budde nach Aussagen von zwei Zeugen bereits fünf vor halb anwesend gewesen sei. Er schied so gut wie sicher aus.

»Der Enkel war am Tattag übrigens ebenfalls am Haus.« Johanna erzählte von ihrem Gespräch mit Sven Budde, der seinen ungeliebten Großvater an diesem Nachmittag jedoch nicht gesehen haben wollte. Sie konnte sich allerdings nicht vorstellen, dass der junge Mann irgendetwas mit dem Brand zu tun hatte. Er hatte so verstört gewirkt, dass er schon ein verdammt guter Schauspieler hätte sein müssen. Sie verwarf den Gedanken an eine Täterschaft so vehement, dass sie sich gleichzeitig fragte, ob die Tatsache, dass sie junge Männer gerne in Schutz nahm, nicht etwas mit ihrem eigenen Sohn zu tun hatte, der etwa im Alter von Sven Budde war.

»Außer dem Trinkfreund Pietschmann hat ihn wohl niemand gemocht, den alten Walter-Hermann Budde.«

Vielleicht würde sich im Lauf der Ermittlung jemand finden, der den alten Budde gern gehabt hatte. Möglicherweise gab es jemanden in der Firma, der ihn noch kannte, als er jung und voller Elan gewesen war. Aber im Moment war das nicht ihre vorrangige Aufgabe. Sie mussten denjenigen finden, der ihm das angetan hatte.

Johanna Kluge schüttelte das Bild des verbrannten Mannes ab: »Er war ein ungeliebter alter Mann«, schloss sie die Sitzung.

Zu ihrer Überraschung hatte Jakob Besser nach der Besprechung nicht einmal die Zeit, sie zu ihrem Büro zu begleiten. Er sprang mit seinen Unterlagen vor ihr her die Treppen hinauf, mit seinen langen Beinen drei Stufen auf einmal nehmend, und kam schon ohne Unterlagen aus seinem Büro zurück, als sie den Flur betrat. Sie schaute ihm erstaunt hinterher, wie er den Flur wieder entlangspurtete.

»Wichtiger privater Termin«, warf er ihr über die Schulter zu und grinste.

Enttäuscht schaute sie ihm hinterher. Sie hätte ihn gern dabei gehabt, und wenn er auf die Anwesenheit beim Gespräch mit Budde verzichtete, musste es schon eine besonders wichtiger Termin sein. »Du bist ja nicht bei Trost«, sagte sie zu sich, als sie ihre emotionale Regung als Anflug von Eifersucht identifizierte, und öffnete die Tür zu ihrem Büro.

Sie war müde, der Tag war lang gewesen, und sie sah im dunklen PC-Bildschirm ihr unscharfes Spiegelbild. Sie würde heute kein gutes Bild abgeben. Es war halb sieben, und wenn sie nicht mindestens sieben Stunden Schlaf finden würde, würde sie morgen nicht vernünftig arbeiten können. Verdrießlich zog sie ihr Handy aus der Tasche, um John von dem Bruche zu SMSen, dass sie es leider wieder einmal nicht schaffen würde. In dem Moment gluckste es, und mit der eingehenden SMS teilte er ihr mit, dass er sich freue, sie in 90 Minuten zu sehen.

»Scheiße«, fluchte sie und lehnte sich in ihrem Sessel zurück. Sie schloss die Augen und wartete auf Hanns-Martin Budde. Wenn er pünktlich käme, könnte sie es noch schaffen, nach Hause zu fahren, unter die Dusche zu springen und sich umzuziehen. Aber Hanns-Martin Budde kam nicht pünktlich.

*

Sie hätte Besser bei der Befragung von Hanns-Martin Budde vor allen Dingen deshalb gern dabei gehabt, weil er von hoher Aufmerksamkeit und in latenter Konkurrenzhaltung mit anderen Männern war. Diese skeptische Einstellung half ihr oft, Befragungen in eine objektivere Richtung zu lenken. Das wäre für sie ein wichtiges Korrektiv, sie hatte Hanns-Martin Budde gegenüber eine, wie sie spürte, im Grunde sehr wohlwollende Einstellung. Als er jedoch um fünf nach sieben mehr als eine halbe Stunde verspätet zu ihr kam, war sie hochgradig verärgert, weil er sie endgültig um ihre Pläne für den Abend brachte.

Sie eröffnete ihm kurz und bündig, dass es sich nach dem jetzigen Stand der Ermittlungen bei dem Feuer eindeutig um Brandstiftung gehandelt habe. Diese Information wurde mittlerweile auf der Presseseite der Kriminalpolizei verbreitet, sie konnte sie ihm nicht weiter vorenthalten und interessierte sich für seine Form der Reaktion.

»Ihr Vater wurde erschlagen und anschließend verbrannt.« Sie musterte ihn kühl.

Es war eindeutig, dass er mittlerweile darüber informiert war, was sich zugetragen hatte. Er zeigte jedoch keinerlei Anzeichen von Überraschung darüber, dass sein Vater erschlagen worden war. Von ihr wusste er es nicht. »Sie wussten das?«

Hanns-Martin Budde zuckte zusammen. »Nein . . ja. Ich habe es in der Zeitung gelesen.«

»In der Zeitung?« In der Zeitung vom Morgen hatte noch nichts über Brandstiftung als Ursache des Feuers gestanden, geschweige denn, auf welche Art Walter-Hermann Budde ums Leben gekommen war.

»Online«, korrigierte er. Hanns-Martin Budde schwieg und wartete auf die Fragen von Johanna Kluge. Er zeigte kein Zeichen von Erschütterung oder Verblüffung über den Tatbestand, dass sein Vater erschlagen worden war.

»Was haben Sie online gelesen?«

Er kniff für den Bruchteil einer Sekunde die Augen zusammen. »Dass es sich um Brandstiftung gehandelt hat.« Er sah sie an. »Dass mein Vater erschlagen wurde, habe ich jetzt von Ihnen erfahren.« Er atmete hörbar ein. »Wollen Sie mich provozieren?«

»Können Sie sich vorstellen, wer Ihrem Vater das angetan haben könnte?«

Hanns-Martin Budde sieht durch sie hindurch, versucht sich zu konzentrieren, nichts Falsches zu sagen. Warum fragt sie so verquer? Er reißt sich zusammen, um nicht herauszuplatzen, dass er niemanden kennt, der das nicht gewollt hätte, und erschrickt über seine hasserfüllten Gedanken. Er hat seinen Vater nicht gehasst, er hat ihn verehrt, und der hat ihn abgelehnt, verachtet und gedemütigt. Er möchte schreien über diese Ungerechtigkeit und muss schweigen, weil niemand verstehen könnte, was er meint. Er muss sich zusammenreißen und dieses Durcheinander von Empfindungen herunterschlucken. »Frau Kluge«, entschließt er sich nach einer Weile, auf ihre Frage zu antworten. »Nein, ich kenne niemanden, der ihm so etwas angetan haben könnte.«

Er lehnte sich zurück und schaute an ihr vorbei auf die Landkarte des großen Zuständigkeitsbereichs der Osnabrücker Polizeiinspektion, die hinter ihrem Schreibtisch hing. Sein Gesicht schien nun noch verschlossener als am Morgen. Er wirkte übermüdet, und Johanna beugte sich ein wenig vor, um zu prüfen, ob er tatsächlich Make-up aufgetragen hatte, um die Schatten unter den Augen zu überdecken. Aber sie traute sich nicht, verbot es sich, um nicht irgendeinem Vorurteil homosexuellen Männern gegenüber aufzusitzen. Im Übrigen wirkte Budde auf sie überhaupt nicht schwul. Sie wäre nie darauf gekommen, wenn sie nicht mit Besser am Morgen sein Zuhause aufgesucht hätte.

»Sie leben mit einem Mann zusammen?«, fragte Johanna Kluge unverblümt.

Das Lächeln, das in Hanns-Martin Buddes Mundwinkel zuckte, verschwand, er schloss die Augen und seine Brust hob sich beim Atmen.

»Ja«, bestätigte er. »Wir sind sogar amtlich verpartnert.« Der Blick von Budde schweifte ab und suchte an der Wand hinter dem Schreibtisch auf der Karte des Osnabrücker Landes irgendeinen Punkt. »Seit fünf Jahren.«

»War das auch ein Grund Ihrer komplizierten Beziehung zu Ihrem Vater?« Johanna ärgerte sich über ihre eigene Frage und erwartete keine Antwort. Doch ihr Gegenüber lachte auf. Es klang wie ein Bellen.

»Die Beziehung zu meinem Vater war nicht kompliziert. Sie war ganz einfach schlecht.«

»Haben Sie auch zu Ihrer Schwester eine schlechte Beziehung?« Johanna lehnte sich in ihrem Sessel zurück und wartete. Sie hatte eigentlich heute Morgen nur vorgehabt, die Aussage von Budde formal aufzunehmen. Seine übertriebene Beflissenheit hatte jedoch ihre Aufmerksamkeit erregt. Er hatte so selbstverständlich zugestimmt, sie im Büro aufzusuchen, dass es sie verwunderte. Er wirkte auf sie auf ganzer Linie nachgiebig. Sie sah Budde an, dass er darüber nachdachte, ob er ihre Frage beantworten sollte.

»Ja«, bestätigte er. Wieder fixierte er den Punkt auf der Karte. »Ach, eigentlich hatten wir gar keine Beziehung.« Er suchte ihren Blick und zog die Mundwinkel bedauernd nach unten.

Johanna Kluge überschlug den Altersunterschied der Geschwister. Hanns-Martin Budde war fünf Jahre älter, Jahre, die in der Kindheit Ewigkeiten sind. Möglicherweise hatten Schwester und Bruder keine gemeinsame Zeit mit den Eltern gehabt, waren sich fremd geblieben wie Cousins, die sich zufällig bei Verwandten kennenlernen und von den

Eltern gezwungen werden, miteinander zu spielen und sich zu mögen.

»Was wollen Sie eigentlich von mir wissen?« Mit einem kleinen Ruck fokussierte Hanns-Martin Budde sich wieder auf seine Gesprächspartnerin. Er schlug ein Bein über das andere und hob die Schultern. Er trug einen ebensolchen engen und hochwertigen Wollpullover wie am Morgen, nur dieses Mal in einem dunklen Grün.

»Was macht eigentlich Ihr Partner ...« Sie legte eine kurze Pause ein.

»Dirk Kolbe«, ergänzte Budde und zeigte keine Verwunderung über den Themenwechsel.

»Ja, Herr Kolbe, was macht er beruflich?«

»Er hat einen Laden für Herrenoberbekleidung im Katharinenviertel.« Hanns-Martin Budde verschränkte die Arme und wartete ab.

Johanna griff in den Stapel mit Unterlagen aus der Besprechung und zog den Briefumschlag heraus, den sie von Maja Buddes Schreibtisch mitgenommen hatte, und legte ihn zwischen sich und ihn. Budde sah sie an und schloss mit einem Mal resigniert die Augen, verschränkte die Arme vor der Brust, als wolle er sich umarmen, und streichelte sich mit der rechten Hand seinen Oberarm. Er trug einen schmalen goldenen Ring an seiner rechten Hand.

»Sie hat nicht auf meine Anrufe reagiert, deshalb habe ich ihr geschrieben.« Budde schluckte.

Johanna wartete auf weitere Erklärungen, aber er schien davon auszugehen, dass sie den Brief gelesen hatte, und schwieg.

»Der Brief ist ungeöffnet«, sagte Johanna.

Budde verzog die Mundwinkel verächtlich und schnaufte. »Typisch. Sie hat sich allem entzogen.« Er kniff den Mund zusammen und hielt sich weiterhin mit beiden Händen umfangen.

»Darf ich?«, sagte Johanna Kluge und griff nach dem Brief. Sie öffnete ihn und zog eine querformatige Karte aus Büttenpapier heraus. Es gab nur zwei handschriftliche Zeilen, die sie laut las: »*Maja, ich bitte Dich von Herzen um ein Gespräch. Wir müssen die Sache mit Vater gemeinsam klären. Bitte melde Dich bei mir. Sei gegrüßt, Hanns.*«

Mit einem Mal tat er ihr leid. Er war ein erwachsener, erfolgreicher Mann, der versucht hatte, mit seiner Schwester ein Gespräch zu führen, die darauf – zumindest hatte es den Anschein – nicht eingegangen war. Johanna Kluge betrachtete die akkurate, handschriftlich geschriebene Adresse auf dem Umschlag und war sicher, dass Maja Budde auch ohne Absender gewusst hatte, dass er den Brief geschrieben hatte.

Der Brief war nach Stempel des Briefzentrums erst am Tag des Brandes eingetroffen, aber von Maja Budde auf dem Schreibtisch abgelegt worden. Hatte sie die Post am Abend bearbeiten wollen, genauso wie sie vielleicht vorhatte, die Strompreise zu vergleichen? Johanna, von Natur aus neugierig, fand nur einen plausiblen Grund, dass ein Mensch einen privaten Brief nicht öffnete: Man fürchtet eine schlechte Nachricht.

»Warum hat sie ihn wohl ungeöffnet liegen gelassen?«, fragte Johanna Hanns-Martin Budde, der mit verkniffenem Gesicht wieder die Landkarte hinter ihr fixierte.

Der schmale Mann schüttelte den Kopf. Er nahm die Karte in die Hand. Er wisse das nicht. Sie sei ihm fremder als eine Fremde, sie habe sich jedem Gespräch entzogen, er habe sie schon als Kind nicht erreichen können. »Warum auch. Ich war die letzten beiden Jahre der Schulzeit in einem Internat und mit 18 Jahren ohnehin zum Studium in Mannheim. Meine Mutter hat meinen Vater während dieser Zeit verlassen und ist ein paar Jahre später gestorben.«

Hanns-Martin Budde wirkte mit einem Mal sehr blass, übernächtigt und erschöpft. Er verfiel in Schweigen und starrte auf die zwei Sätze, die er an seine Schwester geschrieben hatte. Johanna Kluge versuchte, die Aufmerksamkeit des Mannes wiederzuerlangen, indem sie ihm die Karte aus der Hand nahm.

Aber er denkt an seine Mutter, an deren Gesicht er sich nur noch erinnern kann, weil er ein Foto von ihr hat, sie ist in dieser Pose in seinem Gedächtnis erstarrt. Er schafft es nicht mehr, sie in seinem Inneren lebendig werden zu lassen. Er hat ihr Bild verloren. Als er mit 16 Jahren ins Internat gehen musste, hat er versucht, es vollständig zu verbannen. Er wollte sie strafen, weil sie es nicht verhindert hat, dass der Vater ihn wegschickte, und er hat sich auf ein Leben ohne Liebe eingestellt. Maja war bei den Eltern geblieben. Sie hatten mit ihr weiter Reisen an die Nordsee gemacht.

»Ich habe eine halbe Stunde gebraucht für diese lächerlichen zwei Sätze.«

Welche Mühe hatte ihn dieser kurze Brief gekostet! Es waren die einzigen Sätze, die übrig geblieben waren von den vielen ausformulierten Briefen in seinen schlaflosen Nächten. Diese nächtlichen Briefe waren so einfach und selbstverständlich, dass sie – wenn er sie denn jemals zu Papier gebracht hätte – ihr vollständig eingeleuchtet hätten. Aber jedes Mal, wenn er es versucht hatte, wenn er die Kraft aufgebracht hatte und auch den Mut, sich seiner Schwester zu stellen, waren die Worte auf dem Papier versiegt. Alles, was im Dunkel der Nacht, wenn er neben dem ruhig atmenden Dirk lag, so leicht zu formulieren war, zeigte sich am nächsten Morgen sperrig. Nichts war mehr leicht. Nur diese beiden Sätze hatte er schreiben können und sie damit angefleht: *Ich bitte Dich um ein Gespräch* – aber er hatte seine Schwester nicht erreichen können, denn sie hatte den Brief einfach nicht geöffnet. Sie hatte ihn weiterhin ausgesperrt.

Johanna Kluge fand es bemerkenswert, dass Hanns-Martin Budde ihr gegenüber offenbarte, dass er Schwierigkeiten gehabt habe, seiner Schwester zu schreiben. Wie sehr musste es ihn verletzen, dass sie seinen Brief nicht einmal geöffnet hatte. Welche Energie hatte er aufbringen müssen. Wofür musste die Schwester ihre Lebensenergie aufbringen?

»Worüber wollten Sie denn mit Ihrer Schwester sprechen?«, fragte sie.

»Über uns, über meinen Vater, über …« Budde hob verzweifelt die Hände. »Eigentlich wollte ich einfach nur mit ihr reden. Schließlich lebte sie mit meinem Vater zusammen, dem einzigen Menschen, der außer ihr zu meiner Familie gehört.«

Johanna warf einen Blick auf die Uhr und versuchte, die Eile, die sie spürte, zu verdrängen. Sie würde, wenn sie John von dem Bruche nicht versetzen wollte, nicht mehr nach Hause fahren können.

»Sie werden es mir wahrscheinlich nicht glauben, aber ich wollte Kontakt aufnehmen zu meiner Schwester.« Er zögerte kurz. »Aber ich wollte auch mit ihr über die Firma reden.« Wieder schlang er die Arme um sich.

»Was hat Ihre Schwester denn mit der Firma zu tun?«, fragte Johanna mit vorgeschobener Arglosigkeit.

Budde seufzte und schloss die Augen. »Nichts. Aber im Grunde war alles unklar …«

»Wissen Sie, wie das Testament Ihres Vaters aussieht?« Johanna hatte diesen Punkt hinausgeschoben, weil sie der Ansicht war, dass es letztlich bei Konflikten nicht um das Geld ging, wenn es zu Streitigkeiten in der Familie kam. Meist war es die vordergründige Annahme der Beteiligten, es gehe um ein bisschen mehr oder weniger Reichtum. Wenn man sie nach der Ursache fragte, erzählten sie endlose Geschichten von vorenthaltenem Erbe, bezichtigten sich gegenseitig der Habgier und konnten im Detail über Jahre nacherzählen, wer wann den anderen übervorteilt hatte. Der Grundkonflikt war jedoch ihrer Erfahrung nach meist ganz woanders begründet.

Budde bewegte sich langsam hin und her: »Nicht genau. Aber mein Vater hat mir in den letzten Jahren oft genug gesagt, dass er bestimme, was mit der Firma geschehe, und nicht ich.«

»Sie wissen also nicht, wen er als Erben eingesetzt hat?«

Er zuckte mit den Schultern. »Nein.« Er schlug die Augen nieder. »Doch. Ich denke, meine Schwester.«

Hanns-Martin Budde denkt an den Ausbruch seines Vaters, wenn er ihn besucht, die vielen verschiedenen Ausbrüche, die sich alle zu dem einen Bild wilden Hasses und Abscheus verdichtet haben. Der Vater sitzt mit einem Glas Whiskey in der Hand auf seinem Sofa und lacht. »Was habe ich euch nicht alles gegeben! Da!« Er zeigt auf die Skulptur, den Preis, den er Ende der 70er Jahre als erfolgreichster innovativer Jungunternehmer bekommen hatte. »Da warst du 13! 13 warst du.« Hanns versteht nicht, was sein Alter damit zu tun hat. Aber der Vater ist erregt, und was er sagt, hat nur die eine Absicht, ihn zu kränken. Er freut sich an der Hilflosigkeit seines Sohnes, den er ganz in der Hand hat. »Aber das bekommt alles Maja!« Er grinst. »Obwohl sie es auch nicht verdient hat.« Er rülpst und lacht. Der Geifer steht ihm vor dem Mund.

Johanna sah im Gesicht ihres Gegenübers, dass ihn wieder diese Empörung ergriff, die sie am Morgen gesehen hatte. Darüber, dass er als Sohn von Walter-Hermann Budde, obwohl er seit mehr als acht Jahren die Firma allein gelenkt hatte – und offenbar in eine sehr erfolgreiche Richtung – nicht als Eigentümer agieren konnte. Er war entrüstet, weil der Vater, entgegen den Zahlen und entgegen seinem Wissen, ihm nie wirklich gedankt hatte dafür, dass er mit seiner Idee die väterliche Firma vor dem Absturz in die Bedeutungslosigkeit gerettet hatte.

»Was hat es mit dem Wasserstoffmotor auf sich?« Johanna zitierte den Satz, den sie aus der Besprechung noch in Erinnerung hatte.

Budde nickte langsam. Er sog seine Lippen ein und schaute sie an. »Der Wasserstoffmotor ist meine Entwicklung.«

Er atmete ein, und mit einem Mal hob er seine geballte Faust und hielt sie vor die Brust. Er spannte sie an und Johanna erwartete, dass er mit ihr auf ihren Schreibtisch schlagen würde, aber er drückte sie plötzlich vor seinen Mund, als wolle er einen Aufschrei unterdrücken.

»Erzählen Sie«, forderte Johanna Kluge ihn auf und schrieb ihre Verabredung endgültig ab. Sie hoffte, dass sie noch rechtzeitig eine SMS schicken könnte, damit von dem Bruche nicht schon im Restaurant sitzen würde, wenn sie ihm absagen würde.

Es waren nicht so sehr die technischen Details, die Budde darlegte, auf die er stolz war. Es ging ihm vor allem darum, dass er eine neue Richtung eingeschlagen hatte. Er hatte die Verantwortung für die Entwicklung des Unternehmens übernommen und etwas geschafft, das der Vater ihm nicht zugetraut hatte. »Hätte mein Vater keinen Schlaganfall gehabt, wäre er selbstverständlich nicht ausgeschieden.«

Solange sein Vater das Unternehmen aktiv geleitet hatte, hatte der Sohn die Entwicklung des Motors gegen die Geschäftspolitik seines Vaters vorangetrieben. Sein Vater hatte ihn belächelt, ihn aber gewähren gelassen. Dass er auf dem richtigen Weg gewesen sei, habe sich heute klar herausgestellt. Mittlerweile gab es beispielsweise ein U-Boot der Bundeswehr, das mit Brennwertzellen angetrieben wurde. Hanns-Martin hatte einen Motor ausgetüftelt, der im Zivilbereich für kleine bis mittlere Boote eingesetzt wurde. Das Unternehmen war Marktführer auf diesem Gebiet. Die Firma hatte das Patent, und es gab keine nennenswerten Konkurrenten, im Grunde konnten sie den Preis bestimmen. Ohne diesen Motor wären sie genauso bankrott wie viele andere Firmen, die in punkto alternative Energien allein auf die Solarenergie und deren Subventionierung durch die öffentliche Hand gesetzt hatten.

»Sie haben also – genauso wie Ihr Vater vor 30 Jahren – eine Idee verfolgt und waren damit erfolgreich.«

Budde starrte sie an, als möge er diesen Vergleich mit seinem Vater nicht oder als habe er diese Parallele noch nicht entdeckt.

»Ja, Sie bringen es auf den Punkt, Frau Kommissarin.« Sein Blick wurde finster. »Nur hat mein Vater es nicht zugegeben.«

Johanna Kluge wartete, aber Budde hatte dem nichts mehr hinzuzufügen. Sie wechselte das Thema: »Was denken Sie, wo Ihre Schwester sein könnte?«

Hanns-Martin Budde wehrte erneut ab: »Ich habe keine Ahnung.«

»Könnte Sie die Tat begangen haben?«

Budde zog die Schultern zurück und die Mundwinkel nach unten. Das Ergebnis seiner Überlegung war nichts als ein Schulterzucken. Er schaute sie nicht an.

»Könnte sie?«, wiederholte Johanna.

Er schüttelte langsam mit dem Kopf: »Meine Schwester handelt nicht, sie zieht sich zurück.« Er betrachtete seine gepflegten Fingernägel und nahm seine Betrachtung der Karte hinter Johanna wieder auf. »Aber ich weiß es nicht.« Er senkte den Blick.

Johanna Kluge fand es bemerkenswert, eine solch brutale Tat »Handeln« zu nennen, der Mann war erschlagen und seine Leiche anschließend verbrannt worden. Die Sprachlosigkeit, die in der emotionalen Schieflage von Familien herrschte, schlug ja oft in Gewalttätigkeit um. Während unter Wildfremden die kulturellen Gepflogenheiten eines distanzierten und sozialen Miteinanders eingehalten wurden, kam es in Familien mit einem Mal zur Katastrophe. In der Familie Budde war das Schweigen offenbar das Verbindende gewesen. Wenn es sich jedoch dabei um eine geplante Tat gehandelt hatte, mussten sie nach dem Nutznießer suchen. Und im Moment sah alles danach aus, als ob dies die Schwester sei.

Dieses Mal war sie es, die über seine Schulter hinweg den Blick auf die Uhr warf, die über der Tür hing. Sie beschloss, das Gespräch für heute zu beenden, und sich so, wie sie war, aufs Fahrrad zu setzen und die Verabredung wahrzunehmen, auf die sie sich eigentlich mit mehreren Stunden Badewanne, Ölen und persönlicher Modenschau vor dem Spiegel hatte vorbereiten wollen.

8. KAPITEL

Sven Budde legte das Handy aus der Hand. Er erreichte immer nur die Mailbox seiner Mutter, und als wollte er sie zwingen wieder aufzutauchen, probierte er es wieder und wieder. Sie blieb unerreichbar, und die immergleiche Stimme der Mailbox ließ ihn schier verzweifeln.

Seine Mutter war die einzige Bezugsperson in seinem Leben. Er hatte es ihr nie übel genommen, dass sie ihn auf das Internat geschickt hatte. Im Gegenteil – er fand es im ersten Jahr sogar gut, dort zu sein, weil er das Glück hatte, mit einem Jungen das Zimmer zu teilen, den er mochte. Er und Marc waren immer noch Freunde. Er hatte die Einsamkeit nicht so empfunden wie seine damaligen Klassenkameraden, die sich abgeschoben fühlten. Er hatte schon als Zwölfjähriger verstanden, dass seine Mutter keine andere Wahl hatte, als ihn wegzugeben. Sie konnte es nicht allein schaffen, nachdem sein Vater gegangen war. Die ersten Jahre seines Lebens hatte er mit seinen Eltern zusammengewohnt. Sein Vater war als Key Account Manager für Möbelfurniere in ganz Europa unterwegs und kam irgendwann einfach nicht mehr wieder. Er hatte seine Mutter aus der Stadt in die Einsamkeit gelockt, weil er das wahrscheinlich romantisch fand, und hatte sie später dort zurückgelassen. Es war sein Vater, den er für die Not seiner Mutter verantwortlich machte. Sie hatte nicht anders gekonnt, als ihn in das teure Internat zu schicken. Sein Opa hatte es selbstverständlich finanziert. Seine Mutter wollte unbedingt ihre Arbeit als Biologin in einem Labor in Osnabrück beibehalten und war – so würde er das heute sehen – schon damals überfordert. Vielleicht hatte sie sich deshalb darauf eingelassen, ihren Vater vor acht Jahren nach dem Schlaganfall zu sich zu nehmen. Er hatte noch ihre Stimme im Ohr, wie sie ihm aufgeregt und voller Eifer am Telefon erzählte, sie wolle die Arbeit aufgeben, um ganz für ihren Vater da zu sein, und er, Sven, könne doch auch wieder zu ihr zurückkehren. Aber zwei Jahre vor dem Abitur wollte er das nicht mehr. Sie war damals enttäuscht von ihm, und er hatte sich schuldig gefühlt.

Sven Budde saß in der Küche seiner Wohngemeinschaft am Schölerberg. Seine beiden Mitbewohner waren unterwegs an diesem schönen Spätsommerabend. Er hatte keine Ruhe, wusste nicht, was er in seiner Not tun sollte. Seine Mutter hätte ihn nicht einfach wortlos zurückgelassen. Er war sicher, dass sie ihm Bescheid gegeben hätte, wenn sie irgendeine Reise geplant hätte. Sie wusste doch, dass er sich um sie sorgte. Deshalb kam er so häufig unangemeldet bei ihr vorbei, um nach ihr zu sehen. Sie war ja völlig allein in diesem gottverdammten Tal. Er gab ihr gegenüber immer vor, trainieren zu müssen, aber die 28 Kilometer mit einigen langen Anstiegen vom Stadtrand von Osnabrück bis zu ihr hatten es ganz schön in sich.

Er nahm sich ein Bier aus dem Kühlschrank und hockte sich auf den kleinen Balkon vor der Küche auf eine Weinkiste. So große Sorgen hatte er sich noch nie um seine Mutter machen müssen. Er seufzte, weil er sich so machtlos fühlte. Seine Mutter hatte ihn schon immer hilflos gemacht. Seit er aus dem Internat zurück war, hatte er das Gefühl, sich um seine Mutter kümmern zu müssen. Sein Freund Marc hatte ihn öfter aufgezogen und gemeint, eigentlich sei es doch umgekehrt, Mütter müssten sich um ihre Kinder Sorgen machen. Marcs Mutter nervte damit, dass sie sich alle Katastrophen der Welt ausdachte, vor denen sie ihren Sohn beschützen wolle. Aber Marc hatte gut reden, der kannte Svens Mutter nicht. Je älter Sven wurde, desto lebensuntauglicher erlebte er seine Mutter.

Als er gestern Nachmittag zum Haus gekommen war, stand die Garage offen und der Wagen seiner Mutter war nicht da. Das kam schon mal vor, denn sie besorgte ja alle Einkäufe allein. Sein Großvater verließ das Grundstück kaum noch. Weil Sven keine Lust gehabt hatte, seinen Großvater zu sehen, war er schnell an dessen Haus vorbei, hatte sein Fahrrad neben der Eingangstür abgestellt, war in ihr Schlafzimmer hinaufgegangen und hatte ihr die Blumen hingestellt. Dann war er wieder abgehauen. Seinen Großvater hatte er nicht gesehen.

Warum die Polizei seine Mutter verdächtigte, begriff er nicht. Doch es sah so aus, dass sie das tatsächlich taten. Die Kommissarin hatte es zwar nicht so direkt gesagt, aber er hatte ein feines Sensorium für Untertöne. Irgendjemand hatte offenbar seinem Großvater das Licht ausgeknipst. Das konnte er sogar nachvollziehen. Aber seine Mutter hatte sich um ihren Vater gegrämt, ja, das war das richtige Wort. Sie hatte ihr ganzes Leben für ihn aufgegeben, sich um ihn gekümmert und war zum Dank von ihm dafür behandelt worden wie der letzte Dreck.

Er versuchte, sich den Nachmittag in Erinnerung zu rufen, aber am deutlichsten war ihm die Pause auf der Wiese neben dem hoch gelegenen Sumpfgebiet. Dort hatte er den Blutweiderich gepflückt. »Wie ein Mädchen«, hatten ihn seine Schulkameraden früher verhöhnt. Aber ihm war das selbst damals trotz seiner zwölf Jahre egal gewesen. Er hatte schöne Erinnerungen an die Zeit, die er als kleiner Junge mit seiner Mutter zusammengewohnt hatte und sein Vater auf Reisen war. Sie hatte ihn in die Schule gebracht, fuhr zur Arbeit nach Osnabrück. Sie hatte nur eine halbe Stelle. Sie oder ihre Haushaltshilfe holte ihn nach der Schule ab.

Er war sich sicher, dass sie unglücklich darüber war, dass sie ihn ins Internat schicken musste. Im letzten Jahr hatte ihn Marc einmal gefragt, warum denn seine Mutter nicht schon damals ihren Job aufgegeben hatte.

»Für ihren Vater hat sie das dann getan. Warum nicht für dich?«, bohrte Marc nach. Sven hatte unwirsch reagiert, weil er wusste, dass seine Mutter damals noch versucht hatte, etwas für sich selbst zu tun und nicht alles aufzugeben. Aber Marc verstand das nicht, und deshalb hatte Sven das Gespräch abgewürgt. Sie hatte ihn nicht mehr versorgen können, nachdem sein Vater nach Süddeutschland gezogen war. Eine Weile hieß es noch, er habe dort einen guten Job, später sprach seine Mutter nicht mehr von ihm.

Sven nahm einen Schluck Bier. Vor drei Wochen ungefähr hatte er seinen Onkel getroffen, als er seine Mutter besuche wollte. Eigentlich hatte er ihn nicht wirklich getroffen, aber er hatte den dicken blauen Wagen auf dem Hof stehen sehen und seine Stimme aus der Diele des großväterlichen Hauses gehört. Er hatte geschrien: »Was machst du eigentlich mit mir, Vater? Du kannst doch nicht …«

Sein Großvater hatte gelacht: »Doch, ich kann. Ich habe diese Firma aufgebaut, und ich lasse mich von dir nicht beschimpfen. Du hättest doch dein eigenes Ding machen können – mit Anfang 20. Aber da bist du ja zu mir in die Firma gekommen.«

Er hatte das alles nicht hören wollen und sein Rad an die Garage gelehnt. Es war mehr als drei Jahre her, dass er seinen Onkel gesehen hatte. Es war zu Weihnachten gewesen, als sie alle noch taten, als sei es normal, wie sie miteinander umgingen. Er wunderte sich, dass der Bruder seiner Mutter plötzlich hier aufkreuzte. Er war schnell über den Hof zum Haus seiner Mutter gegangen, die Tür hatte er mit seinem Schlüssel geöffnet. Sie hatte sich eingesperrt und lag im Bett.

»Mama!«

»Sven, Liebling.« Sie hatte die Augen geöffnet und die Arme nach ihm ausgestreckt Sie lag inmitten ihrer herumliegenden Sachen, und an ihrem Blick sah er, dass sie sich nur mühsam wach halten konnte.

»Mama.« Er hatte an ihrem Bett gesessen, ihre Hand gehalten und darüber nachgedacht, wann es angefangen hatte, dass sie sich in dieses Zimmer zurückgezogen hatte und sich mit Tabletten betäubte.

Er wusste es nicht. Denn als er aus dem Internat mit dem Abitur in der Tasche zurückkam, war alles anders. Sie war anders geworden. Nach einer Viertelstunde bei ihr – er hatte versucht, ein bisschen aufzuräumen, und einen Stapel gewaschener T-Shirts zusammengelegt – hatte er gehört, wie sein Onkel abfuhr. Kurze Zeit später hatte er sich verabschiedet und war auf dem Rad in die Stadt zurückgefahren. Das war jetzt drei Wochen her. Seitdem hatte er nur mit seiner Mutter telefoniert, doch sie hatte ihm gegenüber keinerlei Hinweis gegeben, wie es ihr ging und ob sie vorhabe zu verreisen.

Irgendwann konnte er es auf dem Balkon nicht mehr aushalten. Eine Weile überlegte er, die Kommissarin anzurufen, die sich mit ihm unterhalten hatte. Er wusste einfach nicht, an wen er sich wenden sollte. Sie waren eine geschrumpfte Familie. Wen hatte seine Mutter eigentlich außer ihm? An wen würde sie sich wenden, wohin hätte sie fahren können? Er wusste mit einem Mal nicht, ob er ihre Freunde einfach nicht kannte, weil er so lange weg gewesen war, oder ob es wirklich niemanden gab, den sie gemeinsam kannten.

Er sprang die Treppe herunter, schloss sein Fahrrad los. Es war schon zehn Uhr, als er in die Bismarckstraße am Westerberg einbog. Er hatte keine Ahnung, was ihn dazu bewogen hatte, aber er konnte nicht mehr zu Hause sitzen und warten, und sein Onkel Hanns war der einzige Mensch auf der Welt, der eine Beziehung zu seiner Mutter hatte. Es war ihm einerlei, dass sein Onkel nicht mit seiner Mutter auskam, wenn er auch nicht genau wusste, warum. Es war eben irgendwann so gekommen. Als er sich auf sein Fahrrad setzte, hatte er keine Idee, was er genau von seinem Onkel wollte, doch er musste mit ihm sprechen.

Sven Budde lehnte sein Fahrrad, ohne es abzuschließen, gegen den niedrigen Zaun vor dem Haus seines Onkels. Mit einer Hand stützte er sich ab und sprang über das kleine Tor. Vorsichtig ging er über den mit Sandsteinen gepflasterten Weg auf die Eingangstür zu. Der Flur hinter der großen Scheibe der Haustür war unbeleuchtet, und Sven wurde unsicher. Vielleicht war niemand zu Hause. Er stieg die flachen Stufen hoch und suchte mit den Augen nach einer Möglichkeit, sich bemerkbar zu machen. Gleichzeitig war er in Habachtstellung, denn er wollte nicht gesehen werden, bevor er sich selbst bemerkbar gemacht hatte. Neben der Tür war ein kleiner Gong, doch er traute sich nicht, ihn zu betätigen. Wie sollte er erklären, was ihn hierhergetrieben hatte, seinem Onkel hatte er jahrelang nicht gegenübergestanden, und er war mit einem Mal sicher, dass der ihn nicht willkommen heißen würde. Seine Mutter erwähnte ihren Bruder nicht mehr von sich aus. Auf seine Nachfragen hatte sie erzählt, dass sie kaum mit ihrem Bruder sprach und sie sich die wenigen Male, die er im letzten Jahr gekommen sei, um seinen Vater zu besuchen, zurückgezogen hatte, um ihm nicht zu begegnen. Im Grunde kannte er seinen Onkel nicht und fürchtete, dass er ihn als Sohn seiner Mutter ablehnen würde, ohne ihn anzuhören.

Als er sich schon zum Gehen wendete, schien es ihm, als höre er Stimmen. Lautlos bewegte er sich auf seinen Turnschuhen an der Längsseite des flachen Bungalows entlang. Die Stimmen wurden lauter.

»Warum erzählst du mir das nicht?«, hörte er eine Stimme. Das musste der Lebensgefährte seines Onkels sein. Er wusste, dass sein Onkel vor einigen Jahren geheiratet hatte, weil sein Großvater häufiger herumpöbelte, wenn er auf ihn zu sprechen kam, und darüber lamentierte, dass sein Sohn eine jämmerliche Schwuchtel sei. Er war nicht eingeladen gewesen zur Feier, auch seine Mutter nicht. Zu der Zeit war die Beziehung zwischen seiner Mutter und ihrem Bruder schon eisig gewesen.

»Was soll ich denn erzählen?«, hörte er seinen Onkel. Dessen Stimme war ihm vertraut. Er war sogar sein Patenonkel, und in seiner Kindheit hatte er ihn häufig gesehen. Manchmal hatte sein Onkel ihn auf den Schultern getragen. Sven drückte sich an die rote Klinkerwand und kam noch zwei Schritte näher. Die beiden saßen offenbar im Wohnraum und hatten die Schiebetüren zur Terrasse an diesem lauen Abend weit geöffnet.

»Was jetzt werden soll«, sagte der andere. »Ich hab dir seit Jahren gesagt, dass du das mit deinem Vater klären sollst.« Die Stimme wurde lauter, während der Mann sprach, und Sven presste sich an die Wand. Er hielt die Luft an und hörte sein Herz schlagen. Ein Feuerzeug klickte, und das anschließende tiefe Einatmen war der Anlauf zu einem neuen Vorwurf. »Jetzt kriegt alles deine raffgierige Schwester.« Der leichte Abendwind wehte eine Brise Mentholrauch um die Ecke.

»Dirk, hör auf damit«, sagte der Onkel. »Und blas deinen Qualm nicht in die Wohnung.«

»Du musst deine Gereiztheit nicht an mir auslassen.« Sven hörte, wie Dirk einen tiefen Zug aus der Zigarette machte und fürchtete, viel zu nah zu sein. Aber er traute sich nicht, sich zu bewegen. So blieb er stehen und lauschte.

»Du warst doch immer benachteiligt, weil du mit mir zusammengezogen bist.« Die Stimme von Dirk wirkte ein wenig beleidigt.

»Unsinn«, antwortete sein Onkel unwirsch. »Mein Vater hat erst vor zwei Jahren mitbekommen, dass ich schwul bin. Da war doch die Geschichte mit ihm schon völlig verfahren.« Sven hörte Geräusche aus dem Wohnzimmer, als liefe sein Onkel auf und ab.

»Aber deine Schwester wusste immer, wie sie deinen Vater

zu nehmen hat. Da hat das große Geld gewinkt.« Nachdrücklich blies Dirk seinen Zigarettenqualm aus.

Sein Onkel schwieg.

»Du kannst mir ruhig recht geben! Du hättest damals, als er zu ihr gezogen ist, gleich alles klarmachen müssen, damit du wenigstens die Firma überschrieben bekommen hättest.« Dirk machte zwei Schritte über die Terrasse, und Sven fürchtete, er könnte zu weit vortreten und ihn hinter der Ecke entdecken. Aber er hatte sich wohl in die andere Richtung bewegt und seine Zigarette in einem Aschenbecher ausgedrückt. Das Geräusch eines metallenen Drehmechanismus war zu hören. Das war für Sven die Gelegenheit sich zurückzuziehen, aber er war wie gebannt und blieb stehen, um weiter zu lauschen.

»Was ist denn jetzt? Wer bekommt denn jetzt deine Firma?« Dirk kam wieder zurück und schien sich in einen Sessel im Wohnzimmer zu setzen. »Du musst doch was tun, oder?«

Der Onkel antwortete nicht.

Doch der Lebensgefährte, den Sven nicht kannte, insistierte: »Was ist denn eigentlich los mit dir, verdammt?«

Sven Budde fühlte sich an die Streite seiner Mutter mit seinem Vater erinnert. Je mehr seine Mutter seinen Vater damals bat, zu bleiben und nicht so oft auf Reisen zu gehen, desto ungeduldiger wurde er. Sein Vater gehörte zu den Menschen, die nicht viel redeten, sondern irgendwann einfach gingen. Seine Mutter hingegen hatte etwas Nervöses und Hektisches an sich, und wenn sie sprach, schlug sie diesen bittenden Ton an, der seinen Vater nicht erreichte, sondern ihn im Gegenteil ungehalten machte. Wie oft war er einfach in sein Auto gestiegen und hatte sie beide zurückgelassen, ohne zu sagen, wohin er fuhr.

Die Stimmen im Haus waren jetzt ruhiger, aber Sven hatte sich auf seinem Posten darauf eingestellt und verstand jedes Wort klar und deutlich.

»Ach«, seufzte der Onkel, »hör doch endlich auf, immer wieder darauf rumzureiten. Es ist nun mal, wie es ist.«

»Ja, wenn ich nicht darauf rumgeritten wäre, hättest du noch nicht einmal das Patent für den Motor auf deinen Namen angemeldet.« Es gluckerte. Einer von beiden schien sich etwas zu trinken einzuschenken. Sven machte vorsichtig einen Schritt zur Seite, nun doch bereit sich zurückzuziehen. Aber das Knirschen von ein wenig Erde unter seinen Turnschuhen ließ ihn zurückzucken, und er verharrte atemlos weiter mit dem Rücken an der Wand.

»Trink nicht so viel, Dirk!« Die Stimme von Hanns-Martin klang weniger aggressiv als resigniert.

»Rauch nicht so viel, trink nicht so viel! Was ich auch mache, es ist dir nicht recht. Es stimmt doch, dass ich es war, der darauf bestanden hat, das Patent nicht bei der Firma zu belassen.«

»Ja, Dirk.«

Dirk ging wieder auf die Terrasse und zündete sich erneut eine Zigarette an. »Meinst du, sie war es?«

»Was?« Der Ton seines Onkels war eher überrascht als empört.

»Na, hat sie ihn abgefackelt?« Er nahm einen tiefen Zug und blies den Rauch mit starkem Geräusch aus. »Sie bekommt doch jetzt alles!«

Svens Herz klopfte, als er hörte, wie seine Mutter von diesem affektierten Typen verdächtigt wurde. Das war das zweite Mal heute. Auch die Kommissarin schien seiner Mutter zu unterstellen, sie habe etwas mit dem Tod seines Großvaters zu tun.

»Dirk, ich weiß es nicht. Ich muss ins Bett. Ich bin müde.« Sein Onkel schien sich erhoben zu haben, denn die Stimme entfernte sich. Sven Budde konnte nicht hören, ob sein Onkel noch mehr sagte. Aber offenbar war Dirk allein vor der Tür.

»Ich bin müde, ich muss ins Bett«, äffte er seinen Partner nach. »Immer zieht er sich einfach zurück. So eine Scheiße.«

Das Feuerzeug klickte, und als Sven überdeutlich hörte, dass der Mann an der Zigarette sog, war es schon zu spät, zurückzuspringen. Es war eine langsame Sekunde, in der dieser Mann plötzlich an der Hausecke erschien und direkt vor ihm stand.

Beide erstarrten, nur zwei Meter voneinander entfernt. Sven fühlte den Schrecken durch seinen Körper fahren. Der Mann riss die Augen auf, starrte ihn an. Als Sven bewusst wurde, dass sein Gegenüber noch in seiner Verblüffung gefangen war, machte er zwei Schritte rückwärts an der Hauswand entlang, um genügend Distanz zu gewinnen, bevor der andere sich erholt haben würde, um ihm nachzusetzen. Doch der Lebenspartner seines Onkels schien wie gelähmt und machte keine Anstalten, sich auf ihn zu stürzen. Immerhin war Sven auf ein fremdes Grundstück eingedrungen, und er fürchtete sich, niedergeschlagen zu werden. So zog sich Sven langsam, einen Schritt nach dem anderen setzend, entlang der geklinkerten Wand des Bungalows zurück. Der Mann blieb wie gebannt an der Ecke stehen, die Zigarette in der Hand und verfolgte seinen Rückzug. Erst dort wagte Sven es, den Blickkontakt mit dem Mann aufzugeben, wandte sich um und rannte so schnell, dass er fast ins Straucheln geriet, den Weg entlang auf die Haustür zu.

Er war so schnell, dass er auf der dreistufigen Treppe ausglitt und sich an einem Pfosten des seitlich gelegenen Carports abfangen musste, um nicht vollends zu stürzen. Sein Blick fiel auf einen dunkelgrünen BMW-Sportwagen. Während er sich aufraffte, wunderte er sich darüber, zu welchen gedanklichen Ausflügen er fähig war in diesem Moment der Scham, nachdem er gerade beim Lauschen entdeckt worden war. Dieses typische Frauenauto musste der Wagen des Lebensgefährten seines Onkels sein, weil er von den Besuchen seines Onkels auf dem Gelände im Tal wusste, dass der eine blaue Limousine fuhr. Und irgendwie kam ihm das Auto bekannt vor.

Mit einem Satz sprang er über den niedrigen Zaun, schwang sich aufs Rad und raste den Berg hinunter.

9. KAPITEL

Johanna Kluge verließ an diesem Abend um kurz nach halb acht in einer derartigen Hetze die Polizeiinspektion am Kollegienwall und schob ihr Fahrrad durch die Stadt, dass sie noch fünf Minuten zu früh in einem Café in der Nähe der Kamp-Promenade war. Also hatte sie sogar noch genug Zeit, sich aufzuhübschen, ihre Schminktasche hatte sie in weiser Voraussicht am Morgen in ihren Rucksack gesteckt. Sie bestellte ein alkoholfreies Bier und war gerade im Begriff aufzustehen, um die Toilettenräume aufzusuchen, als sie sah, wie Jakob Besser mit einer schwer beladenen Bio-Einkaufstasche in der Hand aus der Universitätsbibliothek kam. Bevor sie ihrem Impuls nachgeben konnte, sich zu ducken oder sich abzuwenden, hatte er sie ebenfalls erblickt.

»Hallo«, winkte er ihr überrascht zu, und er machte auf sie einen ebenso unsicheren Eindruck, wie offenbar sie auf ihn wirkte. Mit langen Schritten näherte er sich, schaute theatralisch schuldbewusst und schmiss sich in einen freien Stuhl ihr gegenüber.

»Wichtiger privater Termin!«, wiederholte Johanna seine hastige Entschuldigung nach der Besprechung. »Was machst du denn in der Uni?« Sie warf einen Blick in die offene Tasche neben seinem Stuhl. »Aha. Schwere Lektüre!« Die Tasche war voll mit Büchern, einige nicht unter 500 Seiten, hatte sie den Eindruck.

»Es geht.« Jakob hob die Tasche mit einer Hand in die Waagrechte und hielt sie drei Sekunden. Sein Arm begann zu zittern. »Du hast recht.« Er setzte sie ab, schob sich den Stuhl zurecht und griff nach der Karte.

Johanna schwieg und schaute über seine Schulter die Große Hamkenstraße entlang. Aus dieser Richtung erwartete sie ihre Verabredung. Das Ganze ließ sich noch schlechter an, als sie befürchtet hatte. Sie seufzte.

»Also, spuck's aus. Was treibst du hier?« Sie schaute auf ihre Fingernägel. Sie waren akzeptabel, eigentlich hatte sie einen farblosen Lack auftragen wollen. »Wegen der paar Bücher verlässt du mich kopfüber nach der Besprechung?«

Jakob druckste und stellte die Karte wieder in den Metallständer. »Nein, nicht wegen der Bücher, ich habe sie eben nur mitgenommen, da ich ohnehin einen Termin in der Uni hatte.« Er legte eines seiner langen Beine über das andere und schnipste mit dem Finger eine kleine Fluse von der Leinenhose.

»Aha«, sagte Johanna zum zweiten Mal und wartete wie eine Mutter, deren Sohn ihr erklären soll, wo er sich so schmutzig gemacht hat. Das wurde ihr mit einem Mal klar, und sie versuchte, ihre eifersüchtige Neugier mit einer schnellen Handbewegung wegzuwischen. »Unsinn, geht mich ja nichts an, wenn du dir ein, zwei Bücher ausleihst.« Sie griff in die Tasche und zog das zuoberst liegende heraus: *Die Freiheit und das radikal Böse als intelligibles moralisches Verhältnis*.

Jakob nahm es ihr aus der Hand. »Ich erklär's dir.« Er legte es wieder auf die anderen und beugte sich vor.

»Nicht nötig, ich lese auch schon mal ein gutes Buch im Bett.« Sie schaute wieder über seine Schulter und drehte sich langsam um die eigene Achse, um auch in die andere Richtung sehen zu können.

»Stör ich? Du bist verabredet, oder?« Jakob begann affektiert mit den Augen zu rollen. »Mit wem, schöne Frau?«

Sie musste lachen. »Mit wem triffst du dich denn in der Universität?«

»Mit meinem Doktorvater.«

»Deinem *Doktorvater?*« Johanna war so perplex, dass ihr keine passende Antwort einfiel.

»Ja, Frau Derrick. Meinem Doktorvater.«

Und während er ihr erklärte, dass er seit drei Monaten das Kolloquium von Professor Brusenkamp besuchte, einer sowohl auf soziologischem als auch moralphilosophischem Gebiet anerkannten Geistesgröße, sah sie John von dem Bruche im Hintergrund auftauchen.

Er sah so verdammt gut aus, dass sie sich jedes Mal, wenn sie sich getroffen hatten, zur Raison rufen musste, nicht auf ihre alten Vorurteile hereinzufallen, was gut aussehende Männer anging. So wie Männer an Stammtischen die Meinung kolportierten, dumme Frauen seien besonders gut im Bett, so pflegte sie nämlich die Ansicht, gut aussehende Männer seien selbstsüchtig und unsensibel. Jakob Besser, der sie bei den wenigen Malen, die sie von dem Bruche getroffen hatte, aufzog, bestärkte sie in der Meinung, zu schöne Männer seien oberflächlich und litten an unheilbarer Selbstüberschätzung. Johanna Kluge hatte allerdings bei dem einen Mal, das sie mit ihm ausgegangen war, diese Dinge nicht bestätigen können. Zu ihrem Bedauern war sie aber auch nicht weitergekommen, der Frage nach den Charaktereigenschaften dieses Mannes wirklich auf den Grund zu gehen.

Sie hörte nicht mehr richtig hin, als Jakob sagte, er sei noch nicht ganz entschieden, ob er bei seiner Dissertation eher den soziologischen oder doch den moralischen Aspekt in den Vordergrund schieben wolle. Sie hing eher niederen Gedanken nach, sah von dem Bruche entgegen und fragte sich, ob sie nicht einfach mal wieder Sex haben wollte, nichts weiter. Immerhin war sie seit fast einem Jahr getrennt, und in den letzten fünf Jahren ihrer Ehe hatte sich auf dem Gebiet nicht mehr viel abgespielt. Zumindest nicht bei ihr.

Jakob Besser erklärte ihr gerade, dass er das Böse nicht als Inbegriff des moralisch Falschen verstanden wissen wolle, oder als Kraft, die moralisch falsches Handeln antreibt. »Mir geht es in erster Linie um …«

»Hallo«, sagte Johanna über Jakobs Schulter hinweg und lächelte so ungezwungen sie es schaffen konnte.

Jakob stockte in seiner Rede und lehnte seinen langen Oberkörper zurück: »Hallo, George!«

»Hallo, John«, sagte Johanna und warf Besser einen bösen Blick zu. Er ging ihr mit seiner Penetranz, den gut aussehenden John von dem Bruche mit George Clooney zu vergleichen, nicht nur heute auf die Nerven. »Mein Kollege Jakob Besser.«

Die beiden Männer begrüßten sich freundlich distanziert, wie man das tut, wenn man kein Interesse aneinander hat und darauf wartet, dass der Platz geräumt wird.

John von dem Bruche war schlank und wirkte mit seiner schwarzen Hose und seinem schwarzen T-Shirt unter einem grauen Leinenjackett eher wie ein Barpianist als ein Sachbearbeiter in der Abteilung Stadtentwicklung und Integration. Er sei froh, hatte er ihr bei der letzten und einzigen Verabredung gesagt, dass er als Architekt eine feste Stelle bekommen habe, obwohl sein jetziger Job überhaupt nichts mit Architektur zu tun habe. Das Leben sei mit regelmäßigen Einkünften doch wesentlich leichter, hatte er ihr erklärt und all ihre Befürchtungen, er könne ein kulturell beflissener Theatergänger sein und ständig Meisterkonzerte hören, aus dem Weg geräumt.

Von dem Bruche hatte am Tisch Platz genommen, Jakob rückte mit seinem Stuhl ein wenig zur Seite, machte aber keinerlei Anstalten aufzustehen und die beiden allein zu lassen.

Johanna fühlte sich verpflichtet, John die Anwesenheit des lästigen Kollegen zu erklären: »Wie gesagt und gestern gesimst: Wir haben einen neuen Fall«, sie hob entschuldigend die Hand Richtung Jakob, »und da ist es im Büro spät geworden.« Sie konzentrierte sich, Jakob nicht zu böse anzusehen.

Aber der versuchte, die Aufmerksamkeit der Bedienung zu ergattern, und erwiderte ihren Blick nicht.

»Ich habe mich ehrlich gesagt schon gewundert, dass Sie trotzdem Zeit für mich haben«, sagte John von dem Bruche und wurde unvermittelt rot. »Entschuldigen Sie bitte, das war nicht so …«

Wenn Jakob nicht da gewesen wäre, hätte sie sich anders verhalten können und ausgepackt. Sie hätte ihm gesagt, dass sie seit ihrem Restaurantbesuch vor zehn Wochen in jeder freien Minute an ihn gedacht habe – vor allem wenn sie allein in ihrem Bett lag. Vielleicht hätte sie ihm noch mehr gesagt und ihm einen schwülstigen Blick über ihren Cocktail zugeworfen.

»Einen Martini«, sagte sie resigniert der Bedienung, die Jakobs Zeichen gefolgt war.

Die junge Frau stellte ihr das vor wenigen Minuten bestellte alkoholfreie Bier hin und sah die beiden Männer fragend an.

»Auch einen Martini«, sagte Jakob. »Ist egal, kann auch geschüttelt sein.« Er grinste.

»Für mich ein alkoholfreies Bier«, sagte John von dem Bruche.

Er lächelte versonnen, und Johanna konnte sich nicht entscheiden, ob sie ihn mit ernsthaftem Gesicht oder lächelnd attraktiver fand, und sie vergaß darüber, sich über Jakobs Albereien zu ärgern. Irgendwie war sie ungehalten, dass Jakob sich dazugesellt hatte, und doch wollte sie gleichzeitig, dass er blieb. Der Abend war ohnehin schon verfahren genug. Sie hatte mehrfach absagen wollen, und ihre Absichten von wegen *in Richtung Höhle schleifen* hatte sie schon am Mittag fallen lassen.

»Sie haben mit dem Brand im Grönegau zu tun?«, fragte John von dem Bruche, offensichtlich froh, dass seine missverständliche Aussage, sie habe trotz eines neuen Falls Zeit für ihn gefunden, überhört worden war.

»Ja.« Sie war ganz erleichtert, über einfache Dinge sprechen zu können. Und die Arbeit gehörte in ihrem Leben zu den einfacheren, Liebelei, Liebschaft und Liebe dagegen zu den komplizierten Themen. Sie ging auf das Gesprächsangebot ein und empfand mit einem Mal Jakob Besser an ihrer Seite als Erleichterung. Sie sprachen über die mangelnde Zeit, das knappe Personal bei Polizei und Staatsanwaltschaft und über das, was zum Brand ohnehin in der Presse veröffentlicht worden war.

»Bis vor einem halben Jahr habe ich, wie Sie ja wissen, in einem Nachbarort gewohnt. Ich kannte den alten Budde«, sagte John von dem Bruche und warf auch Jakob Besser einen Blick zu. Er hatte sich ganz offensichtlich damit abgefunden, dass der Abend zu dritt gestaltet werden sollte. Sie wusste das, weil sie John von dem Bruche in einem anderen Fall als Zeuge eines Mordes auf einem Autobahnparkplatz vernommen hatte, den er jeden Morgen von seinem ländlichen Wohnsitz aus anfuhr, um mit einem Kollegen gemeinsam in die Stadt zu fahren. Johanna hatte damals bereits alles für sie Wichtige über den Familienstand des schönen Mannes ermittelt und konnte mit dem wohligen Wissen, dass er seit drei Jahren geschieden war, ganz beim dem Thema Walter-Hermann Budde bleiben.

Dass von dem Bruche das Opfer kannte, eröffnete eine ganz neue Perspektive. Vielleicht konnte er als ehemaliger Nachbar ein Bild von ihm zeichnen, das sie noch nicht kannten. Von dem Bruche erzählte, er sei jahrelang durch den Verbindungsweg vom Buddetal, wie sie es nannten, und parallel zur Landstraße in Richtung Osnabrück gefahren. Es gebe in der Gegend viele Möglichkeiten, über die ausgebauten Forst- und Landwirtschaftswege schnell von einem Ort zum anderen zu kommen.

Johanna dachte an Sven Budde, der diesen Weg mit dem Fahrrad genommen hatte. Aber was sollte das in diesem

Zusammenhang? Möglicherweise war der Täter nicht über die Hauptstraße gekommen, sondern über den »Svenweg«, wie sie ihn jetzt betitelte.

»Wie war er denn, der Walter-Hermann Budde?«, fragte Johanna, und Jakob lehnte sich interessiert vor und hatte, wenn er sie denn überhaupt gehabt hatte, jede Neigung verloren, sie allein zu lassen.

»Er war ein armes Schwein«, sagte John von dem Bruche, »entschuldigen Sie, dass ich das so sage. Aber er hat mir leidgetan.« Er war der Zweite, der mit Walter-Hermann Budde Mitgefühl hatte – und der gehörte ebenfalls nicht zur Familie.

Von dem Bruche erzählte, er habe Maja Budde über Jahre gekannt, ohne mit ihr direkten Kontakt zu haben. Sie wohnte bereits dort, als er mit seiner Frau in den Nachbarort zog, sie hatten sich aber nie gesehen. Vor acht Jahren, als Walter-Hermann Budde den Schlaganfall hatte, war er über einen weiteren gemeinsamen Nachbarn mit ihr zusammengekommen und von ihr angerufen worden. Sie wollte seine Meinung als Architekt hören, da sie vorhatte, ein ziemlich runtergekommenes Kötterhaus auf ihrem Grundstück zu restaurieren.

»Damals hatte ihr Vater gerade den Schlaganfall und war in der Reha.« Sie hatte ihn überraschen wollen mit dem Angebot. »Maja Budde war eine lebhafte, ziemlich aufgekratzte Frau, sie hatte was Hektisches und sorgte sich um ihren Vater.« Danach hatte er mit der ganzen Sache nichts mehr zu tun. Zudem hatte er gerade die Stelle bei der Stadt Osnabrück bekommen und war nicht mehr als Architekt auf dem freien Markt unterwegs. »Außerdem haben sie es dann ruckzuck umgesetzt, da war ja viel Geld im Spiel.«

Johanna lauschte ihm versonnen, nicht nur weil es ihren Fall betraf, sondern weil sie seine Stimme angenehm fand. Vielleicht konnte er singen, überlegte sie, und versuchte sich zu erinnern, ob er nicht damals, als sie ihn als Zeuge in einem anderen Fall kennenlernte, irgendwas von Musik erzählt hatte.

»Warum fanden Sie, dass Walter-Hermann Budde zu bedauern war?«, mischte sich Jakob ein, der sich nicht von der warmen Stimme des Mannes beeindrucken ließ.

»Er war ziemlich eingeschränkt, als er zu ihr zog, und sie machte auf mich den Eindruck, als würde sie es genießen, dass er so hilflos war.« John von dem Bruche erklärte, dass er ein halbes Jahr später, einige Monate nach seinem Einzug, bei ihr vorbeigeschaut habe, um zu sehen, was aus ihren Plänen geworden war. »Da saß er in seinem Wohnzimmer neben einem Rollator.« Er habe ihn bedauert. »Er war ruhig und eher verschlossen als grantig.« Sie habe die ganze Zeit neben ihm gestanden und ihm gesagt, was er machen solle. Sie hatte ihm draußen über ihren Vater erzählt, welche Maßnahmen sie ergriff, um ihm zu helfen, wieder auf die Beine zu kommen. »Ich kann es nicht genau erklären, aber er wirkte unglücklich. Wie ein gefesselter Riese.«

Johanna Kluge gefiel der Vergleich. Dieser Walter-Hermann Budde war ganz sicher ein Riese gewesen. Zumindest hatte er die Gedankenwelt seines Sohnes besetzt und sich dort breit gemacht. Das, was John Bruche über die ersten Jahre des Zusammenwohnens des beeinträchtigten Vaters und Tochter berichtete, ließ auch vermuten, dass Maja Budde ebenfalls ein Verhältnis zu ihrem Vater hatte, das sie – oder beide – gefangen genommen hatte. Was war in den sieben Jahren geschehen, seit er dort wohnte?

Es war halb zehn, als Jakob Besser sich erbarmte und die beiden allein ließ. Sie hatten irgendwann das Thema Budde abgeschlossen, jedoch kein neues gefunden, über das sie sich zu dritt hätten unterhalten wollen. Mit Jakobs Aufbruch hatte er den Abend beendet, und Johanna fühlte sich daran erinnert, dass sie keinen Fehler machen wollte, und bedankte sich bei der Bedienung, die fragte, ob sie noch etwas zu trinken haben wollten.

Sie bezahlte, weil sie es auf jeden Fall vermeiden wollte, dass John von dem Bruche sie einlud. Sich einladen zu lassen, hatte sie sich für das nächste Mal vorgenommen, das hoffentlich etwas erfolgreicher in *flirttechnischer* Hinsicht verlaufen würde.

»Ich muss in meine Höhle«, stöhnte sie.

John von dem Bruche lachte. »Ich bringe Sie nach Hause.«

Sie nickte, fragte sich aber gleichzeitig, woher er wisse, dass sie zu Fuß oder mit dem Fahrrad unterwegs war und dass sie es nicht zu weit hatte bis zur Goebenstraße. Sie hatte Glück gehabt und dort im letzten Winter eine Zweieinhalbzimmerwohnung gefunden, die für sie gerade noch erschwinglich war. Ein Blick auf ihren offenen Rucksack, in dem gut sichtbar der Fahrradhelm lag, erinnerte sie erneut daran, dass sie ins Bett gehörte. Man musste keinen kriminalistischen Spürsinn haben, um sie als Fahrradfahrerin zu identifizieren. Er war zu Fuß gekommen und hatte es also offenbar nicht so weit.

»Das freut mich«, gab sie unumwunden zu und hoffte, nicht das verführerische Lächeln aufgesetzt zu haben, von dem sie vorhin fantasiert hatte.

Er schob ihr Rad, und sie ging neben ihm her. Sie fand diese Arbeitsteilung gut und sah es als gutes Zeichen für ihre nächste Verabredung: »Warum heißen Sie eigentlich John?«

»Ich bin ein Kompromiss. Mein Vater wollte mich Jon nennen, so ähnlich wie Jan, aber meine Mutter meinte, dass ohnehin alle ›Dschonn‹ sagen würde und deshalb haben sie mich gleich so getauft. Außerdem schwärmte meine Mutter für John Lennon.«

Ein Fahrradfahrer fuhr mit hoher Geschwindigkeit die Blumenthalstraße herunter, als sie sie überquerten, und sie mussten zwei schnelle Schritte machen, um ihn nicht zu einem Bremsmanöver zu provozieren. Johanna sah dem Fahrradfahrer hinterher. Sie hätte ihm keine Aufmerksamkeit geschenkt, wenn er nicht so schnell gewesen wäre. So aber hatte sie ihn erkannt. Es war Sven Budde, der sie beinah über den Haufen gefahren hätte.

»Ganz schön schnell«, meinte John, weil sie stehen geblieben war und dem rasenden Sven Budde hinterherschaute.

»Ja.« Sie sagte ihm nicht, dass sie den Fahrer kannte und war froh, dass sie heute wider ihre ursprünglichen Wünsche doch früh ins Bett kommen würde.

Den letzten Teil des Wegs fragte sie ihn über seinen Nachnamen aus. Er könne nichts dafür, erklärte er. »Aber ich bin ein Täuscher. Ich heiße John und bin kein Engländer, arbeite in einer Abteilung, die eigentlich einen Sozialpädagogen einstellen wollte, mich aber für einen Menschen mit europäischem Migrationshintergrund hielt. Und mein Nachname *von dem Bruche* hat nichts Adliges an sich, sondern ist ein profaner Irrtum.« In der Geburtsurkunde seines Vaters, der eigentlich als Johannes Meyer zum Bruche auf die Welt gekommen war, machte ein Standesbeamte diesen zu einem *von dem Bruche* und ließ den Meyer weg.

Johanna Kluge war restlos verliebt, als sie vor ihrer Haustür stand, und hatte keine Idee mehr, was sie ihn fragen könnte, ohne das Risiko einzugehen, doch um ihren Schlaf zu kommen. Also sagte sie nichts, öffnete die Tür und ließ ihn das Fahrrad in den hinteren Bereich des Flurs schieben.

»Wie gesagt, ich heiße John«, sagte von dem Bruche, während sie das Bügelschloss anlegte.

»Johanna«, sagte sie und schluckte.

Er ergriff ihre Schultern mit sanftem, aber festem Griff, und einen Moment fürchtete sie, er werde sie küssen, und sie würde doch um ihre Ruhe gebracht. Aber er berührte ihre Wangen rechts und links mit seinen Lippen und verabschiedete sich: »Wenn wir schon mal beim Du sind, kommen wir vielleicht beim nächsten Mal einen Schritt weiter.«

Als die Tür hinter ihm ins Schloss fiel, dankte sie dem Zufall und der Einsicht dieses Mannes, der ihr alles andere als ein Täuscher zu sein schien.

10. KAPITEL

Das Hämmern an der Tür holte sie zurück. Sie öffnete mühsam die Lider. Es war dunkel im Zimmer, sie schloss die Augen wieder. Ihr Kopf rauschte, sie fand keinen Halt im Bett, es bewegte sich und machte sich selbstständig, als habe sie getrunken. Sie fühlte den metallischen Geschmack im Mund, den die Schlaftabletten hinterlassen hatten. Mit Widerwillen streckte sie die Zunge aus und leckte über ihre Unterlippe und das Kinn, sie fühlte den salzigen, bitteren Flaum. Es würgte sie.

»Frau Budde!« Jemand schlug mit der flachen Hand gegen das Türblatt.

Sie öffnete die Augen, um die Orientierung wiederzugewinnen, und erinnerte sich an den flüchtigen Blick durch das Fenster. Sie war in diesem Hotelzimmer mit Blick auf das Wattenmeer.

»Ja.« Ihre Stimme war heiser.

»Frau Budde, bitte machen Sie auf.« Der Mann hinter der Tür hatte aufgehört, mit der Hand gegen das Holz zu schlagen.

»Ja«, wiederholte Maja Budde und versuchte, sich im Bett aufzurichten. Ein Würgereiz stieg in ihr hoch. Sie keuchte. »Ich komme.«

Sie hob die Beine aus dem Bett und hielt sich mit einer Hand an der Bettkante fest. Weil sie vergessen hatte, das Licht anzumachen, tastete sie im Dunklen stehend nach dem Schalter am Kopfende. Dabei verlor sie das Gleichgewicht, fiel rückwärts aufs Bett und schlug mit dem Hinterkopf an die Holzkante des Paneels, das das Bett gegen die Wand abschloss. Es machte einen dumpfen Schlag. Sie spürte keinen Schmerz.

»Frau Budde, was ist denn los?« Der Mann hinter der Tür wurde aufgeregter. »Wenn Sie nicht öffnen, mache ich die Tür auf.«

Eine halbe Stunde später saß Maja Budde in einen Saunamantel des Hotels gekleidet im Sessel ihres Zimmers. Der Hotelangestellte hatte den Notarzt gerufen, der ihren Puls fühlte und in ihre Pupillen leuchtete. Sie sagte nichts und ließ alles über sich ergehen. Den Blicken des Arztes sah sie an, dass er sie für eine verhinderte Selbstmörderin hielt. Der Hotelangestellte stand mit den Packungen von Bromazepam und Zopiclon in der Hand neben ihm. Er war aufgeregt, denn auch er schien der Ansicht, dass er ihr das Leben gerettet hatte.

Sie konnte sich nicht mehr erinnern. Sie hatte nicht sterben wollen, da war sie sicher. Sie hatte nur nicht mehr an dieses Feuer denken wollen. Sie fühlte immer noch die Hitze, aber sie wusste nicht, was sie am Abend zuvor gemacht hatte. Das wollte sie auch nicht. Aber sie war mit dem Auto in dieses Hotel gekommen, war bei dem Hinweisschild zum Romantikhotel abgebogen. Sie hatte zum Wattenmeer gewollt. Sie versuchte sich zu erinnern, während die beiden Männer sich um sie bemühten, doch mehr fiel ihr nicht ein. Doch, die Stimme des Hotelangestellten hatte etwas mit der Zahnbürste zu tun. Sie hatte nichts eingesteckt. Mit einem Ruck wandte sie den Kopf zur Seite und versuchte, ihre Reisetasche auszumachen. Sie stand auf der Kofferablage. In der Tür lehnten zwei Rettungssanitäter in orangefarbenen Jacken und warteten auf ihren Einsatz.

»Frau Budde hat zwei Tage das Zimmer nicht verlassen und … ich hab nur sehen wollen …« Der Hotelangestellte erzählte, ohne sich an irgendjemand direkt zu richten, von einer Zahnbürste, und sie folgte dem Finger des Notarztes, der sie dazu aufforderte, mit ihren Augen seinen Bewegungen zu folgen.

»Wie heißen Sie?« Der Notarzt sah sie ernst an.

Sie schloss die Augen und atmete tief ein. Er wollte ihre Orientierungsfähigkeit testen. Sie kannte das, vor zwei Jahren waren schon einmal orangefarbene Männer mit einer Liege an der Tür ihres Schlafzimmers gestanden. Ihr Vater hatte sie angerufen, weil er sie nicht wecken konnte, weil sie in tiefer Erschöpfung im Bett gelegen hatte. Nichts weiter. Sie war voller Scham, als sie von einem fremden Mann, der ihren Namen rief, ins Gesicht geschlagen wurde und ihren betrunkenen Vater am Fußende des Bettes hatte stehen sehen. Sie hielt die Augen geschlossen und hätte gern der Müdigkeit nachgegeben.

Der Hotelangestellte wiederholte, dass er sich nur Sorgen gemacht habe, da sie sich den ganzen Morgen nicht habe blicken lassen, und es doch letztlich gut gewesen sei, dass er die Tür geöffnet habe. Er warf einen Blick auf die beiden Packungen, die er vorhin aus dem Badezimmer geholt hatte.

Der Notarzt sah den Hotelangestellten ungehalten an, wartete aber immer noch auf ihre Antwort.

Sie musste ihm antworten, damit sie die Leute loswurde. Aber ihre Zunge war schwer. Sie öffnete den Mund. Er war trocken, und sie fürchtete, keinen Ton herausbringen zu können.

Mit einem Räuspern schob sie ihre Stimme an: »Maja Budde.« Die Resonanz ihrer eigenen Stimme verwunderte sie, sie war so normal, als habe sie bei der Bank vorgesprochen.

»Geboren?« Der Arzt fühlte ihren Puls und schaute auf seine Uhr.

Ihr Herz begann zu klopfen, sie wollte, dass diese Menschen sofort ihr Zimmer verließen. Sie riss ihr Handgelenk aus der Hand des Arztes und schlug mit der Handfläche gegen die Tischkante.

»Was soll denn das?« Sie versuchte aufzustehen, aber ihre Rückenlage in dem kleinen mit Rosendruck bezogenen Sesselchen verhinderte das.

Der Arzt sah sie betont mitfühlend an. »Haben Sie die gesamten Tabletten genommen?«

In Maja Budde stieg Panik auf. Sie blickte auf die leeren Tablettenblättchen der Packungen in den Händen des Hotelangestellten, der seinen Stolz über die Rettung des Gastes nicht verhehlen konnte. Hitze stieg in ihr auf, Schweiß stand ihr auf der Stirn.

Die Flammen stehen auf den blanken Holzdielen und setzen eine helle Grenze gegenüber dem alte Sofa. Wie in einer Mandorla liegt der Vater, die Flammen umkreisen ihn und laufen mit einem Mal über seine Brust, er regt sich nicht, liegt dort, als schlafe er. Sein Gesicht ist friedlich, noch nie hat sie ihn so gesehen. Sie versucht, näher zu kommen, doch die Hitze hält sie ab. Mit einem Mal ergreift sie endlose Liebe, sie würde ihn gern retten, wie sie es die ganze Zeit gewollt hat, aber die Flammen haben ihn schon umschlossen und verhindern endgültig den Zugang. Sie weicht zurück, weil der Kreis des Feuers vordringt, und die Hitze unerträglich wird. Sie muss ihn aufgeben, stolpert zurück und hält sich am Geländer der Hiele fest.

»Frau Budde!« Das Gesicht des Arztes ist ihrem so nah, dass sie seinen Atem riecht. Es ist ein fauliger Geruch, der aus seinem Magen hochsteigt.

Sie wendet sich ab.

»Frau Budde.«

Sie gibt den Widerstand auf und lässt sich fallen, schließt die Augen und bleibt in der Dunkelheit. Der Ton in ihrem Körper wird dumpf und lauter, die Stimmen, die sie herauszerren wollen, verschwinden, die Möwen, die sie gestern hinter der Scheibe gehört hat, rufen in der Ferne, wie sie es kennt, sie vergisst, wer sie ist und fällt in eine endlose Wolke aus grauem Dunst. Der feuchte Nebel trägt sie nicht und lässt sie doch nicht stürzen. Sie sinkt lautlos zu einem endlos entfernten Grund, ohne dass sie etwas fühlt.

11. KAPITEL

Am heutigen Morgen hatte sich der Verdacht gegen Maja Budde erhärtet. Der Haftbefehl, den sie noch am Abend bei der Staatsanwaltschaft beantragt hatten, war ausgestellt worden, und mit dem Testament, das sie pünktlich zur Morgenbesprechung vorliegen hatten, war er nur zu begründet.

Walter-Hermann Budde hatte alles, was ihm gehörte, seiner Tochter Maja hinterlassen. Das Testament war fünf Jahre alt. Er hatte gar nicht im Einzelnen geäußert, was alles er seiner Tochter hinterlasse, sondern sie schlicht und einfach zu seiner alleinigen Erbin eingesetzt. Da ihm die Firma BudSol zu 100 Prozent gehörte, würde nun auch die gesamte Firma der Tochter Maja zufallen.

»Warum hat er das Testament vor fünf Jahren gemacht?«, fragte Johanna Kluge laut, als sie mit Jakob nach der Besprechung noch in ihrem Büro zusammensaßen. »Er ist doch bereits vor sieben Jahren zu ihr gezogen.« Sie hätte es gut verstanden, wenn das ein unausgesprochener Deal gewesen wäre: Du nimmst mich auf, dafür gebe ich dir Geld. Aber es waren noch zwei Jahre vergangen, bis er sie zu seiner Erbin einsetzte.

»Vielleicht gab es einen Streit mit seinem Sohn Hanns-Martin«, schlug Jakob vor. »Dass sie Stress miteinander hatten, hat er doch eingeräumt.«

Johanna stimmte ihm nachdenklich zu: »Aber ich denke, es gab keinen konkreten Anlass.«

Jakob sah sie fragend an und kippelte auf dem Stuhl herum.

»Wir können natürlich in diese Richtung nachfragen. Aber – weißt du – Entscheidungen, die aus einer Verhärtung in einer Beziehung entstehen, sehen oft so aus, als seien sie aus heiterem Himmel gefallen. Dabei sind sie unaufhaltsam gewachsen.«

Sie würde Hanns-Martin danach fragen. Der schmale Mann tat ihr leid. Während Besser ihnen das Testament in der Sitzung im Wortlaut vorlas, empfand sie die unglaubliche Kränkung, die der Sohn durch dieses Testament erlebt haben musste. Dabei war es ganz einerlei, ob es juristischen Bestand haben würde, falls Budde junior es anfechten sollte. Mit ziemlicher Sicherheit stand ihm ein Pflichtteil zu. Walter-Hermann Budde hatte ihm mit diesem Schriftstück nicht nur die finanzielle Basis beschnitten, er hatte nichts anderes gewollt, als seinen Sohn zu verletzen. Was hatte den Vater getrieben, seinen Sohn so zu demütigen?

»Jakob, ich bin sicher, dass Hanns-Martin Budde das Testament genau kannte.« Budde hatte gestern zwar vorgegeben, dass er es nicht so genau wisse. Aber Johanna zweifelte daran. »Das Testament ist nicht nur eine Begünstigung von Maja Budde. Er hat es gemacht, um seinen Sohn zu treffen.«

Jakob hob fragend die Brauen.

Vielleicht verstieg sie sich in ihre Vorstellung, dass Walter-Hermann Budde böse, sein Denken vergiftet war. Aber außer den Schattierungen, die John von dem Bruche und der Nachbar dem Bild, das sich ihnen bisher von Budde zeigte, hinzufügte, war darin kein sympathischer Zug zu finden. Der Vater hatte seinen Sohn mit Freude in eine persönliche Abhängigkeit manövriert. Daran schien er Lust gefunden zu haben. »Ich bestimme, was gemacht wird!«, habe er zu ihm gesagt, so Budde gestern.

»Der alte Budde war herrisch.«

»Damit war er ja auch lange erfolgreich«, stimmte Jakob zu.

Johanna Kluge schob die Unterlippe vor. Was war Erfolg? Der Mann hatte ein großes Unternehmen aufgebaut und hatte trotz des Schlaganfalls seinen Sohn in der Hand gehabt, weil er ihm die Firma nicht überschrieben hatte. Vielleicht war er verbittert, weil er nicht mehr selbst hatte handeln können und auf die Hilfe seiner Tochter angewiesen war. Abgeschnitten von seinem eigenen Lebenswerk, hatte er womöglich seine Tage nicht mehr ertragen. Er, der immer selbst bestimmt hatte, hatte vielleicht nach Schuldigen für sein Unglück Ausschau gehalten. Was lag da näher, als seine Kinder verantwortlich zu machen.

»Hanns-Martin Budde ist auch erfolgreich«, nahm Johanna Jakobs Gedanken wieder auf. Aber was genau war Erfolg? Sein Sohn war, was das Verhältnis zu seinem Vater anging, offenbar gescheitert. »Es ist immer die Frage, was man als Erfolg definiert.«

Jakob kippelte seinen Stuhl an die Wand und schwebte mit seinen Füßen über ihrem Schreibtisch. Johanna schob einen Haufen Spurenmappen zur Seite, und er konnte die Hacken ablegen.

»Was sagt denn dein Vater dazu, dass du mit einem Mal promovierst?«, fragte Johanna unvermittelt. Täuschte sie sich, oder wurde er rot? Auf jeden Fall zuckte Jakob Besser kurz und senkte für eine Sekunde die Lider.

»Er weiß es nicht.« Jakob schluckte, und sein Adamsapfel bewegte sich wie bei einem Marabu.

»Überraschung?« Johanna fixierte ihren jüngeren Kollegen, der wieder schluckte. Sie wusste nicht viel über die Familienverhältnisse von Jakob Besser. Das Einzige, was er einmal geäußert hatte, war, dass sein Vater Professor für Altphilologie gewesen sei. Jakob habe anfangs ebenfalls Latein und Griechisch studiert, dann aber beschlossen, nicht Lehrer, weder am Gymnasium noch an der Hochschule, zu werden und hatte die Aufnahmeprüfung für die Polizeischule absolviert.

Johanna musterte ihn. Sportlich war er ja. Aber dass er ausgerechnet zur Polizei gegangen war, wunderte sie immer wieder. »Wie alt ist dein Vater eigentlich?«, fragte sie.

»Alt.« Jakob grinste. »Er ist 82, er war schon bei meiner Geburt alt.«

Johanna lächelte Jakob nachsichtig an. »Es ist ein Kreuz mit den Vätern.«

Besser schien sich zu freuen, dass Johanna nicht weiter bohrte, und wurde dadurch mitteilsamer, was seine abendlichen Ausflüge in die Universitätsbibliothek betraf.

»Du musst dir keine Sorgen machen, ich strebe keine höhere Laufbahn an.« Er nahm die Beine vom Tisch, beugte sich vor, legte sein Kinn auf die verschränkten Arme auf den Schreibtisch und sah sie von unten an. »Ich will bei dir bleiben.« Dazu klimperte er mit den Augenwimpern.

»Hör auf, du Quatschkopf«, sagte Johanna. »Meinst du, du schaffst das neben der Arbeit?«

Jakob wurde ernsthaft und setzte sich einen Moment senkrecht: »Ja, ich mache das statt Fernsehen.«

Sie wusste, dass es nicht herablassend von ihm gemeint war, denn er hatte ihr so oft erzählt, wie unerträglich er das Fernsehen fand und ihm seine Lebenszeit zu schade sei, es mit hirnlosem Konsum zu verplempern. Sie dagegen entspannte oft bei irgendwelchen blutrünstigen amerikanischen Serien, in denen sich die Ermittler permanent im Flur trafen oder aus dramaturgischen Gründen im Wechselgespräch vor einer Tafel, an der die Fotos der zerstückelten Leichen angeheftet waren, ein Psycho-Profil des Täters erstellten. Er dagegen las in seiner Freizeit Sachbücher und wissenschaftliche Literatur.

»Ich habe im letzten Jahr zwei sehr interessante Veröffentlichungen zum Bösen und auch zu der Frage Opfer-Täter gelesen.« Jakob ging wieder in die Rückenlage. »Aber es fällt mir schwer, alles wirklich zu begreifen, wenn ich nichts dazu aufschreibe. Daher habe ich angefangen, Notizen zu machen, und daraus sind Zusammenfassungen geworden und auch mal ein eigener Essay.«

Johanna Kluge fühlte ein wenig Stolz in sich aufsteigen. Immerhin war dieser aufgeschossene Mann mit dem kurzrasierten Haar und der Brille ihr Kollege, der nirgends verhehlte, dass er sie für großartig, attraktiv und intelligent hielt. Wieder beschlich sie gleichzeitig ein mütterliches Gefühl: »Jakob, ich bin stolz auf dich«, sagte sie mit der entsprechenden und dennoch übertriebenen Anerkennung in der Stimme. »Und dein Vater?«

»Böse Kollegin, immer mit dem Finger in die Wunde.«

»Ist das deine Wunde?« Johanna war ernst geworden.

»Sind das die Väter nicht immer?«

Johanna zuckte mit den Schultern und dachte an ihren Vater. Sie hatte ihm gegenüber Schuldgefühle, sie dachte über die gewisse Vernachlässigung nach, der sie sich ihm gegenüber schuldig gemacht hatte. Aber sie fühlte keinen Schmerz, es war keine Wunde – wenn sie sich nicht täuschte!

»Mein Vater verachtet mich, weil ich zur Polizei gegangen bin.« Jakob schien noch einmal darüber nachzudenken: »Ja, er verachtet mich – intellektuell. Er hat es zwar nicht so direkt gesagt, aber ich weiß es, dass er mich verachtet, weil ich nicht Professor geworden bin wie er.«

»Dabei hat es ja alles so gut begonnen …«, gab sie ihm das Stichwort.

»Ja, und als ich Latein und Griechisch abgebrochen habe, war er wirklich richtig enttäuscht.«

»Wahrscheinlich hast du aus genau diesem Grund abgebrochen.« Sie hob die Brauen Zustimmung heischend.

Jakob antwortete nicht. Er sah Johanna lange an, und sie fürchtete, er würde jetzt mit ihr darüber disputieren wollen, dass es nicht so gewesen sei. Aber er schwieg und betrachtete den Haufen Akten, den er vor einigen Minuten zur Seite geschoben hatte.

Sie räumte die Aktenmappen wieder an den Ort, an dem Jakob seine Füße abgelegt hatte, und fand es an der Zeit, das

Thema wieder auf ihren Fall und dessen Einzelheiten zurückzubringen.

»Was sagst du dazu, dass Hanns-Martin seine Schwester ausgerechnet am Tag des Brandes angerufen hat?«

Auf dem Anrufbeantworter hatte es nur zwei Nachrichten gegeben: von Sven und Hanns-Martin Budde. Um 13.12 Uhr hatte Hanns-Martin Budde von seinem Anschluss in der Firma seine Schwester angerufen. Sie hatten die Aufnahmen bei der Besprechung am Morgen gehört und auch seinen Handyanschluss mit den entsprechenden Providerdaten abgeglichen.

»Hier ist Hanns-Martin (… *er stößt den Atem kurz aus*) ich (… *er atmet ein*). Hast du meinen Brief bekommen? (… *man hört Schlucken*) Ich würde gern einen Termin mit dir ausmachen für das Gespräch. (… *Pause*) Ich (… *kurze Pause*) Hanns-Martin. *Ach.*« Sein Stöhnen war nur schwach zu hören, ausgestoßen, während er den Hörer auflegte und nicht gedacht für die Schwester.

»Er will unbedingt was von ihr, hat aber irgendwie auch Furcht«, meinte Jakob.

»Irgendwie scheint er die Geduld verloren zu haben«, sagte Johanna.

Denn der Brief, den er ansprach, war erst an diesem Tag eingegangen. Beate Klampe hatte bei der entsprechenden Zustellerin erfahren, dass Maja Klampe bei der gewöhnlichen Tour die Post ziemlich früh bekam, also gegen zehn Uhr. Manche Aushilfen führen eine andere Strecke, aber in den letzten Monaten sei niemand krank gewesen, und die Zustellerin habe – wenn sie sich recht erinnere – die Post sogar schon Viertel vor zehn gebracht.

Um kurz nach eins erwartete der Bruder bereits eine Antwort. Aber sie hatte noch nicht einmal den Brief geöffnet. Er suchte dringend ein Gespräch und hatte es nicht ausgehalten zu warten. Also rief er sie an, obwohl sie nur kurz Zeit gehabt hatte, überhaupt zu reagieren.

»Ja, vielleicht ist er hingefahren, weil sie sich nicht gemeldet hat?« Johanna schien das für nicht ausgeschlossen zu halten.

Jakob guckte sie skeptisch an. »Wie soll er das denn gemacht haben? Er hat doch ein Alibi von der Haute volée der Osnabrücker Wirtschaft.«

Sie stimmte zu: »Ja, du hast recht. Für den Ausbruch des Brandes hat er ein Alibi.« Sie blätterte in einer Akte. »Aber um halb drei hat er die Firma verlassen und halb fünf war er bei dem Treffen der Wirtschaftsförderung, sagte er gestern Morgen.«

Jakob Bessers Ausdruck hatte nichts von seiner Skepsis verloren. »Und? War er doch auch.«

»Ja. Aber war er wirklich zu Hause, nachdem er die Firma verlassen hat, und hat sich dort vorbereitet?« Johanna legte ihr Kinn in die Hand und betrachtete nachdenklich die dürren Aussagen der gestrigen Notizen der beiden Befragungen von Hanns-Martin Budde. »Wir sollten das noch einmal überprüfen. Wer weiß, wozu es gut ist.«

Die anderen Anrufe auf dem Anrufbeantworter waren von Sven Budde, einer am Abend des Brandtages, kurz nach seiner Rückkehr mit dem Fahrrad in Osnabrück um 17.12 Uhr. Er sagte seiner Mutter, er habe sie besuchen wollen mit dem Rad und hoffe, dass sie sich über die Blumen freue, er habe aber ein Seminar und habe nicht warten können. Zwei weitere Nachrichten waren vom nächsten Morgen. Auch auf dem Handy, das sie in der Nachttischschublade gefunden hatte, hatte Sven Budde mehr als zehn Versuche gestartet, den letzten noch an diesem Vormittag. Sie hatten auch dafür die Auswertung des Providers vorliegen. Der Junge schien völlig verzweifelt zu sein.

Sven Budde war am Morgen bei Jakob Besser erschienen und hatte seine Aussage gemacht. Er gab wie in ihrem Gespräch am Brandort an, dass er um halb vier beim Kotten angekommen sei, aber niemanden gesehen habe. Jedenfalls habe auf dem Hof kein Fahrzeug gestanden, weshalb er in der als Garage genutzten Remise nachgeschaut habe. Der Wagen seiner Mutter sei nicht da gewesen. Er sei dann direkt mit dem Blumenstrauß in ihr Schlafzimmer gegangen. Selbstverständlich habe er einen Schlüssel, schließlich sei es das Haus seiner Mutter, hatte er auf Jakob Bessers fragenden Blick geantwortet.

»Johanna, warum soll es nicht dieser Sven gewesen sein«, gab Besser jetzt erneut zu bedenken. »Er konnte den Großvater nicht leiden, das hat er zugegeben und vielleicht hat er ihm in einem Wutanfall irgendetwas über den Schädel geschlagen und ihn dann abgefackelt.«

»Warum kommt er dann am nächsten Tag und sucht seine Mutter?« Johanna war ausgesprochen skeptisch. »Er war in echter Sorge, als ich mit ihm gesprochen habe. Außerdem war er um halb vier da. Das Feuer wurde halb fünf gelegt.«

»Wäre ich auch als Sohn. Nehmen wir mal an, dass er es war. Dir kann er allerhand erzählen. Er war einfach eine Stunde später da: um halb fünf.«

»Und dann ist er an die 28 Kilometer bergauf und nach einer knappen Dreiviertelstunde nach Osnabrück ins Seminar zurückgeradelt?« Johanna dachte an ihre Mühen, die sie hatte, den Westerberg heraufzukommen und schon ernsthaft erwogen hatte, sich ein Pedelec zuzulegen.

»Er studiert doch Sport, denke ich, und die Strecke zu seiner Mutter sieht er als Konditionstraining. Das ist also möglich. Vielleicht hat er auch von unterwegs angerufen.« Jakob zog seinen Notizblock heran. »Wir sollten seine Handydaten genauer überprüfen.«

Johanna Kluge stimmte ihm zu, obwohl sie sich nicht vorstellen konnte, dass der Junge gestern so perfekt Theater gespielt hatte. »Wir sollten aber auch den Antrag für die Datenüberprüfung von Hanns-Martin Budde stellen.«

Außerdem beschlossen sie, die Suche nach möglichen Zeugen auszuweiten. Rolf Niederbäumer, der Meller Kollege, der die Gegend wie seine Westentasche kannte, hatte die Koordination des Einsatzes übernommen, und mit Glowitz, der nicht begeistert war von den angesetzten Überstunden, die Aufgabe übernommen, die umliegenden Ortschaften und Häuser abzuklappern. Aber sie hofften, bei genauerem Nachfragen vielleicht doch auf Beobachtungen zu stoßen, die, in einem anderen Licht betrachtet, interessant für ihren Fall sein könnten.

Jakob Besser hatte sich gerade in sein eigenes Büro zurückgezogen, um diese Dinge in die Wege zu leiten, als zwei Anrufe kurz nacheinander bei Johanna eingingen.

Der erste kam um halb zwei. Rolf Niederbäumer informierte sie, ein Krankenhaus in der Nähe von Wilhelmshaven habe versucht, über das Ordnungsamt Melle Angehörige von Maja Budde zu ermitteln. Sie sei am späten Vormittag eingeliefert worden, jedoch entweder nicht ansprechbar oder nicht bereit zu reden. Eine Angestellte der Stadt Melle hatte versucht, den Festnetzanschluss von Maja Budde anzuwählen, war dort aber nur auf die Ansage gestoßen, dass der Anschluss zurzeit nicht erreichbar sei. Ihre Kollegin jedoch war über den Brand in der kleinen zu Melle gehörenden Gemeinde durchaus im Bilde und so aufgeregt, dass die verschwundene Frau offenbar gefunden worden war. Daher hatten sie sich mit der Information gerade eben an das Kommissariat in Melle gewendet.

Die Zeitung vom Vortag mit der Meldung darüber, dass Maja Budde verschwunden sei, lag vor Johanna Kluge auf dem Schreibtisch. Sie hatte es nicht verhindern können, dass die Nachricht in der Presse verbreitet wurde. Immerhin waren mehr als 40 Feuerwehrleute vor Ort gewesen, jeder der perfekte Multiplikator. Sie hoffte jetzt nur, dass sie schneller in Wilhelmshaven sein würde als irgendein Spinner, der sich eine reißerische Geschichte versprach.

Sie nahm den Haftbefehl, den sie sich gestern hatte ausstellen lassen, mit einem mulmigen Gefühl und steckte ihn in ihre Jackentasche. Die Frau war offenbar krank. Johanna hatte es lieber mit ganz gewöhnlichen Menschen zu tun, bei denen sie genau wusste, dass sie auch etwas deutlicher reden konnte. Sie ärgerte sich jetzt darüber, dass sie Maja Budde gestern Abend als Verdächtige eingestuft hatten. Lieber wäre sie der Frau unbefangener gegenübergetreten.

»Na, dann wollen wir mal«, ermunterte sie sich gerade, und wollte zu Jakob Besser hinübergehen, um ihn aufzufordern, sie zu begleiten.

Da kam der zweite Anruf. Dieses Mal war es ein Mann von einem Hotel am Wattenmeer. Er war von der Leitstelle durchgestellt worden, da er offenbar wichtige Mitteilungen zu machen hatte.

»Ja, Schittikoff mein Name, Romantikhotel Ostfriesland.«

Johanna knurrte eine Aufforderung, er solle erzählen, um was es gehe.

»Sie ist mit ihrem Auto weggefahren.«

Johanna Kluge kniff ihre Augen zusammen: »Wer?«

»Diese Frau Budde!«

Johanna reagierte schnell. Es interessierte sie jetzt nicht, wer er war und warum er meinte, diese Information der Polizei in Osnabrück mitteilen zu wollen. Das würde er ihr sicher noch erklären.

»Wann?« Sie sah auf die Uhr. Um kurz nach elf Uhr war Maja Budde eingeliefert worden. Jetzt war es 20 vor zwei.

»Gerade eben!«

Sie setzte sich und versuchte, sich den zeitlichen Ablauf vor Augen zu führen, während der aufgeregte Schittikoff weiter erzählte. Sie sei gerade eben mit einem Taxi vorgefahren, habe direkt neben ihrem Wagen gehalten, den Parkplatz könne er von der Rezeption gut einsehen. Sie habe die Tasche auf den Rücksitz gelegt und sei abgefahren.

»Ganz normal.«

»Wie – ganz normal?« Johanna war irritiert.

»Ja, sie fuhr normal, nicht irgendwie schnell oder Schlangenlinien.« Schließlich habe er sie am Morgen kurz vor zehn sozusagen aus dem Koma geweckt. »Die war ja vollgepumpt mit allen möglichen Pillen.«

Johanna Kluge fand es einigermaßen ungewöhnlich, dass ein Hotel seine Gäste kurz vor zehn vom Notarzt versorgen ließ, weil sie nicht aufstanden. Doch Herr Schittikoff erläuterte ihr, dass Frau Budde das Zimmer seit ihrem Einchecken vor zwei Nächten, weder verlassen habe noch irgendetwas zu sich genommen habe – außer eben offensichtlich den Tabletten. Schittikoff räusperte sich, da er selbst bemerkte, dass das kein guter Witz war. Er habe ihr gestern Nachmittag lediglich eine Zahnbürste gebracht. Da sei sie schon komisch gewesen.

»Haben Sie eine Idee, in welche Richtung sie gefahren ist?«

Darüber hatte Herr Schittikoff keine Idee, sie lägen abgelegen und man müsse, egal wohin man fahre, erst einmal über die Stichstraße wieder zurück zur Hauptstraße.

Johanna Kluge bedankte sich beim eifrigen Hotelier und fluchte, als sie den Hörer auflegte. Aber sie war nicht zu langsam gewesen. In diesem Fall hätte sie sich gewünscht, das Krankenhaus hätte früher nach ihren Angehörigen geforscht, bevor Maja Budde wieder zu sich gekommen war, um offensichtlich das Krankenhaus so schnell wie möglich zu verlassen. Sie nahm ihre Teetasse und ging zu Jakob.

Er saß an seinem Schreibtisch und war dabei, die Ergebnisse des heutigen Morgens zusammenzutragen. Sie schob den fünfbeinigen Schreibtischstuhl mit einer Hand aus der Ecke zu Jakobs Schreibtisch und setzte sich ihm gegenüber.

»Maja Budde ist aufgetaucht und schon wieder verschwunden.« Sie reichte ihm ihre Teetasse über den Schreibtisch. »Hast du noch Tee?«

Mit einer kurzen Handbewegung drehte er seinen Bildschirm zur Seite, um sie besser sehen zu können, griff zu seiner Thermoskanne, goss ihr ein und wartete.

»Sie hat das Krankenhaus, in das sie heute Morgen eingeliefert worden ist, offenbar schnell wieder verlassen, sich mit einem Taxi zu ihrem Auto fahren lassen und ist abgefahren.«

»Hast du in der Klinik angerufen?«

»Noch nicht.« Sie nickte schuldbewusst. Jakob hatte recht, sie war unkonzentriert – lag das nun an ihrer Überarbeitung oder daran, dass sie immer wieder an John von dem Bruche denken musste? Sie hatten nach der Besprechung keine Zeit gefunden, irgendetwas zu Mittag zu essen. Außerdem hatte sie es vermieden, mit Jakob über ihr privates Zusammensein vom Vorabend zu reden, indem sie ihn auf die Spur seines professoralen Vaters gesetzt hatte, um so besser von ihren eigenen Dingen abzulenken. Johanna hatte keine Lust, mit Besser über John von dem Bruche zu sprechen, da sie nicht sicher war, ob sie ihm gegenüber verhehlen könnte, dass es seit gestern »um sie geschehen« war. Wie dem auch sei. Sie musste die Sache mit von dem Bruche weitertreiben, damit sie gedankliche Ruhe haben und ihre Arbeit zumindest in dieser Hinsicht entspannter verrichten konnte.

Jakob drehte den Bildschirm wieder zurück in sein Blickfeld und tippte in die Tastatur.

»Hier, Frau Hauptkommissarin.« Er reichte Johanna den Hörer und diktierte ihr die Nummer des Krankenhauses.

Zu ihrer beider Verblüffung hatte sich Maja Budde nicht, wie sie vermutet hatten, einfach aus dem Krankenhaus entfernt, sondern sie war auf eigenen Wunsch entlassen worden. Die Stationsärztin, mit der sie sprach, war einigermaßen pikiert. Es habe keinerlei Grund gegeben, sie festzuhalten. Sie seien ein Krankenhaus und nicht die Polizei, zudem Ärzte in einem Land, in dem die persönliche Freiheit garantiert sei.

»Frau Budde konnte hingehen, wohin sie wollte«, sagte sie spitz.

Johanna nickte mit übertriebener Kopfbewegung, während sie die Belehrungen der Frau schweigend anhörte. Sie bedankte sich für die Sorge, die sie sich um Frau Budde gemacht habe und konnte es nicht lassen, die Ärztin darauf hinzuweisen, dass auch sie ihre Aufgabe in gewisser Hinsicht als Fürsorge gegenüber Maja Budde empfand. »Wir sind in diesem Fall auch die Guten«, schloss Johanna das Telefongespräch. Sie hatte keine Lust auf einen längeren Disput und kein Interesse, wo Maja Budde ohnehin schon wieder das Krankenhaus verlassen hatte, die korrekte Ärztin darauf hinzuweisen, dass ein Haftbefehl gegen die Patientin vorliege. All das war müßig.

Jakob Besser schob einige Unterlagen auf seinem Tisch zur Seite, um seine Füße auf die Kante legen zu können. Diese Position liebte er, wenn er nachdachte. »Was machen wir nun?« Fragend sah er Johanna an.

»Wir warten.« Sie war sich sicher, dass Maja Budde nicht untergetaucht war. Dafür gab es ihrer Ansicht nach überhaupt keine Anzeichen.

Trotzdem machte sie sich selbst Vorhaltungen, dass sie diesem sicheren Gefühl nicht nachgegeben und Maja Budde in dem kleinen Tal erwartet hatte. Am späten Nachmittag ging der Anruf vom Sicherheitsdienst ein, den sie am Tatort zur Bewachung abgestellt hatten. Denn Maja Budde war kurz vor halb fünf mit ihrem gelben Kleinwagen auf dem Hof eingetroffen. Sie hatte die Brandruine des Hauses ihres Vaters lange betrachtet und die Sicherheitsbeamten keines Blickes gewürdigt. Erst als sie in ihr Haus gehen wollte, hatten die Polizisten sie daran gehindert und Johanna Kluge, die leitende Ermittlerin, informiert.

12. KAPITEL

Maja Budde war eine zartgliedrige Frau, ihre schmalen Hände hatte sie, nachdem sie im Vernehmungsraum gegenüber von Johanna Kluge Patz genommen hatte, vor sich auf dem leeren Tisch übereinandergelegt. Ihre schlanken, knochigen Finger waren auffallend lang. Mit dem Zeigefinger der rechten Hand strich sie über eine schmale goldene Armbanduhr am linken Handgelenk.

Sie hatte kein Wort gesprochen, seit sie in Johannas Dienstwagen gestiegen war. Johanna war sofort aufgebrochen, nachdem der Anruf eingegangen war. Sie wollte diese Frau selbst abholen und hatte die Sicherheitsbeamten gebeten, Frau Budde in ihr Haus zu lassen und dort mit ihr die 25 Minuten zu warten, bis sie eintreffen würde. Maja Budde hatte während dieser Zeit auf dem Sofa ihres Wohnzimmers gesessen und ihren Blick unverwandt auf die Ruine des Kottens ihres Vaters gerichtet. Die Sicherheitsbeamten hatten sie darüber informiert, dass die Kommissarin komme, sie abzuholen, und Maja Budde hatte das lediglich mit einem Kopfnicken registriert.

Als Johanna Kluge das sterile Wohnzimmer betrat, hatte sie sich erhoben, um mit ihr rauszugehen. Johanna hatte sie jedoch gebeten, einige der Dinge einzupacken, die sie nötig brauche. Wortlos waren die beiden die Treppe hinaufgestiegen, und Johanna hatte der schmalen Frau zugesehen, wie sie zwei T-Shirts und Unterwäsche in eine kleine Tasche packte und zuletzt aus dem Nachttischschrank neben ihrem Bett eine Packung Tabletten holte. Anschließend war Johanna hinter ihr die Treppen hinuntergestiegen.

Maja Budde wirkte auf Johanna alles andere als hektisch. Dieses Attribut mochte in einer anderen Zeit möglicherweise zutreffend gewesen sein. John hatte gestern Abend gemeint, sie hätte etwas Hektisches an sich gehabt, aber er hatte sie auch jahrelang nicht mehr gesehen. Dass diese Frau irgendwann einmal lebhafter gewesen war, war schwer vorstellbar. Maja Budde hatte nichts Schnelles mehr. Sie wirkte gefesselt, als sei ihre Kraft in ihr erstarrt.

»Was ist geschehen?«

Maja Buddes diffuser Blick wurde fokussierter. Sie sah Johanna Kluge direkt an, und einen Moment fürchtete Johanna, sie würde anfangen zu weinen. Doch das Zucken um ihre Mundwinkel verschwand, und hinter ihren schweren Lidern verbarg die Frau die aufkommende Emotion. Sie seufzte und senkte den Kopf.

Auf eine Art sahen sich die Geschwister ähnlich. Auch Hanns-Martin Budde war schmalgliedrig, wirkte aber in seiner Schlankheit eher widerstandsfähig und kräftig. Maja Budde hingegen schien zerbrechlich. Doch das, was sie für Johanna ähnlich machte, war diese in sich selbst kreisende Gedankenwelt, in die beide Geschwister verstrickt schienen. Es war geradezu greifbar, dass Maja grübelte und Gedanken und Bildern nachhing, die sie niemandem mitzuteilen gedachte, weil sie es wohl nicht für möglich hielt, sie auszudrücken. Auch Hanns-Martin war von seinen Gedanken gestern durch sein Büro getrieben worden. Immer wieder war er aufgestanden, hatte den Platz gewechselt. Maja Budde strahlte eine erschreckende Einsamkeit aus.

»Sie sind allein?« Johanna formulierte den Gedanken, der sich ihr aufdrängte.

»Ich habe einen Sohn«, antwortete die Frau mit rauer Stimme und räusperte sich. Sie schien erschreckt von dem Ton, den sie produzierte.

»Ja, ein netter junger Mann. Ich habe ihn kennengelernt.«

Johanna fühlte sich mütterlich und trachtete danach, dieses Gefühl Maja Budde zu vermitteln.

Doch sie konnte mit dieser Feststellung keine Verbindung zu der Frau herstellen, eher schien sie sie damit zu verschrecken, und ein furchtsamer Ausdruck huschte über Maja Buddes Gesicht. Wie um es zu verbergen, schloss sie die Augen.

»Ich habe ihn gestern getroffen«, fuhr Johanna unbeirrt fort. »Er suchte Sie und machte sich große Sorgen, weil Sie verschwunden waren.« Sie wartete, ob Maja Budde weitersprechen wollte. Doch sie schwieg, während ihr Finger ununterbrochen die Uhr an ihrem Handgelenk streichelte.

Maja Budde bemerkte den Blick der Kommissarin, die ihre kreisenden Bewegungen verfolgte. »Ein Geschenk meines Vaters.«

Sie ließ die Uhr los und streichelte ihre eigene Hand. Einige Zeit betrachtete sie die durchsichtige Haut und die blauen Adern. Das Licht im Vernehmungsraum schien ihre Haut noch transparenter zu machen. Mit einem Ruck nahm sie die Hand von ihrem Handgelenk, setzte sich aufrecht, atmete einmal tief ein und sah Johanna direkt an.

»Ich habe ihn umgebracht.« Maja Budde schob ihr Kinn ein wenig vor.

Johanna Kluge wartete, was die Frau dem hinzufügen wollte, doch sie sagte nichts mehr und begann wieder über das Glas der Uhr zu streichen.

Die Zeit verstrich, und die beiden Frauen warteten, einander in die Augen sehend. Johanna war nicht verwundert über die Aussage der Frau, aber doch schien es ihr widersinnig, dass sie so ohne Weiteres hier saß und den Mord an ihrem Vater gestand, unmittelbar nach der Tat aber zwei Tage untergetaucht war. Was hatte sie in dieser Zeit gemacht?

»Wen haben Sie umgebracht?« Johanna Kluge betrachtete sie ernst, denn sie wollte, dass sie es direkt sagte und sich mit diesem kurzen Satz nicht noch weiter distanzierte.

»Meinen Vater. Meinen Vater Walter-Hermann Budde.« Sie sprach den Doppelnamen ihres Vaters laut und vernehmlich aus, mit einem gewissen Trotz.

Johanna dachte an den Trümmerhaufen, in dessen Mitte der grotesk verformte Körper des Walter-Hermann Budde gethront hatte, und an ihre anfängliche Befürchtungen, er sei bei lebendigem Leibe verbrannt. Was hatte Maja Budde getan? Hatte sie ihn in maßloser Wut totgeschlagen und auch noch den Schädel zertrümmert? Welche Kraft musste dieser Zorn in ihr freigesetzt haben?

Johanna seufzte lautlos: »Warum sind Sie verschwunden?«

»Verschwunden?« Der Anflug eines Lächelns glitt über Maja Buddes Gesicht. »Verschwunden«, wiederholte sie. »Ja …« Sie senkte den Blick.

Ja, sie wäre gern verschwunden, dachte Johanna und nickte. Vielleicht war der Verdacht des Hotelangestellten und des Krankenhauses nicht so weit hergeholt, dass sie sich hatte umbringen wollen.

»Ich weiß es nicht mehr.« Maja Budde schluckte. »Es war dumm von mir wegzufahren.« Sie rieb sich mit der Hand über die Stirn.

Johanna Kluge wartete.

»Ich wollte mich wohl verstecken.« Maja Budde schaute auf die Tischkante und presste sichtbar ihre Kiefer aufeinander.

»Vor wem?«

Maja Budde schüttelte langsam den Kopf. »Vor allem.« Ihr stiegen die Tränen in die Augen, die sie hinter ihre Lider presste. Mit geschlossenen Augen saß sie da und schluckte.

»Was wollten Sie denn nicht mehr sehen?«, fragte Johanna Kluge und gewann mit dieser Frage wieder die Aufmerksamkeit der Frau.

»Alles«, sagte sie mit geschlossenen Augen und schüttelte den Kopf. »Alles.«

Johanna dachte an das niedergebrannte Haus, den Scherbenhaufen aus leeren Flaschen aller möglichen alkoholischen Getränke, das nicht bezogene Bett, das große Durcheinander im Badezimmer, das Nebeneinander von Dreck und Sauberkeit. Ihr stieg der Geruch des besudelten Bettzeugs, das sie mitgenommen hatte, in die Nase. KTU-Meyer hatte ihre Vermutung bestätigt, es war Erbrochenes von Budde. Und diesem Chaos gegenüber stand das zwanghaft aufgeräumte Haus mit dem wahrscheinlich nur zur Beobachtung aufgestellten Sofa, das direkt auf das Haus des alten Budde ausgerichtet war.

»Sie haben sich in den letzten Jahren um Ihren Vater gekümmert?«

Maja Budde hob den Kopf und schaute Johanna nun unverwandt an. Sie schluckte und blähte die Nasenlöcher, um die Tränen zurückzuhalten, die ihre Augen überschwemmten. Aber sie stiegen über die Unterlider, und ein stiller Strom floss über ihre Wangen. Sie gab keinerlei Geräusch von sich, während sie weinte, nur das Schlucken war wahrzunehmen. Maja Budde legte die Hand vor den Mund und schloss die Augen so lange, bis sie die Hand der Kommissarin spürte, die ihr ein Taschentuch reichte. Wortlos nahm sie es, tupfte sich die Augen und zerknüllte das Tuch in der Hand. Sie hielt es in ihrer Faust zusammengepresst.

Langsam schüttelte sie den Kopf. »Ich habe es nicht gekonnt.« Sie war wieder zu ihrem sachlichen Ton zurückgekehrt. »Ich habe mich nicht um meinen Vater kümmern können«, fügte sie hinzu.

»Ihr Vater hat getrunken?«, fragte Johanna.

»Ja.«

Maja Budde nahm ihre kreisenden Bewegungen mit dem Finger wieder auf. »Ich habe auf der ganzen Linie versagt.« Sie ließ den Blick gesenkt.

Dieses Gefühl, versagt zu haben, ist wahrscheinlich ein grundlegendes vieler Töchter, dachte Johanna. Auch sie hatte ihrem Vater gegenüber immer wieder das Gefühl, nicht alles getan zu haben, um seine Wertschätzung erhalten zu können. Sie hätte ihn vor allen Dingen häufiger besuchen müssen. Selbst jetzt, Jahre nach seinem Tod, machte sie sich Vorwürfe, nicht öfter nach der Grabbepflanzung zu sehen.

»War es denn Ihre Schuld, dass er getrunken hat?« Maja Budde war offensichtlich von dem Gefühl durchdrungen, nicht genügt zu haben. Walter-Hermann Budde hatte nicht nur seinem Sohn mit Ansprüchen zugesetzt, sondern sich damit auch im Leben seiner Tochter breitgemacht.

Maja Budde reagierte nicht auf die Frage. Sie starrte weiter auf die Tischkante.

Johanna Kluge zog die Akte, die auf dem Tisch lag, ein wenig näher zu sich. Darin war alles zusammengestellt, die Fotos vom Tatort, dem verkohlten Wohnzimmer, das bizarre Sofa mit dem verbrannten Vater der Frau, die ihr hier gegenübersaß und mit einem kurzen Satz zugegeben hatte, ihn umgebracht zu haben. Sie würde sie gar nicht konfrontieren müssen mit all den Details.

»Wie haben Sie ihn denn umgebracht?«

Maja Budde hob langsam den Kopf und schaute mit einer Mischung aus Misstrauen und Ängstlichkeit auf die Handakte vor der Kommissarin. Johanna zählte die Atemzüge, die vergingen, indem sie die sich hebende Brust der Verhörten beobachtete.

Die Frau zuckte mit den Schultern und schüttelte unkontrolliert ihren Kopf, als sei sie ungehalten über diese sinnlose Frage.

»Wie haben Sie ihn umgebracht, Frau Budde?«, wiederholte Johanna Kluge.

»Ich habe das Haus angesteckt«, stieß Maja Budde aus und kniff die Lippen zusammen. »Haben Sie ein Glas Wasser?«

Johanna Kluge wies den Beamten, der an der Tür saß, an, ihnen Wasser und Gläser zu holen, und die wenigen Minuten, die er brauchte, wartete sie und konzentrierte sich. Sie nahm die Gläser in Empfang und goss sie voll. Anschließend stand sie auf, ging um den Tisch herum und reichte Maja Budde das Glas.

»Danke«, sagte sie und trank es mit einem Zug aus.

Nachdem Johanna ihr gegenüber wieder Platz genommen hatte, räusperte sich Maja Budde und setzte unvermittelt an zu sprechen: »Ich bin in den Schuppen gelaufen, habe den Benzinkanister aus dem Regal genommen, bin die Stiege zur Hiele wieder hinaufgestiegen. Da habe ich den Kanister geöffnet und um ihn und das Sofa herum das Benzin ausgegossen. Den letzten Rest habe ich mit einem Schwung über seinen Pullover geschüttet und in Richtung der Stiege hin.«

Maja Budde erzählte ihr diesen Vorgang wie einen Film, der vorgestern in dem Haus abgelaufen war. Sie schien diese Einzelheiten genau vor sich zu sehen und spulte ihren Text emotionslos ab. Genauso, wie sie es erzählte, war es ihren Ermittlungen nach vor sich gegangen. Es war nicht nötig, Fragen zu stellen. Maja Budde ließ sie an dem Vorgang teilhaben.

»Ich bin rückwärts bis zur Stiege gegangen und habe ein Feuerzeug an das Benzin gehalten. Wie eine Schlange zischte es zum Sofa.« Sie hielt einen Moment inne. »Dann stand alles in Flammen, rund um ihn. Er lag hinter einem Vorhang aus Flammen.«

Maja Budde biss die Kiefer aufeinander, starrte Johanna Kluge an und schloss: »So war es.« Mit einer plötzlichen Bewegung riss sie den Kopf zur Seite und klopfte mit der Hand auf ihre rechte Hosentasche. »Hier, hier …« Sie steckte die Hand in die Tasche, zog sie wieder heraus und öffnete die geschlossene Faust. Sie schaute einen Moment angewidert auf ein hellgelbes Einmalfeuerzeug: »Hier!« Mit einer schnellen Bewegung schob sie es über den Tisch zu Johanna Kluge.

Die nahm es auf und legte es auf ihre Akte. Maja Budde war nach dieser Eruption wieder in sich versunken und starrte auf die leere Mitte zwischen ihnen.

»Warum sind Sie in den Schuppen gelaufen, um den Kanister zu holen?« Mechanisch zog Johanna Kluge die Akte zu sich heran, um Maja Buddes Aufmerksamkeit in den Verhörraum zurückzuholen. Denn die Frau war ganz offensichtlich wieder mit ihren Gedanken in ihrem Film.

»Ich verstehe Sie nicht.« Die zierliche Frau zuckte erneut mit den Schultern. »Ich verstehe Sie nicht.«

»Sie sagten eben, Sie seien in den Schuppen gelaufen und hätten den Kanister aus dem Regal genommen.«

»Ja, das habe ich.«

»Wo waren Sie, als Sie diesen Entschluss gefasst haben?«

»Ich …« Maja Budde war intelligent, und Johanna Kluge sah ihr an, dass sie mit sich rang, wie sie weiter fortfahren sollte. Johanna musterte sie aufmerksam.

»Ich weiß nicht, was Sie meinen?«, stieß Maja Budde endlich aus.

»Frau Budde, das ist doch sehr einfach. Wo waren Sie, als Sie sich entschieden, den Kanister zu holen?«

Maja Budde legte ihre schmale Hand auf den Mund und flüsterte: »Ich war oben – bei meinem Vater. Er …« Sie brach ab und ließ ihren Blick nervös über die Wand fahren.

»Wo war Ihr Vater?«

»Auf dem Sofa, er …«

»Was hat er da gemacht?«

Maja Budde starrte Johanna Kluge an: »Nichts.«

»Hat er geschlafen?«

Die Frau starrte auf ihre Hände, die sie vor sich so fest zusammenpresste, dass die Knöcheln ihrer Hand weiß durch die Haut schienen.

Johanna Kluge hob die Stimme: »Frau Budde. Was hat Ihr Vater getan, als Sie ihn verbrannten?«

Maja Budde flüsterte: »Nichts hat er getan. Er war tot.«

Johanna Kluge atmete ein. Der Beamte an der Tür schien zu schlafen. Er hatte den Kopf gesenkt, und es war nicht zu erkennen, ob er die Bedeutung der Aussage wahrgenommen hatte. Maja Budde hatte sich in ihrem Stuhl zurückgelehnt und die Arme vor der Brust verschränkt, ihr Blick lag auf der Armbanduhr, die ihr Vater ihr geschenkt hatte.

»Ich habe ihn umgebracht.« Maja Budde riss abrupt den Kopf hoch. »Ich habe ihn umgebracht … und dann verbrannt.«

»Wie haben Sie ihn umgebracht, Frau Budde?« Johanna fühlte das Unbehagen, dass sie mit ihrer Frage auslöste. Sie war sich fast sicher, dass Maja Budde nichts weiter sagen würde. »Und dann verbrannt«, hatte sie mit solcher Energie ausgesprochen und mit ihren Gesten untermauert, dass daran kein Zweifel zu bestehen schien.

Doch Johanna hatte sich geirrt. Fast in sich hinein flüsterte Maja Budde: »Ich habe ihn erschlagen, erschlagen hab ich ihn.«

Johanna setzte die Arme auf die Tischplatte und legte ihre Kinn auf die Handflächen und musterte Maja Budde, die jetzt jedoch nicht weiter gewillt war, irgendetwas zu sagen.

Mit leiser, aber entschiedener Stimme forderte sie. »Ich möchte mit meinem Anwalt sprechen.«

*

Sie saß auf einem schmalen Bett in der Zelle. Man hatte ihr sämtliche persönlichen Dinge genommen, auch die Uhr. Ihr Blick ruhte auf ihrem leeren Handgelenk.

Warum sind Sie verschwunden?, hatte diese Kommissarin sie gefragt. Ja, sie wäre gern verschwunden, hätte alles hinter sich gelassen, alles ungeschehen gemacht, alles nie gesehen. Sie wusste nicht mehr, warum sie in das Auto gestiegen war.

Sie verstand nicht mehr, warum sie das Feuer gelegt hatte. Es hatte ja nichts geändert, sie hatte es nicht geschafft, alles zu vernichten, alles war nur viel deutlicher sichtbar geworden. Sie konnte dem nicht entfliehen.

Erschöpft legte sie den Kopf in ihre Hände. Da war es wieder, das Feuer. Es würde ihr Leben lang lodern, immer dann, wenn sie die Augen schloss. Nie wieder würde es ruhig und dunkel sein, still und warm, wenn sie sich ins Bett legen würde. Warum nur hatte Sven ihr ausgerechnet an diesem Tag, an dem sie nur für eine kurze Stunde einkaufen gefahren war, Blumen gebracht und an ihr Bett gestellt. Wäre sie doch nur da gewesen, als er gekommen war. Wie oft hatte sie das gesagt, als sie im Auto saß und in die Dämmerung Richtung Norden fuhr, ohne zu wissen, wo sie war.

Sie hatte an diesem Nachmittag den Einkauf, den sie gemacht hatte, ordentlich in den Vorratsschränken verstaut und die Einkaufstasche an den Haken gehängt. Sie erledigte immer alles sofort. Bevor sie ihrem Vater frische Wäsche bringen wollte, war sie in ihr Schlafzimmer gegangen, um sich in wenig auszuruhen. Der Raum war der Ort, an dem sie Frieden fand, oft setzte sie sich auf die Bettkante und dachte darüber nach, was sie tun sollte, ohne zu einem Ergebnis zu kommen. Manchmal fand sie sich dann einige Stunden später in ihrem Bett wieder. Sie hatte es nicht im Griff, zu oft überkam sie eine tiefe Müdigkeit und sie kam dem Bedürfnis nach zu schlafen. Aber dieses Mal war es der Blumenstrauß ihres Sohnes, sie wusste, dass kein anderer es gewesen sein konnte, der sie davon abhielt, in ihr Bett zu flüchten. Sie bekam ein schlechtes Gewissen und wollte sich zusammenreißen, ihm zuliebe. Sie wusste, wie große Sorgen er sich um sie machte, weil sie so viel schlief. Also hatte sie sich aufgerafft, hatte die Wäsche aus dem Trockner im Arbeitsraum genommen und war über den Hof zu ihrem Vater gegangen.

Normalerweise vermied sie es, ihn am frühen Nachmittag aufzusuchen. Das war die Zeit, in der er sich stark fühlte, sein Alkoholpegel war noch im Gleichgewicht, er war auf eine unwirsche Art laut und zynisch. Lieber ging sie morgens rüber, wenn er schlief, und versuchte, im Badezimmer Ordnung zu schaffen, und, ohne dass er es merkte, die Handtücher zu wechseln. Aber seit einem Jahr schaffte sie auch die morgendlichen Besuche nicht mehr regelmäßig. Sie scheute sich, das Haus zu betreten. Der Dreck und die Unordnung hatten überhand genommen, und sie war nicht in der Lage, dem Einhalt zu gebieten.

Sie hatte die frische Wäsche ins Badezimmer gebracht und auf die Badewanne gelegt. Eigentlich hatte sie die Schmutzwäsche mitnehmen wollen, als sie die Unruhe überfiel. Sie wurde sich mit einem Mal der eigentümlichen Stille bewusst. Ihr Vater schien das Haus verlassen zu haben. Sie hörte nichts von ihm. Für gewöhnlich kommentierte er ihre Anwesenheit, sobald er sie bemerkte, mit unflätigen Bemerkungen. Aber sie hörte nichts, er war ihr nicht ins Badezimmer gefolgt und hatte sie angefahren, ihn in Ruhe zu lassen mit ihrer verlogenen Fürsorge, hatte nicht gehöhnt, er könne gut für sich allein sorgen, sie brauche sich nicht zu bemühen und auf mitleidige Tochter zu machen. Auf leisen Sohlen hatte sie das Badezimmer verlassen und, mitten im Raum stehend, gelauscht. Die Ruhe war fühlbar, keines seiner üblichen Geräusche war wahrzunehmen. Sie hörte auch kein röchelndes Atmen, das anzeigte, dass er auf irgendeinem Sessel oder auf seinem Sofa auf der Empore eingeschlafen war. Sie hatte mitten in der Diele gestanden und auf die Stille gelauscht, die ihr Angst machte.

»Papa?«, hatte sie mit tonloser Stimmer gesagt. »Papa?«

Er antwortete nicht.

Dem ersten Impuls folgend wollte sie ihn draußen suchen und wandte sich zum Hof, aber an der Dielentür blickte sie nach oben. Dort würde er sein und vielleicht im tiefen Rausch liegen. Trotzdem ergriff sie Furcht, als sie langsam die Stiege hochstieg.

Da lag er, den Kopf über die Lehne in eigenartiger Überstreckung, ein Bein auf dem Boden, ein Arm hing schlaff zu Boden, die geöffnete Handfläche wies nach oben. Was für eine schöne Hand, hatte sie gedacht, wie jedes Mal, wenn sie seine schmalen, sehnigen Finger sah.

»Papa?« Sie stand an der Treppe und sprach leise, um ihn nicht zu erschrecken. Doch sie wusste, dass er nicht mehr aufstehen würde.

Langsam näherte sie sich die drei Schritte von der Treppe zum Sofa, den Blick auf das blasse Gesicht gerichtet. Sie sah, dass er nicht mehr lebte. Sie beugte sich so weit vor, dass sie fast seine Nasenspitze berührte, und genoss diesen Moment der Intimität. Er sah irgendwie friedlich aus, trotz seiner starren Haltung. Die Augen waren geschlossen, als schliefe er. Als sie sich aufrichtete, sah sie das Blut auf den grauen Haaren auf seinem Oberkopf.

Der Schreck griff an ihren Hals, sie glaubte, die Luft werde ihr genommen, und doch ging sie vorsichtig um den toten Vater und schaute auf seinen Hinterkopf. Handtellergroß war das weiße Haar verklebt rund um ein dunkelrotes Zentrum.

Die Erkenntnis, dass es Sven gewesen sein musste, ließ sie erstarren. Sven hatte seinen Großvater gehasst. Nicht weil seine Mutter sich seinetwegen aus ihrem eigenen Berufsleben zurückgezogen hatte. Er hatte ihr gesagt, damit habe das nichts zu tun. Er hatte seinen Großvater verachtet und gehasst, weil er sie mit jedem Tag, den er bei ihr wohnte, schlechter behandelte. Und Sven war eben noch, während sie einkaufen war, hier gewesen, um sie zu besuchen und ihr Blumen zu bringen.

Sie wusste genau, in welchem Moment sie den Entschluss gefasst hatte, den Kanister zu holen, und all das, was so grauenhaft war, verschwinden zu lassen. Aber das hatte sie der Kommissarin nicht sagen können.

Sven hatte ihn nie begriffen, den fürsorglichen Blick der Tochter auf den gebrechlichen Vater. Ihr Vater war ihr, als er nach seinem Schlaganfall gehandicapt zu ihr kam, nie dankbar gewesen. Warum auch? Das hatte sie nicht gewollt. Sie hatte seine Hilflosigkeit als Chance gesehen, ihm näherzukommen, hatte gehofft, er würde seine Schwäche eingestehen und sie für ihre Opferbereitschaft lieben. Aber er war von Anfang an zornig, zornig über seine Hilflosigkeit, und diese Wut ließ er an ihr aus. Zuerst mit der permanenten Abwehr ihrer Hilfe, mit der sie ihn umhegen wollte. Wieder und wieder sagte er, er habe sie durchschaut, und warf ihr vor, sie profitiere von seinem Zustand. Nicht nur, weil er ihr Geld gebe für die Pflege. »Es passt dir doch ganz gut, dass ich Hilfe benötige.« Sie spürte, wie sie beim Gedanken an das erste Mal, als er sie so beschimpft hatte, verächtlich die Mundwinkel herabzog, so sehr hatte sich der Gesichtsausdruck ihres Vaters in ihre Erinnerung gebrannt.

Eine Woche nach seinem Einzug hatte er sich zum Notar fahren lassen und sein Testament gemacht. Sie hatte ihn nicht gefragt, aber es war ihr klar, dass er sich revanchieren wollte. Er hatte sich freigekauft, dachte sie später immer. Mit diesem Testament, auf das er ihr gegenüber immer wieder anspielte, hatte er sich von ihr freigekauft. Er hatte keine Verpflichtung mehr, sie zu lieben. Mit der Zeit fing er auch an, Spitzen gegen Hanns-Martin zu setzen, er sei nicht kompetent und könne das Unternehmen nicht führen.

Sie hatte das Verhalten des Vaters ausgehalten und gegenüber Sven, als er das erste Mal während der Ferien kam, damit verteidigt, dass sich jeder in ähnlicher Situation so verhalten würde. Doch Sven behauptete, sein Großvater würde seine Krankheit nur nutzen, damit er endlich all seinen Unmut auf die Welt ablassen und sie herumkommandieren könnte.

»Du bist ungerecht«, fand sie und hielt Sven für eifersüchtig. Schließlich kümmerte sie sich um ihren Vater, und ihr halbwüchsiger Sohn war im Internat, weit weg und allein.

»Dann bin ich eben ungerecht.« Sven hatte keinen Grund, das unliebenswürdige Verhalten des Großvaters zu begreifen. Er war der Enkel und nicht der Sohn.

Sie hatte versucht, ihrem Vater das Leben schön zu machen, und ihren ganzen Alltag auf ihn ausgerichtet. Sie war immer da und ging selten fort. Sie hatte, seit Ulrich, ihr Mann, gegangen war, ohnehin kaum Bekannte. Mit den Jahren zog sie sich völlig zurück. In all der Zeit war ihr Vater ihrer Erinnerung nach nur zweimal zärtlich zu ihr gewesen, aus heiterem Himmel. Einmal hatte sie ihn am Morgen neben seinem Sessel gefunden, in dem er bis in die Nacht getrunken hatte. Er hatte sich an sie geklammert, als sie ihn hochhob, und halb im Schlaf gelallt: »Maja, meine Süße, du bist ein gutes Kind.« Ein anderes Mal hatte er sie in einem ähnlichen Zustand zu sich herangezogen und ihr ins Ohr geflüstert, sie sei sein Engel.

Maja Budde schaute auf das Fensterchen in der Tür der Zelle im Polizeigewahrsam. Es sah tatsächlich so aus, wie sie es im Film gesehen hatte. Wann würde sie ihre Tabletten bekommen? Sie stand auf, klopfte und kauerte sich wieder auf das Bett. Sie würde diese ganze Sache durchstehen, nicht nur diese Nacht. Aber sie brauchte ihre Tabletten. Unruhig stand sie auf, und als sie erneut klopfte, öffnete sich die Tür.

»Bitte geben Sie mir meine Tabletten.« Maja Budde war einen Schritt zurückgewichen.

Die wachhabende Beamtin sah auf die Uhr und nickte. Es war eine halbe Stunde zu früh. Der Arzt, der sie vorhin untersucht hatte, hatte die Beamtin angewiesen, ihr eine Tablette zu geben, da sonst Entzugserscheinungen zu befürchten seien.

Sie nahm die Tablette mit einem Glas Wasser aus ihrer Hand und bedankte sich. Sie würde trotzdem nicht schlafen können. Wieder und wieder versuchte, sie das Gespräch, das sie mit der Kommissarin geführt hatte, zu wiederholen und sich zu erinnern, was genau sie gesagt hatte.

»Ich habe ihn erschlagen.« Ja, das konnte sie sagen, denn die Wunde am Kopf des Vaters sah aus, als ob jemand auf ihn eingeschlagen hätte. Er konnte ja nicht gefallen sein, so wie er da auf dem Sofa lag. Sie schloss die Augen und rief das Bild vor ihr inneres Auge.

Der Vater liegt dort, regungslos, hinter ihm das Bücherregal, neben ihm die Flasche und ein Glas. Sonst nichts. Nein. Nichts liegt dort. Aber zwischen den Büchern im Regal klafft ein leere Stelle. Sie fehlt dort, die Skulptur, auf die er so stolz war und die er immer wieder zeigte.

»Irgendwann schlag ich ihm das Scheißding über den Schädel«, hörte sie Sven zischen. Das war erst vor drei Wochen gewesen. Er hatte sie widerstrebend ins Haus ihres Vaters begleitet, weil sie ihn darum gebeten hatte, schließlich sei er sein Großvater. Es war weit über ein Jahr her, dass Sven seinen Großvater zuletzt gesehen hatte. Also war er ihr zuliebe hinter ihr nach oben gestiegen. In aufgesetzter Fröhlichkeit rief sie: »Hallo, Besuch.«

Der Vater saß breitbeinig auf seinem Sofa, ein Kristallglas mit einer Neige Whiskey in der Hand und rülpste, als er die beiden wahrnahm.

»Nichts anderes als putzen kannst du.« Seine Aussprache war noch akzentuiert, und mit dem Glas wies er auf einen kleinen blauen Lappen, den sie in der Hand hielt. Sie hatte vor, hinter seinem Rücken den Staub aus dem Regal zu wischen und die schlimmsten Flecken auf dem Fußboden zu beseitigen. Sie wusste, dass er es hasste, aber sie versuchte es immer wieder.

»Als ob es nichts anderes gibt …« Er stand auf und ging mit zwei unsicheren Schritten auf sie zu. »Gib das Scheißding her.« Sie zog die Hand zurück, und er strauchelte. »Warum grinst du denn so?«, fragte er Sven, der hinter ihr die Stiege hochgestiegen war.

Sven ging um ihn herum, stellte sich an das Regal und schüttelte den Kopf. »Ich grinse nicht. Ich finde hier gar nichts komisch.«

»Armleuchter.« Fast klang dieser Ausdruck versöhnlich, und zuerst schien es, als wollte er sich wieder hinsetzen. Doch dann machte er diese fatale Wendung zu seinem Regal, in der die Statue stand. »In deinem Alter hatte ich schon zwei Patente angemeldet.«

Sven nickte.

»Du brauchst gar nicht mit den Augen zu rollen.« Walter-Hermann Budde ging an ihm vorbei und griff sich die Statue. »1978!« Er nickte mit vorgeschobener Unterlippe gewichtig und suchte nach Worten. »Ach, du hast ja keine Ahnung.« Mit der rechten Hand wollte er abwinken und verlor dabei fast das Gleichgewicht. Die Statue hielt er in der Hand.

Sie war auf ihn zugegangen, um ihn zu beschwichtigen. »Papa, bitte, Sven …«

»Ach lass mich doch in Ruhe.« Er wehrte ihre Berührung ab.

Als sie gingen, saß er auf seinem Sofa und stierte auf die Statue in seiner Hand, einst sein Preis für den innovativsten Jungunternehmer der Bundesrepublik Deutschland.

»Komm, Mama«, hatte er sie auf dem Hof in den Arm genommen. »Das Dreckschwein.«

Maja Budde schaute auf die Wand der Zelle. Es war lange her, dass sie geweint hatte. Aber heute, bei dem Gespräch mit der Kommissarin, konnte sie nicht anders. Es geschah. Für diese Gefühle hatte sie in ihrem Alltag keine Zeit mehr gehabt. Sie hatte ihren Vater zu versorgen, der so krank war, als er zu ihr kam. Sie blickte auf die leere Stelle am Handgelenk, und die Trauer presste ihr die Kehle zusammen. Als er ihr die Uhr schenkte, hatte er sie noch geliebt. Sie hatte es einfach nicht geschafft, ihn so zu behandeln, dass er ihr weiter Zuneigung entgegenbringen konnte. Es war ihre Schuld.

Es wäre nichts schöner gewesen, als wenn er sie geliebt hätte. Doch je mehr sie das wollte, desto mehr hatte er sich entfernt.

Maja Budde hob den Kopf und schaute an die weiß gestrichene Wand. Ihr gefiel die Kommissarin. Sie musste im gleichen Alter sein wie sie selbst. Aber diese Frau war stark. Maja fühlte sich ausgelaugt und forderte jetzt von sich, noch einmal die Stärke aufzubringen, die nötig war. Sie hatte es geschafft, ohne weitere Probleme von der Nordseeküste zurückzufahren. Sie hatte, nachdem sie im Krankenhaus zu sich gekommen war, ohne Probleme die Entscheidung treffen können zurückzufahren. Weil sie bei Verstand war und wusste, was ein normaler Mensch machen musste. Sie konnte doch alles tun, was man musste. Es war ihr, nachdem sie darüber nachgedacht hatte, deutlich geworden, welch einen fatalen Fehler sie vorgestern gemacht hatte, als sie sich einfach ins Auto gesetzt hatte, um wegzufahren. Man wird seine Geister nicht los. Sie würde den Vater nicht los, jetzt erst recht nicht mehr.

13. KAPITEL

»Was ist los mit dir?«, fragte Jakob Besser und beobachtete Johanna Kluge skeptisch. Die hatte sich nach dem Verhör von Maja Budde in ihr Büro zurückgezogen, ohne kurz mit ihm zu sprechen, wie sie es sonst tat. Aber der wachsame Jakob hatte gehört, wie die Bürotür der Kollegin geöffnet wurde, und hatte sich sofort mit seinem Tee eingefunden. Er reichte ihr einen Becher.

»Nimm, er ist noch lau und schmeichelt der Magenwand.« Wie immer hockte er sich auf den Stuhl, dann legte er seine langen Beine auf den Schreibtisch.

»Ach ich weiß nicht. Ich bin frustriert.« Johanna blickte über einige Papiere, die sich in der Zwischenzeit auf ihrem Schreibtisch angesammelt hatten. »Es ist irgendwie alles nicht stimmig.«

»Was ist nicht stimmig?« Jakob begab sich in die Senkrechte.

»Was sie mir erzählt hat.« Johanna stand auf, öffnete das Fenster und lehnte sich gegen die Fensterbank.

»Was hat sie denn erzählt, Euer Gnaden? Lasst Ihr mich an Eurem Wissen teilhaben?« Jakob hatte nichts dagegen, dass Johanna Kluge manche Befragungen wie die mit Maja Budde allein durchführte. Denn sie wollte eine Atmosphäre von Vertrautheit herstellen, was ihr allein besser gelang als im offiziellen Rahmen. Das konnte er nachvollziehen. Er mochte es nur nicht, wenn ein anderer Kollege an seiner statt dabei war. Das kränkte ihn.

Johanna Kluge skizzierte das Verhör kurz und fasste letztlich zusammen: »Aber sie hat gestanden.« Sie seufzte und schüttelte den Kopf.

»Das ist doch kein Grund, grimmig zu gucken.«

»Doch. Ich glaube es irgendwie nicht.«

»Irgendwie …«

»Ja, sie spult es einfach runter, wie sie das Feuer gelegt hat. Aber sie stammelt oder schweigt, wenn sie sagen soll, was geschehen ist.« Johanna winkte ab und setzte sich wieder hin. Es war mittlerweile weit nach 19.00 Uhr, und sie wusste, dass sie ihre Ruhe brauchte, um morgen wieder fit zu sein.

Trotzdem entschieden die beiden, den weiteren Abend und ihren Gedankenaustausch in ein Lokal zu verlegen. Der Temperatur war genauso lau und spätsommerlich wie am vergangenen Tag, und als sie ihre Fahrräder nebeneinander aus der Tiefgarage schoben, kamen sie sich vor wie ein altes Ehepaar.

»Hast du keinen Unitermin heute?«, fragte Johanna, als sie sich auf der Straße auf ihr Fahrrad schwang und sofort in die Pedale trat.

»Nö. Und du keinen mit John Clooney?«

Johanna rollte innerlich mit den Augen. Sie hatte selbstverständlich den ganzen Tag darüber nachgedacht, John anzurufen, es sich aber letztlich verboten. Denn auch heute war sie nicht in der Stimmung für die Nacht, die sie sich mit John von dem Bruche vorgenommen hatte. Sie musste diese leidige Geschichte erst hinter sich bringen.

»Irgendwie bin ich dafür nicht in Stimmung«, antwortete sie Jakob Besser, als der sie am Neumarkt eingeholt hatte.

»So schnell vorbei, das junge Glück?«

Johanna rollte dieses Mal sichtbar mit den Augen, ein Eingeständnis ihrem Kollegen gegenüber, dass sie diesen Mann, den er hartnäckig nicht mit richtigem Namen nannte, mehr als sympathisch fand.

Sie steuerten ein arabisches Restaurant am Osterberger Ring in der Nähe der Unibibliothek an. »Ich habe einen Mordshunger«, bemerkte Johanna, als sie sich niederließen. Sie hatte während des Tages, wie so oft, völlig vergessen zu essen und war jetzt geneigt, sich mit allerlei Köstlichkeiten den Magen vollzuschlagen.

Jakob Besser dagegen schien überhaupt nicht zu essen. So lang und dünn wie er war, dachte Johanna immer, sei die Nahrungsaufnahme für ihn eher eine lästige Pflicht, die ihn von den wesentlichen Dingen des intellektuellen Lebens abhielt.

Sie bestellten beide Tabouleh, um anschließend mal weiterzusehen, wie sie der Bedienung sagten. Johanna blieb beim Merlot und wollte keine Experimente mit libanesischen Weinen machen. Jakob nahm einen arabischen Gewürztee und grinste entschuldigend. Einige Zeit hatte er versuchsweise begonnen, mit ihr gemeinsam Rotwein zu trinken, doch Johanna vermutete, dass das mit zu seinem Flirtprogramm gehörte, das er ihr gegenüber inszenierte. Nachdem ihm vor ein paar Monaten, nach einem zufälligen Zusammentreffen mit John im »Garbo«, klargeworden war, dass dieser John tatsächlich ein ernstzunehmender Kandidat für das Wiederaufleben von Johannas Liebesleben war, hatte er seinen ohnehin geringen Alkoholkonsum wieder eingestellt. »Du hast doch nicht mir zuliebe Wein getrunken«, hatte sie ihn vor einiger Zeit angepflaumt. Trotzdem hatte es ihr immer geschmeichelt, wenn er sie demonstrativ hofierte, es aber derart übertrieb, dass niemand auf die Idee kommen konnte, dass er es wirklich ernst meinte.

»Was macht das Böse?«, fragte Johanna Jakob, als ihr Essen kam.

»Es ist überall«, meinte er und begann, in seinem Tabouleh zu stochern.

Johanna schaute über seine Schulter auf eine Tafel, auf der einige Gerichte angepriesen wurden, die es heute außer der Reihe gab. »Irgendwie ist mir das zu allgemein.«

»Natürlich. Aber ich denke, du willst jetzt nicht über das Böse an sich und im Besonderen sprechen.« Jakob hatte sich entschieden, einen Happs zu nehmen, und schob sein Essen von einer Backentasche zur anderen.

»Nein, eigentlich wollte ich wissen, wie du dir dein alternatives Abendprogramm mit der Dissertation über das Böse vorstellst.«

Er zuckte mit den Schultern: »Es ist das reine Gedankenspiel, das mich daran interessiert. Und im Grunde hat es doch mit unserem Beruf zu tun. Wir treffen ja täglich auf ›böse‹ Menschen, da ist dieses Thema doch naheliegend.«

Der Meinung war Johanna nicht, sie machte ihre Arbeit seit fast 20 Jahren und betrachtete ihr Alltagsgeschäft und die tödlichen Folgen von Betrug, Rache, Wut, Liebe und Enttäuschung eher pragmatisch. Sie hatte sich nie die grundlegende Frage gestellt, ob sie sich bei diesen oft schäbigen Fällen in einem Untersuchungsfeld von Gut und Böse bewege. Für sie war das, was sie erlebte, normal und menschlich.

»Ich habe das Gefühl, dass die Personen in unserem Fall nicht eigentlich böse sind.« Johanna sprach mit vollem Mund. Sie war zu hungrig, und das Gestochere von Jakob machte sie nervös. »Diese Maja Budde wirkt auf mich eher verzweifelt als böse.«

Jakob entschied sich, einen weiteren Bissen zu nehmen, und Johanna wartete ungeduldig, bis er wieder zu sprechen anfing. »Dann meinst du also, dass sie sozusagen aus innerer Notwehr gehandelt hat«, meinte er.

»Vielleicht.« Sie dachte an die blasse Frau, die so abwesend und in sich selbst kreisend war. Sie hatte während des gesamten Verhörs auf dieses Gesicht gesehen und versucht zu ergründen, was hinter den Augen vorging. Aber Maja Budde ließ es kaum zu, dass man ihr in die Augen schaute.

»Tja, dann ist sie vielleicht nicht das richtige Untersuchungsobjekt für mich: Schließlich gehören das Böse und die Freiheit aufs Engste zusammen.« Jakob nippte an seinem Gewürztee, der mittlerweile die richtige Temperatur hatte.

»Wie meinen?« Sie war zu müde, um sich ernsthaft auf moralphilosophische Themen einzulassen. Sie schaffte es immer, Jakob Besser dazu zu bringen, auch die komplizierten Dinge, mit denen er sich befasste, sprachlich für sie und die anderen Kollegen herunterzubrechen. Also beugte sie sich vor, um ihm zu zeigen, dass sie seinen Worten lauschen würde.

»Das Böse ist der Preis der Freiheit. Es sind nicht der Teufel, die Dämonen oder das Schicksal, die uns helfen, das Böse zu begreifen. Es sind die Menschen und ihr Handeln, um das es geht. Der Mensch ist frei, er kann sich entscheiden.«

Johanna schob ihren leeren Teller zurück und fingerte nach der Karte. Ihr Hunger war nicht wesentlich kleiner geworden. Jakob wartete, bis sie Huhn auf orientalischem Reis mit Gemüse bestellt hatte, und schob in der Zeit seine Salatblätter über den Teller.

»Willst du nicht auch was Deftiges?«

»Das Gleiche für mich«, rief er der Bedienung hinterher. »Aber lassen Sie das Huhn weg.«

»Dass es dir so egal ist, was du isst, begreife ich einfach nicht. Also weiter, Herr Professor.« Sie lehnte sich zurück, zufrieden, dass sie noch mehr zu essen bekommen würde. »Was ist mit den Eltern, wo wir doch gerade beim Thema sind. Haben wir überhaupt eine Wahl, uns wirklich frei zu entscheiden? Ist unsere Art, uns in der Welt zu bewegen, nicht irgendwie auch eine Folge unserer Erziehung und wie unsere Eltern mit uns umgegangen sind?«

»Meinst du das wirklich?« Jakob zog die Augenbrauen zusammen. »Mit diesem Argument kannst du ja alles und jeden entschuldigen. Schuld sind dann immer Mama und Papa.« Jakob schob einen weiteren kleinen Haufen Bulgur auf seine Gabel.

»Es macht mich ganz nervös, so wie du isst.« Johanna atmete ein.

»Ich kann nichts dafür. Mein Vater hasste es, wenn ich so geschlungen habe.«

Sie lachten beide.

»Was ist mit den Genen?«, nahm Johanna das Thema wieder auf. »Geben die nicht auch ein bisschen vor, wie wir sind oder werden?«

»Interessanter Einwurf!« Er hob lobend seinen Zeigefinger. »Die moderne Biologie und auch die Gehirnmedizin suggerieren uns in der Tat, dass wir nichts weiter sind als die Folge genetischer Determinierung.«

»Genau, dann ist es auch scheißegal, was ich mache, es ist der Bauplan, und ich bin nicht schuld.« Johanna liebte es, grundlegende Erkenntnisse in einfachen derben Worten darzulegen.

»Jawohl! Im Grunde liegt der modernen Biologie oder Hirnforschung nichts weiter zugrunde als ein schlichter Determinismus.« Jakob Besser konnte es nicht lassen, die Gabel hinzulegen und seine Worte mit erhobenem Finger zu unterstreichen. »Das, was wir tun, ist aber nicht vorherbestimmt. Wenn wir handeln, haben wir immer mindestens zwei Optionen.«

Eigentlich war das auch das, was Johanna dachte. Sie hätte es nur nicht so formuliert. Sie war der Ansicht, dass – was auch immer einen Menschen zu einer Tat trieb – jeder Mensch auch verantwortlich war für das, was er tat, schließlich könnte er auch anders. Laut sagte sie: »Niemand muss jemanden erschlagen.«

»Du sagst es!« Jakob nickte: »Das Böse kommt aus dem Menschen. Der Mensch hat die Freiheit, die Option für das Böse.«

Die junge hübsche Bedienung schaute Jakob mit anmutig zur Seite gelegtem Kopf an, sie hatte seine letzten Ausführungen gehört und schien beeindruckt. Schließlich sah er gut aus, und Johannas Meinung, er sei unerotisch, wurde offenbar nicht von allen Frauen geteilt. Sie wunderte sich seit Jahren, dass er noch keine Frau gefunden hatte, die es schaffte, sich seine Gunst anhaltend zu sichern.

Johanna nahm ihr Makloubi von der jungen Frau entgegen und verfolgte, wie sie den anderen Teller Jakob servierte, der ihre Bemühungen aber kaum registrierte. Dann schaute sie der Frau hinterher, wie sie sich mit einem kleinen Hüftschwung entfernte. Johanna wendete sich zu Jakob: »Der hast du es angetan.«

»Wem?«

»Das ist dein Dilemma. Du merkst es einfach nicht.« Johanna schnaufte, rollte mit den Augen. Erotik beruhte auch auf Selbstwahrnehmung, und Jakob hatte in dieser Hinsicht offenbar ein eingeschränktes Empfangssensorium. »Wie sind wir eigentlich in dieses tiefe Fahrwasser gekommen?« Sie neigte sich demonstrativ über ihr Essen und sog den Duft ein. »Dafür könnte ich töten … sagt man ja so.« Sie war gern trivial und beendete auf diese Weise die allzu großen Höhenflüge Bessers. »Ich komme zurück auf Maja Budde. Ist sie – falls sie es getan hat, was ich immer noch nicht wirklich glaube – böse? Ich habe das Gefühl, sie ist nicht frei in ihrem Handeln.«

Jakob Besser zog seine rechte Augenbraue hoch, sein Signal, dass er aufmerksam war und auf weitere Erklärungen wartete.

Johanna beschwor erneut die erste Begegnung mit Maja Budde, die sie in der Wohnung der Frau hatte, in deren Abwesenheit. »Es scheint doch so, dass diese Frau irgendwann vor sieben Jahren, als ihr Vater einen schweren Schlaganfall hatte, sofort entschieden hat, ihn bei sich aufzunehmen. In der ersten Zeit war er ja auf die Hilfe sehr angewiesen. Das sagte ja auch Herr von dem Bruche …«

»Seid ihr immer noch beim Sie?«, konnte sich Jakob nicht verkneifen.

»Deine Anwesenheit gestern hat es ja nicht unbedingt leichter gemacht, zum Du überzugehen.« Ein kleiner Schlag fuhr ihr in den Magen, als sie an den gehauchten Kuss in ihrem Treppenhaus dachte und die Versprechung, die in der Luft gelegen hatte.

»Wenn ich weitermachen dürfte: Wie gesagt, John sagte, sie sei sehr lebhaft gewesen, und immer um ihren Vater herumgestiegen. Sie hat sich doch wohl um ihn bemüht, wollte ihm nur Gutes tun und ihn versorgen.«

»George sagte aber auch, dass er den Eindruck gehabt habe, sie würde seine Hilflosigkeit genießen.«

Johanna ignorierte den falschen Namen. »Wahrscheinlich hat der Vater genau das empfunden.« Vielleicht hatte all die Zuwendung, die er erfahren hatte, ihm immer wieder vor Augen geführt, wie hilflos er war. In seiner Hilflosigkeit musste ihm ihre Fürsorge seine Abhängigkeit umso deutlicher gemacht haben, und er hatte sie genauso begonnen zu hassen, wie er seinem Zustand gehasst hatte. Je mehr sie sich kümmerte, desto stärker wies er sie zurück. Ihre Hilfe hatte ihn seine Unfreiheit spüren lassen, für diesen Mann wahrscheinlich das Schlimmste, das ihm geschehen konnte. Je mehr sie ihm half, desto ablehnender hatte er wohl reagiert. Und je abweisender er wurde, desto stärker hatte sie sich in sein Leben eingemischt, hatte versucht, ihn in Abhängigkeit zu belassen, und das als Liebe bezeichnet.

»Er hat sich wohl ziemlich gut erholt, immerhin konnte er ja in sein kleines Emporenseparée steigen. Also, die Folgen des Schlaganfalls hat er doch bezwungen.« Jakob teilte das Gemüse auf seinem Teller in zwei Hälften. Johanna seufzte und entschied, dass sie, wenn sie in so unausgeglichener Stimmung war, nicht mehr mit Jakob essen gehen würde.

»Wir sollten den Sohn Hanns-Martin noch einmal zum Genesungsprozess seines Vaters befragen. Und danach, warum der Vater nicht wieder eingestiegen ist in den Betrieb.

Offensichtlich wäre er doch körperlich dazu in der Lage gewesen.« Johanna kaute versonnen ihr gewürztes Hühnchen und wusste wieder einmal, warum sie keine Vegetarierin war.

»Wahrscheinlich hatte er mit seiner Krankheit langsam angefangen zu trinken, sodass er nicht mehr zurück in den Betrieb konnte oder vielleicht auch letztlich nicht wollte.« Jakob schob ein bisschen Gemüse auf die Gabel.

»Habe ich laut gesprochen?«, fragte Johanna verblüfft.

»Nein, aber unser Herz schlägt zumindest kriminalistisch im Gleichklang.« Jakob klimperte wieder mit den Wimpern. »Nein. Aber du hast so angestrengt auf dem Huhn gekaut, dass ich diese Gedanken abgelesen habe.« Er freute sich, dass er mit seiner Vermutung, worüber sie nachdachte, richtig gelegen hatte.

»Jakob, aus genau diesem Grund, dass diese Vater-Tochter-Beziehung nicht so eindimensional war, sollten wir noch ganz genau auf die anderen Personen des Dramas …«

»Familiendramas«, bestätigte Jakob.

»… schauen. Die meisten Dramen sind Familiendramen«, nahm ihm Johanna die Rede ab. »Auf jeden Fall war Sven Budde zum Tatzeitpunkt ebenfalls am Tatort. Wenn wir morgen sein Bewegungsprofil haben, wissen wir es genauer.« Sie hatten heute morgen die Bewegungsdaten für die Handys von Sven Budde und Hanns-Martin Budde angefordert, um deren Angaben zu überprüfen und zu verifizieren. »Außerdem wollen wir uns ja morgen diesen Forstarbeiter Pietschmann noch einmal genauer ansehen. Vielleicht hat er ja auch ein Motiv. Schließlich haben die beiden wohl häufiger ordentlich zusammen gebechert.« Johanna zuckte mit den Schultern, um deutlich zu machen, dass sie das allerdings für abwegig hielt.

Jakob stimmte ihr zu: »Ich bevorzuge doch mit dir das familiäre Umfeld. Wir hätten da auch noch den Gatten des Bruders.«

In diesem Moment klingelte das Diensthandy von Johanna. Es war einer der diensthabenden Beamten, der sie informierte, dass ein gewisser Sven Budde an der Tür der Polizeiinspektion am Hofeingang randaliert habe. Er hatte gegen die Scheibe geklopft und lauthals gefordert, seine Mutter zu sehen.

»Wir hätten ihn ja in Arrest nehmen können, aber ich dachte …«

Johanna bedankte sich, während sie schon aufstand und Jakob Zeichen machte zu bezahlen. Sie war schon auf dem Weg nach draußen, als er die Aufmerksamkeit der jungen Frau ergatterte, um die Rechnung zu fordern. »Ich komme nach«, rief er, denn der Abend war noch jung.

14. KAPITEL

Sven Budde saß in der Ecke der Zelle, in die ihn der Kollege von der Bereitschaft gesperrt hatte. Er rieb sich seinen Arm und sah Johanna Kluge mit zusammengekniffenen Augen an.

»Sie haben also einen Hang zur Gewalttätigkeit.« Johanna Kluges Stimme war kühl, und sie spürte, wie sie den Mund schmal zusammenzog. Im Grunde ärgerte sie sich, dass sie diesen Sven Budde ohne Grund sympathisch gefunden hatte, und fühlte sich durch seinen Auftritt, den ihr der Kollege geschildert hatte, hintergangen. Sven Budde hatte nämlich um kurz nach 21 Uhr Einlass verlangt und geschrien, dass er sofort seine Mutter sprechen wolle. Als er keine Reaktion bemerkte, hatte er begonnen, gegen die Tür zu treten. Dann brüllte er, er habe das Recht, Deutschland sei ein Rechtsstaat, und sie könnten seine Mutter nicht einfach einsperren. »Lassen Sie meine Mutter sofort frei!« Der Kollege wusste wie jeder auf der Dienststelle, dass die Inhaftierte im Polizeigewahrsam Maja Budde war. Schließlich kamen in Osnabrück Mord und Totschlag nicht jeden Tag vor, und dieser Fall von Brandstiftung und der damit verbundene Tod eines reichen Unternehmers war selbstverständlich keinem Kollegen entgangen. Also hatten sie Johanna Kluge angerufen, damit sie entscheiden solle, was zu tun sei.

Sven Budde antwortete nicht auf ihre Frage, sondern presste seine Lippen aufeinander.

»Sind Sie Ihren Großvater ebenfalls so aggressiv angegangen?«, fragte Johanna.

Sven Budde hob sein Kinn, und dieser Ausdruck, den sie gestern als kindliche Bockigkeit und Sorge um seine verschwundene Mutter interpretiert hatte, konnte genauso Zeichen von Bosheit sein. Es ist eben doch immer eine Frage der Perspektive, ermahnte sich Johanna. Dieser Junge hat ganz sicher zwei sehr aktive sich widersprechende Verhaltensweisen.

»Warum haben Sie meine Mutter verhaftet? Sie kann es nicht getan haben.« Sven Budde erzählte ihr, dass er vom Anwalt der Mutter über deren Inhaftierung informiert worden sei. Johanna Kluge hatte ihm ebenfalls, als sie sich am Nachmittag auf den Weg zu ihr gemacht hatte, die Nachricht zukommen lassen, dass seine Mutter wieder aufgetaucht sei. Auch aus diesem Grund war sie ärgerlich. Sie hatte seine Sorge ernst genommen und ihm Bescheid gesagt, und er randalierte sinnlos nach Dienstschluss hier herum. Weil er am Nachmittag zwei praktische Seminare hintereinander gehabt hatte, habe er seine Mailbox erst im Anschluss abgehört und nicht früher kommen können.

»Warum wissen Sie so genau, dass es nicht Ihre Mutter war?« Johanna sah ihn kühl an. Sie mochte es nicht, wenn sie sich in der Einschätzung eines Menschen geirrt hatte, und wusste, dass es ungerecht war, denjenigen, dem sie mit falschen Erwartungen entgegengetreten war, dafür verantwortlich zu machen. Aber immerhin war sie sich dessen bewusst und fand, das sei Entschuldigung genug.

»Weil ich sie kenne.« Sven saß auf der Pritsche, und mit einem Mal war er wieder Kind. »Mama … meine Mutter ist doch krank. Sie kann das nicht getan haben.« Er legte sein Gesicht in die Hände und begann tatsächlich zu weinen.

Johanna Kluge wartete, an die Wand gelehnt, mit sich selbst beschäftigt. Schon wieder tat dieser Junge ihr leid. Aber die aggressive Ader, die er heute offenbart hatte, machte es genauso möglich, dass er seine Mutter von dem aggressiven Großvater hatte befreien wollen. Vielleicht hatte er in der gleichen Aufgebrachtheit, die er vor dem Revier an den

Tag gelegt hatte, gegen seinen Großvater agiert. Sie wussten bis jetzt nur, dass er am Tatort gewesen war, jedoch war das eine Stunde vor dem Brand gewesen. Vielleicht hatte er ihr ein hervorragendes Theater vorgespielt und seine kindliche Naivität bewusst eingesetzt. Genau dieser Punkt war ihre Schwachstelle. Sie war immer wieder an ihren eigenen Sohn und ihre Ängste um ihn erinnert. Dabei hatte sie ihren Sohn Stefan ganz gut ins Leben geschickt. Er studierte mittlerweile in Hamburg und schien sich gut ohne sie durchzuschlagen.

»Deine Mutter hat heute Abend ein Geständnis abgelegt.«

Sein Gesicht, das er langsam aus seinen Händen hob, war rot, und ungläubig zog er die Augenbrauen zusammen. »Ein Geständnis? Das kann nicht sein.« Er legte die Hände vor den Mund.

»Warst du es?« Sie sprach ihn absichtsvoll vertraulich an.

Er blieb regungslos sitzen, und schon dachte sie, dass er nicht antworten würde, als er durch seine Finger flüsterte: »Nein, ich war es nicht.«

Als hätte er das nicht sagen dürfen, weil er die Schuld nicht von seiner Mutter hatte nehmen können, sprang Sven Budde auf und schüttelte energisch den Kopf. »Aber was hat sie denn gestanden? Was denn?« Er ging auf sie zu und schnappte nach Luft. »Sie ist doch krank, sie nimmt Tabletten. Manchmal weiß sie gar nicht, was sie tut!« Er sah Johanna so intensiv an, als wolle er ihr seine Überzeugung von der Unschuld seiner Mutter geradezu aufdrängen.

»Sie hat gestanden, den Brand gelegt zu haben, nachdem sie deinen Großvater getötet hat.« Johanna erwiderte Svens Blick genauso intensiv, wie er sie anschaute. Sie würde ihm keine weiteren Details nennen, aber dass Maja Budde nicht nur das Legen des Feuers zugegeben hatte, sondern auch, dass sie ihren Vater erschlagen habe, würde der Anwalt ihm morgen mit Sicherheit ohnehin mitteilen. Außerdem hatte sie am kommenden Tag eine Pressekonferenz vor sich, auf der sie ohnehin den Tathergang in groben Zügen würde darlegen müssen. Die Öffentlichkeit wartete auf die Erklärung. Sie schob den Gedanken an den ihr unangenehmen Termin von sich.

Sven Budde hatte sich nicht vom Fleck gerührt: »Ich verstehe es nicht. Frau Kluge, bitte, sie ist nicht böse. Sie hätte meinem Großvater bestimmt nichts angetan.« Er hatte seine Beschwörungen mit beiden Armen unterstrichen und die Fäuste zusammengepresst. »Ach, ich wünschte, ich hätte meinen Großvater umgebracht, schon vor längerer Zeit.«

»Waren Sie es?«, fragte Johanna noch einmal.

Sven Budde schob das Kinn wieder ein wenig vor, und machte Anstalten, sich wieder auf die Pritsche zu setzen.

Johanna wendete sich von ihm ab und klopfte an die Zellentür. Der Beamte, der sie eingelassen hatte, öffnete: »Schicken Sie ihn nach Hause.« Zu Sven Budde gewandt, sagte sie: »Sie können morgen mit Ihrer Mutter sprechen. Und wir sprechen uns auch noch.«

*

Die Nacht würde unerträglich lang werden, wenn er nicht irgendetwas unternehmen würde. An Schlaf war nicht zu denken, und sein Auftritt bei der Polizeiinspektion war so sinnlos gewesen, dass er sich dafür schämte. Diese Kommissarin hatte ihn nach Hause geschickt wie einen ungezogenen kleinen Jungen. Das ärgerte ihn, vor allem, weil die Folgen seiner Aktion abzusehen gewesen waren. Es war ihm unangenehm, dass er sich so unkontrolliert verhalten hatte. Dass sie ihn für aggressiv hielt, machte ihm weniger aus. Seiner Ansicht nach führte zu viel Nachgiebigkeit zur Krankheit. Das sah er ja an seiner Mutter, sie hatte sich gegen den eigenen Vater nicht wehren können. Wenn er ihr vor einigen Wochen, als er gemeinsam mit ihr den Großvater besucht hatte, mit dieser Aggression zur Seite gestanden hätte, wäre es vielleicht nicht zu dem Unglück gekommen.

Außerdem verfluchte er seinen unbedachten Besuch von vorgestern bei seinem Onkel. Wie sollte er jetzt einen erneuten Versuch machen, mit ihm zu sprechen? Dieser Typ, mit dem er zusammenwohnte, hatte ihn ertappt, wie er gelauscht hatte. Auf der anderen Seite kannte der ihn nicht und brachte ihn vielleicht nicht mit seinem Onkel in Verbindung. Er müsste versuchen, Hanns irgendwo zu treffen, wenn dieser Dirk nicht dabei war. Sven Budde schüttelt ärgerlich über sich selbst den Kopf. Zweimal schon hatte ihn seine Ungeduld in eine blöde Situation geführt, die ihn überhaupt nicht weiterbrachte. Aber zu warten war für ihn ein unerträglicher Zustand. Einen Moment zögerte er, bevor er sein Smartphone aus der Hosentasche zog. Es war eine andere Zeit gewesen, als er seinen Onkel noch angerufen hatte, zehn Jahre war es vielleicht her, eine Ewigkeit. Doch er hatte die Nummer noch immer in seinen Kontakten abgelegt. Ein eigenartige Beklemmung ergriff ihn, als er die Nummer drückte. Aber er hatte ja keine andere Wahl.

»Budde«, hörte er die Stimme seines Onkels beim zweiten Klingeln.

Vor Schreck versagte ihm die Stimme. Die Stimme klang ihm zu vertraut.

»Hallo?«

»Hanns, ich bin's, Sven.« Er brach ab, weil er nicht wusste, was er eigentlich genau von seinem Onkel wollte.

Sein Onkel schien keinen Moment überrascht: »Was willst du?«

Sven fühlte sich ermuntert durch den sachlichen Tonfall seines Onkels. »Ich, ich … ich muss mit dir sprechen. Mama ist verhaftet worden.«

Jetzt schien der Onkel doch erstaunt, und es dauerte eine Weile, bis er antwortete.

»Das wusste ich nicht.«

»Bitte, du musst ihr helfen und …«

»Was und?« Nun nahm er doch eine gewisse Schärfe im Ton wahr.

»Ja, wer außer dir kann denn etwas tun?« Sven schaffte es nicht, seinen weinerlichen Ton zu unterdrücken, und spürte Ärger aufsteigen, weil sein Onkel so reserviert wurde. »Du musst doch wissen, dass sie es nicht getan hat.«

Wieder ließ sich sein Onkel Zeit mit der Antwort.

»Hörst du? Sie kann es nicht gewesen sein …«

Sven hörte, wie sein Onkel auf und ab ging.

»Wir müssen reden, Hanns!« Svens Ärger wurde größer, weil er nicht verstand, warum sein Onkel derart zurückhaltend war.

Seine Mutter konnte es nicht getan haben. Sie war nicht fähig, irgendetwas zu tun, das Kraft brauchte. Da war er sich sicher. Er hätte das nicht begründen können. Aber jeder, der seine Mutter in den letzten Jahren gesehen hatte, wie sie nur mühsam das Bett verließ und oft erst spät am Nachmittag richtig wach wurde, würde das verstehen können. Sie brauchte ihre Energie für sich selbst, um überhaupt den Alltag zu bewältigen. Da war er sicher. Vielleicht hatte sie nicht gewusst, was sie gestanden hatte, vielleicht hatte sie zu viele Tabletten genommen, oder sie hatte es einfach satt und wollte ihre Ruhe haben. Das war doch möglich. Er wünschte sich das so sehr, dass er es für wahr hielt.

»Sag doch was, verdammt!«, rief er ins Handy und fürchtete gleichzeitig, dass er seinen Onkel damit zum Abbruch des Gesprächs bringen würde. Er musste ihn aber sprechen, denn er war unfähig, die Sache allein zu bewältigen. »Bitte Hanns, du musst mir helfen«, flehte Sven sanfter. »Ich hab doch sonst niemanden.«

Hanns-Martin Budde räusperte sich knapp: »Gut, dann komm zu mir, ich warte auf dich.«

Sven war überrascht über die plötzliche Einladung und überlegte hastig, wie er das Treffen an einen anderen Ort verlegen könnte, als sein Onkel sagte, er sei allein zu Hause.

»Ach so, ich dachte …«

Sein Onkel schwieg eine Weile, was Sven die ganze Sache noch unangenehmer machte. So stimmte er ihm zu, und mit einem Gefühl voller Erwartung und Hoffnung auf Unterstützung und der Angst, von seinem Onkel zurückgewiesen zu werden, machte er sich auf den Weg, den er am Tag zuvor schon einmal gemacht hatte.

Zu seiner Erleichterung war sein Onkel wirklich allein zu Hause. Im Carport stand nur der dunkelblaue Wagen. Er schien vom Entrée aus gesehen zu haben, wie er sich der Haustür näherte, denn sein Onkel öffnete ihm, bevor er klingeln konnte. Sven wusste nicht mehr, wie lange es her war, dass er Hanns wirklich allein gesehen hatte, nicht im schnellen Vorübergehen, wenn er ihm die wenigen Male über den Weg gelaufen war, wenn sie beide zufällig gleichzeitig zu Besuch waren, er bei seiner Mutter, sein Onkel bei seinem Vater. Dass der Mann, der ihn gestern überrascht hatte, der Partner von Hanns war, hatte er geschlossen. Denn die Fremdheit, die sich zwischen seinem Onkel und seiner Mutter breitgemacht hatte, hatte sich über die letzten Jahre schon so verfestigt, dass sie mindestens seit fünf Jahren keinerlei privaten Kontakt mehr hatten. So hatte er den Partner seines Onkels gestern zum ersten Mal in seinem Leben und ausgerechnet in dieser so peinlichen Situation gesehen.

Sein Onkel hielt ihm die Tür auf, ließ ihn eintreten und ging wortlos vor ihm her in das Wohnzimmer, vor dessen Fenstern er gelauscht hatte.

»Du warst ja gestern schon hier«, eröffnete Hanns-Martin das Gespräch.

Sven erstarrte. Er hatte vorgehabt, diese Aktion zu beichten, um seinem Onkel zu erklären, dass er sich so maßlos hilflos fühlte. Nun hatte er keine Chance mehr.

»Dirk hat mir erzählt, dass du im Garten warst gestern Abend.« Hanns-Martin Budde ging zum Sofa, setzte sich, schlug die Beine übereinander und wies mit der Rechten auf einen ihm gegenüber stehenden Sessel.

Sven hockte sich auf den Rand des würfelförmigen Möbelstücks und räusperte sich. Sein Onkel musterte ihn kühl, und mit einem Mal erkannte Sven die ganze Sinnlosigkeit seines Besuchs. Er würde ihm nicht helfen, Hanns schien völlig ungerührt von der Tatsache, dass seine Schwester inhaftiert war.

»Ich wollte deine Hilfe, deshalb …«

»Deshalb lauschst du im Garten?« Hanns-Martin lehnte sich in den Sessel zurück und spitzte den Mund.

»Es tut mir leid, ich hab mich nicht getraut, ich …«

»Lass gut sein«, wehrte sein Onkel ab und nahm Sven die letzte Möglichkeit, irgendeine Erklärung zu geben und die alte Zuneigung seines Onkels wieder zu wecken. Hanns-Martin Budde sah Sven versonnen an, wechselte mit einem Mal seine Haltung, stützte sich mit den Ellenbogen auf seine Knie und beugte sich zu Sven hinüber. »Also was meinst du, soll ich tun?« Er hatte die Hände ineinander verschränkt und knetete sie so stark, dass seine Knöchel weiß hervortraten.

»Ich weiß nicht, Hanns. Aber ich kann doch nicht einfach nichts tun!« Sven schaute seinen Onkel an, das erste Mal seit zwei Tagen mit der Zuversicht, dass der ihn irgendwie unterstützen würde.

»Du sagtest, Maja sei verhaftet worden?« Hanns-Martin Budde fiel es nicht leicht, den Namen seiner Schwester ihrem Sohn gegenüber auszusprechen.

Sven nickte aufgeregt, ermutigt, weil sein Onkel seine Schwester so vertraut nannte: »Ja, sie ist nach Hause zurückgekommen vom Meer und ist gleich verhaftet worden.«

Hanns-Martin Budde hatte sich an diesem Tag bemüht, normal zu arbeiten. Er war früh morgens in die Firma gefahren und hatte den Tag auf und ab gehend in seinem Büro verbracht. Unfähig, seiner Arbeit nachzukommen, war er auch nicht in der Lage gewesen, die Firma zu verlassen. Er hatte nur zwei Orte, seine Wohnung und seine Firma, aber in der Wohnung fürchtete er, dass Dirk ihn bedrängen würde. So war er in die Einsamkeit seines Büros geflüchtet, weil er nicht wusste, wie er seinem Partner begegnen sollte. Ihm hatte noch nie jemand geholfen, Dirk um Unterstützung zu bitten, obwohl der sie ihm immer wieder anbot, war ihm nicht möglich.

»Sie war am Meer?«

Sven nickte und wusste nicht genau, ob er darauf antworten sollte. Seine Mutter hatte ihm erzählt, dass sie oft am Meer gewesen war, als sie klein war, und dass ihr Vater sie auf den Schultern ins Wasser getragen habe. »Kennst du die Stelle?«

Hanns-Martin zuckte mit den Schultern. Auch er hatte die Sommer mit den Eltern dort verbracht und sich unglaublich gelangweilt. Seine Erinnerung war von nichts geprägt außer der unendlich langen Zeit. Aber er hatte mitgemusst, bis seine Eltern sich trennten und seine Mutter verschwand. Sie hatte ihm gefehlt. Das Meer nicht.

»Nein«, antwortete er schließlich. »Aber das ist ja jetzt wohl nicht von Belang.«

Sven biss sich auf die Lippen. »Nein, natürlich nicht.«

Hanns-Martin Budde wartete ab, was Sven zu sagen hatte, obwohl er neugierig war. Er hatte eben erst erfahren, dass Maja verhaftetet worden war, und befand sich in einem Zustand von Irritation und Angespanntheit. Er wollte aber nicht zu deutlich machen, dass ihn interessierte, was geschehen war, weil er sich Sven gegenüber keine Blöße geben wollte. Der profitierte schließlich an der ganzen leidigen Testamentsgeschichte. Er konnte nicht glauben, dass Sven so arglos war, wie er hier tat.

Sachlich schlug er seinem Neffen vor: »Ich könnte ihr noch einen weiteren Anwalt besorgen, wenn du willst.«

Sven zuckte mit den Achseln, das war nicht das, was er wollte. »Vielleicht, wenn du meinst!«, stimmte er zu und verzog sein Gesicht. »Hanns«, stieß er mit einem Mal aus, »Mama hat gestanden, dass sie es getan hat.« Seine Stimme zitterte, aber er schluckte seine Aufregung herunter. »Das kann doch nicht sein!«

Hanns-Martin Budde betrachtete seinen aufgelösten Neffen und hörte das Blut hinter seinem Trommelfell pochen. Darauf konzentrierte er sich und merkte nicht, dass er auf dem Daumennagel seiner linken Hand kaute.

»Hanns«, flehte Sven, »du kennst sie doch. Auch wenn ihr euch nicht gut vertragen habt. Aber das kann sie doch nicht gemacht haben.«

»Was hat sie gestanden?«, fragte Hanns-Martin Budde leise.

»Dass sie ihn getötet und dann das Haus angezündet hat.« Sven schüttelte wieder den Kopf. Sein Onkel saß ihm gegenüber, unbeweglich, und starrte auf die Tischkante des kleinen Tischs, der zwischen ihnen stand.

Sven zuckte zusammen, als er glaubte, ein leises Klacken aus dem Flur zu vernehmen, und sah auf die breite Wohnzimmertür. Aber es regte sich nichts. Sein Onkel schien nichts gehört zu haben und sah weiter vor sich hin.

»Hanns«, wendete sich Sven wieder seinem Onkel zu. »Ich glaube nicht, dass Mama das getan hat.«

Hanns-Martin Budde kratzte sich an der Wange, er musste sich äußern und wusste nicht, wie, also versuchte er, das Gespräch in Gang zu halten. »Warum bist du sicher, dass deine Mutter nichts damit zu tun hat?«, fragte er mit tonloser Stimme und räusperte sich.

»Ich weiß nicht, es könnte doch auch ein Unfall gewesen sein … oder ein anderer hat es gemacht?« Sven schaute auf seine Turnschuhe und begann, nervös mit dem Bein zu wippen. Was redete er hier? Das klang ja nach sinnloser Ausflucht, oder als wollte er seinem Onkel unterstellen, selbst etwas mit dem Tod des Großvaters zu tun zu haben.

»Ja, vielleicht war es ein Unfall«, wiederholte sein Onkel den ersten Teil des Satzes und schaute an Sven vorbei auf ein deckenhohes Bücherregal.

»Aber die Kommissarin sagte, es sei eindeutig Brandstiftung gewesen, jemand habe das Haus angesteckt.«

»Ja, das steht wohl außer Frage«, bestätigte Hanns-Martin ruhig. Seit er davon erfahren hatte, war er nicht mehr Herr seiner selbst. Doch seine Schwester hatte ganz offensichtlich das Haus des Vaters in Brand gesteckt, er jedenfalls hegte daran überhaupt keinen Zweifel. Aber es beunruhigte ihn, weil er keine Idee hatte, warum sie das getan hatte. Er hatte oft von seinem Vater gehört, dass sie Tabletten nehme, krank und gestört sei. Er hatte versucht, nicht hinzuhören, wenn sein Vater ihm zuraunte, wie sich die Welt gegen ihn verschworen hatte und Maja alle Fäden in der Hand hielte. Sie profitierte schließlich von ihm. Er hatte sich immer gefragt, ob er irgendeine der Gehässigkeiten seines Vater, die er über andere Menschen und besonders über Maja äußerte, glauben sollte. Sein Vater war nicht nur ihm böse, sondern auch der Schwester. Wie hatte er wohl ihr gegenüber über ihn gesprochen? Sein Vater hatte sich über seine Schwester lustig gemacht, und ihn, seinen Sohn, hatte er verachtet, als unternehmerischen Trittbrettfahrer bezeichnet. Als unternehmerischen Abstauber, ohne eigene Ideen. Er hatte sich das damit erklärt, dass sein Vater es nicht hatte aushalten können, dass er als Sohn auch erfolgreich war, mit einem Motor, den er selbst entwickelt hatte. Dafür hatte der Vater ihn gehasst. Wofür hatte er seine Schwester Maja so verabscheut? Vielleicht waren er und seine Schwester sich viel ähnlicher, als es den Anschein hatte. Der Vater hatte ja wohl eine Ähnlichkeit in ihnen entdeckt, und wenn es die war, dass ihm seine beiden Kinder gleich verhasst waren. Er hätte mit seiner Schwester sprechen sollen, sie hätten miteinander reden sollen. Jetzt gab es keine Möglichkeit mehr dazu.

Sven wurde mit einem Mal hellhörig. Sein Onkel war offenbar nicht bereit anzunehmen, dass seine Mutter unschuldig sein könnte. Er hielt jeden Zweifel für überflüssig. Aber als Bruder kannte er sie nicht so gut wie er. Hätte Hanns nicht, einerlei, was zwischen ihm und seiner Mutter vorgefallen war, ein wärmeres Gefühl für sie haben können und zumindest seine verzweifelte Bitte um Hilfe anhören? Aber sein Onkel schien sich nicht anstecken zu lassen von seinem Eifer.

Warum verdächtigte denn diese Kommissarin nur seine Mutter? Er hatte zudem keinerlei Informationen darüber, was sie ihr genau vorwarfen. Hatte nicht sein Onkel ebenso Grund, seinen Vater zur Hölle zu wünschen? Er hatte sich in den letzten Jahren doch nur noch mit ihm gestritten. Und sein Großvater hatte kein gutes Haar an seinem Sohn Hanns gelassen. Vor drei, vier Jahren war er einmal Zeuge geworden, wie sein Großvater leicht hinkend hinter seinem Sohn herging, als der nach einem Besuch bei ihm aus dem Haus auf seinen Wagen zustürmte. Mit dem Stock in der Hand fluchte er: »Du missgünstiger Tagedieb. Werd erst einmal erwachsen, dann kannst du so mit mir reden!« Damals war sein Onkel mindestens 45 Jahre alt gewesen.

»Du musst ihn doch gehasst haben, oder?«, rutschte es mit einem Mal aus ihm heraus, und schlagartig verkrampfte er sich.

»Was willst du damit sagen?«, fragte sein Onkel.

Vom Flur schien ein leises Quietschen zu kommen. Sven blieb starr.

»Nichts, Hanns, ich will nur sagen, dass Opa … schwierig war.« Er wippte weiter mit seinem Oberschenkel und wartete lauernd auf den nächsten Satz seines Onkels. Leicht vorgebeugt flüsterte er, selbst überrascht von seinen Worten: »Ich hab am Montag ein grünes …«

Sven stockte, weil er in dem Moment wusste, dass er nicht weitersprechen sollte. Er war verwirrt und wunderte sich über sich selbst, dass ihm jetzt hier in diesem Haus der Gedanke an den grünen Sportwagen kam. Vielleicht war es aber auch nur Spinnerei und einfach sein Wunsch, irgendetwas gesehen zu haben. Aber das Gefühl hatte ihn mit einem Mal gepackt, dass ihm das Auto, das er vorgestern hier im Carport gesehen hatte, am Montag auf der engen Straße entgegengekommen war. Bei dem Gespräch mit der Kommissarin im Tal und bei seiner Aussage am nächsten Tag war ihm nicht in Erinnerung gewesen, dass er ein grünes Auto gesehen hatte. Es war belanglos, es waren ihm ja mehrere Autos entgegengekommen. Erst als er gestern fast in den Wagen hineingelaufen war, waren die Bilder in Gang gesetzt worden. Natürlich war er sich nicht sicher, und möglicherweise reimte er sich im Nachhinein in seiner Not irgendetwas zusammen. Aber jetzt schien es ihm fast sicher, dass er diesen am Montag, dem Tag des Brandes, gesehen hatte, als er nachmittags auf dem Weg zu seiner Mutter war und in den kleinen Weg auf die Straße einbog.

Hanns-Martin lauschte auf das Rauschen des Blutes in seinen Ohren. Er war wie erstarrt, und seine Gedanken kreisten darum, wie er das innere Erschrecken vor seinem Neffen verbergen konnte. Er heftete seinen Blick auf ihn, wartend, ob er seinen Satz weiterführte. Aber der zitterte nur weiter mit seinem Oberschenkel.

Ein erneutes Knacken aus dem Flur half Hanns-Martin Budde aus seiner Starre, fast erleichtert wendete er den Kopf zum Flur.

»Ich werde morgen Hauptkommissarin Kluge aufsuchen, um mir selbst ein Bild zu machen.« Und bevor Sven noch etwas sagen konnte, war er aufgestanden und hatte damit die Unterredung beendet.

Sven erhob sich unsicher und folgte seinem Onkel in den Flur, voller Furcht, dessen Partner gegenüberzustehen. Aber der war nicht zu sehen, der Flur war dunkel, und Sven hoffte, dass er sich geirrt hatte.

»Bleiben wir in Kontakt?«, fragte Sven unsicher. Das ganze Gespräch hatte nichts gebracht, im Gegenteil, er hatte wahrscheinlich mit seiner unbedachten Äußerung alles noch schlimmer gemacht.

Hanns-Martin Budde nickte und fragte sich, wie er es schaffen konnte, diesen Jungen loszuwerden, ohne ihm allzu schroff zu begegnen. Aber er fühlte sich unwohl in der Gegenwart seines Neffen und schuldig, weil er der Letzte war, der ihm helfen konnte.

15. KAPITEL

»Nein, wir kommen zu Ihnen raus«, insistierte Johanna Kluge, und Jakob Besser nickte anerkennend. Sie schaffte es, und das bewunderte er, ohne alle Schärfe eine Bestimmtheit in ihren Ton zu legen, der deutlich machte, dass sie keinen Widerspruch duldete.

»Er wollte uns auf den frühen Abend vertrösten«, sagte Johanna, als sie auflegte, »dabei müsste Budde junior doch ein wenig interessiert sein, was mit seiner Schwester los ist und jetzt mit ihr geschieht.«

Sie hatte die Pressekonferenz gut hinter sich gebracht und sich vor dem nächsten Schritt noch einmal mit Jakob Besser und Cora Schönhaus in ihr Büro zurückgezogen. Die Staatsanwältin hatte Johanna den größten Brocken abgenommen, und sie hatte lediglich zu ein paar Details Stellung nehmen müssen. Der Raum im Polizeipräsidium am Wall war überfüllt und die Luft trotz der späten Jahreszeit stickig gewesen.

Cora Schönhaus hatte nicht die gleichen Vorbehalte wie sie. Mit energischer Stimme hatte sie erzählt, dass eine Verhaftung vorgenommen worden sei. Sie zeigte keinerlei Zweifel und hatte Johanna im Vorgespräch deutlich gemacht, dass diese Frau Maja Budde aller Wahrscheinlichkeit nach schuldig war, vor allem, da sie offenbar sehr glaubhaft dargelegt hatte, wie sie den Tatort in Brand gesetzt hatte.

»Das schien Ihnen doch auch absolut glaubwürdig«, bestätigte Cora Schönhaus noch einmal und nahm einen Becher Tee von Jakob Besser entgegen, der sich anschließend an die Wand lehnte. Cora Schönhaus saß Johanna gegenüber auf dem Besucherstuhl. »Dass sie weniger aussagefreudig zur

Tötung des Vaters ist, kann doch durchaus ihrer Scham über die Tat geschuldet sein.« Sie nahm einen Schluck vom Tee: »Meine Güte, ist der gesund«, dröhnte sie. »Wie wär's mal wieder mit einem schönen Glas Prosecco, Frau Kluge? Die Tage sind noch warm, und Sie sollten wirklich noch mal versuchen, ein bisschen zu putten und hinterher im Clubhaus mit mir den Abend genießen.« Sie grinste Jakob Besser an. »Der abstinente Kollege könnte uns anschließend abholen.«

Johanna hatte vor einigen Monaten schon einmal eine Einladung der Staatsanwältin zum Golf angenommen, aber dieser eine Versuch hatte das Feuer für diese Form der Freizeitgestaltung bei ihr nicht entfacht.

»Wenn wir den Fall abgeschlossen haben, buche ich einen Wochenendkurs«, versprach sie. Cora Schönhaus hatte Johanna Kluge gegenüber deutlich gemacht, dass sie nach der augenblicklichen Sachlage keinen Grund sah, die Ermittlungen noch weiter zu führen. Da sie aber Johanna Kluges Menschenverstand und ihrem Einfühlungsvermögen vertraute, unterstützte sie sie. Johanna hatte ihre Vorbehalte, die sie gegenüber dem Geständnis von Maja Budde hatte, so leidenschaftlich vorgetragen, dass sich die Staatsanwältin der Argumentation nicht hatte verschließen können. Das Täterwissen, das die Frau von sich gab, sei doch viel zu dünn, als dass sie ernsthaft annehmen konnten, dass sie es wirklich gewesen war. Zudem seien die Kollegen Niederbäumer und Glowitz immer noch unterwegs in der Gegend des abgebrannten Hauses, um mögliche Zeugen zu suchen, die vielleicht doch eine Person oder zumindest ein Auto gesehen hätten. Johanna erhoffte sich einiges davon. Wie oft machten Menschen Beobachtungen, die ihnen auf den ersten Blick nicht bedeutsam vorkamen.

»Okay, wie Sie wollen«, schloss die Staatsanwältin das Thema ab. »Meinen Segen haben Sie. Wenn Sie meinen, klopfen Sie dem Bruder noch mal ordentlich auf die Finger.«

»Der Sohn der Angeklagten hatte durchaus auch Motiv und Gelegenheit«, ergänzte Jakob und stützte sich nun mit einem angewinkelten Bein an der Wand ab.

Seit diesem Morgen lagen die Bewegungsdaten von Sven und Hanns-Martin Budde vor. Sven Budde war tatsächlich, wie er sagte, um halb vier in dem Tal gewesen, sein Handy war beim entsprechenden Handymast eingeloggt gewesen, und auch die weiteren Daten belegten, dass er um 17.30 Uhr wieder zurück war in Osnabrück.

»Es ist doch für uns als Ermittlungsbehörde ein enormer Vorteil, dass die jungen Leute überall erreichbar sein wollen, selbst wenn sie Sport machen oder auf ihrem Mountainbike unterwegs sind. Für uns sind sie überall überprüfbar.« Cora Schönhaus nahm einen weiteren Schluck vom Tee und verzog angewidert den Mund. »Ne, Besser, damit könnten Sie bei mir nicht landen.«

Jakob setzte das Bein wieder auf den Boden und verneigte sich entschuldigend: »Für Hanns-Martin Budde dagegen haben wir keine Bestätigung. Er war nicht eingeloggt in der Nähe des Tatorts. Seine Angaben können wir auf diese Weise also weder bestätigen noch widerlegen. Abgesehen davon, dass die ganzen Wirtschaftsköpfe des Osnabrücker Raums mit ihm zusammen waren, als sein Vater in Flammen aufging.«

Cora Schönhaus kippte den letzten Rest des lauwarmen Tees in sich hinein, schüttelte sich, als habe sie einen Becher Hustensaft getrunken, und stellte den Becher vernehmlich auf dem Schreibtisch ab.

»Das grundsätzliche Problem bei der Sache ist ja wohl, dass es kaum nachvollziehbar ist, dass irgendjemand, wer auch immer – und sei es irgendein Jemand, der zufällig vorbeikommt – Budde erschlägt, und dann nimmt ihm Maja Budde die Mühe ab, den Tatort abzubrennen.« Cora Schönhaus stand auf und ging zur Tür.

Johanna Kluge nickte ihr zu und seufzte, genau das war das Problem, aber sie war anders als die pragmatische Staatsanwältin der Ansicht, dass die Menschen von Motiven getrieben werden, die mit Vernunft wenig zu tun haben. Es war sinnlos, sich manchen Taten mit rationalen Erklärungsversuchen zu nähern. Und Maja Budde wirkte auf sie alles andere als von vernünftigen Motiven geleitet. Sie seufzte noch einmal.

»Wir werden schon dahinterkommen, was diese Familie auseinandergetrieben hat«, sagte sie und hob die Hand, um Cora Schönhaus zu verabschieden.

»Ciao, Frau Kluge, ciao, Herr Besser! Das nächste Mal kommen Sie zu einem anständigen Kaffee in mein Büro.« Sie winkte den beiden freundlich zu und schloss die Tür. Bevor Jakob den freigewordenen Stuhl einnehmen konnte, stand Johanna jedoch auf.

»Bevor wir zu Budde fahren, muss ich noch einmal mit Maja Budde sprechen. Gestern wollte sie zu den Einzelheiten der Tat nichts mehr hinzufügen. Vielleicht ist sie heute gesprächiger, nachdem sie mit ihrem Anwalt gesprochen hat.«

Jakob schnitt ihr mit einem Schritt den Weg ab und riss ihr die Tür auf. »Ich mache den Schreibkram, wenn's genehm ist, und hol schon mal den Wagen.«

Johanna Kluge drohte ihm spöttisch mit der erhobenen Hand und eilte den schäbigen 70er-Jahre-Flur der Polizeiinspektion entlang.

*

Maja Budde saß ihr heute im Verhörraum gegenüber, sie trug einen eng anliegenden schwarzen Rollkragenpulli, den sie gestern eingesteckt hatte, und wirkte mit ihrer Blässe noch zerbrechlicher. Das kalte blaue Licht ließ ihre Haut durchsichtig erscheinen. Sie hatte ihre kinnlangen Haare hinter die Ohren geschoben, was sie noch schmaler machte.

Johanna Kluge schluckte, als sie sie so sah, und wappnete sich gegen ihr Mitleid.

»Guten Morgen, Frau Budde.«

»Guten Morgen«, antwortete Maja Budde und sah sie offen an.

Johanna setzte sich ihr gegenüber und erklärte, dass sie heute in die Untersuchungshaft nach Lingen überführt werde, und sie noch ein paar Dinge mit ihr erörtern wolle, die die Tat beträfen. Maja Budde hatte ihr auf ihre telefonische Nachfrage am frühen Morgen versichert, sie wolle keinen Anwalt bei dem Gespräch dabeihaben. Ja, da sei sie sich ganz sicher.

»Frau Budde, *warum* haben Sie Ihren Vater erschlagen?«

Maja Budde streckte sich und setzte sich aufrechter hin. Da man ihr die Armbanduhr abgenommen hatte, umkreisten ihre Finger jetzt die kleine runde Stelle am Handgelenk, an der der Abdruck, den die Uhr hinterlassen hatte, noch sichtbar war.

»Ich weiß es nicht.« Sie blieb ruhig, ihr Blick war auf die Mitte des Tisches gerichtet. »Gibt es denn überhaupt einen hinreichenden Grund, der meine Tat erklären könnte?«

Johanna Kluge war verblüfft, hier saß eine andere Frau als gestern. Die Maja Budde, die ihr gestern gegenübergesessen hatte, war fahrig und eher verwirrt. Diese Maja Budde war aufmerksam und wirkte völlig klar. Die Formulierung erinnerte sie an Jakob Besser, und sie bedauerte, dass der Kollege ausgerechnet jetzt Formalitäten erledigte und nicht bei ihr war. Aber er würde das Verhör auf Band nachhören können.

Maja Budde fühlte sich heute Morgen ausgeschlafen und sicher. Dabei hatte sie in der Nacht, nachdem sie die Tablette genommen hatte, kaum länger als drei, vier Stunden oberflächlichen Schlaf gefunden. Sie war in Gedanken immer wieder und wieder den Tag durchgegangen. Sie hatte nicht nachgedacht, als sie das Feuer gelegt hatte, aber sie hatte in diesem Moment gewollt, dass all das, was sie dort sah, nicht mehr da sein sollte. Das war für sie so selbstverständlich, dass sie überzeugt war, auch die Kommissarin würde sie verstehen. Aus diesem Grund war sie an diesem Morgen außergewöhnlich gefasst.

»Ich wollte nur, dass alles endlich ein Ende hat«, sagte sie daher konsequenterweise.

»Womit haben Sie Ihren Vater erschlagen?« Johanna lehnte sich zurück und wunderte sich über den klaren Blick der Frau.

»Mit seiner Statue, seinem Preis für den erfolgreichsten Jungunternehmer.« Maja Budde sah Johanna Kluge direkt an, und Johanna schien, als lächle sie unmerklich.

Sie hatte erwartet, dass Maja Budde zu diesen Details erneut keine Angaben machen würde. Gerade eben hatte sie diese Erwartungen Cora Schönhaus mit Verve vorgetragen. Maja Budde sei ihrer Ansicht nach, was diese Tat betraf, so verschlossen, weil sie es möglicherweise nicht war. Deshalb konnte Johanna ihre Verblüffung über diese knappe Information kaum verhehlen und spürte, wie sich Enttäuschung in ihr breitmachte. Sie hätte nicht damit gerechnet, dass Maja Budde irgendetwas zur Sache aussagen würde.

Nach der Spurenlage gab es am Brandort keinen Gegenstand, mit dem die Tat hätte ausgeführt worden sein. KTU-Meyer hatte nicht nur am unmittelbaren Brandzentrum nichts gefunden, sondern auch nicht in den anderen weniger stark verbrannten Stellen des Wohnbereichs. Dr. Schmitthals hatte im Obduktionsbericht festgehalten, dass der Schlag, der gegen Budde geführt worden war, mit großer Wucht und mit einem Gegenstand mit einer wahrscheinlich metallenen Kante geführt worden war. Der Tatort war ja sozusagen durchgesiebt worden, und er wurde nach wie vor von einem Sicherheitsdienst bewacht, damit gegebenenfalls noch weiterermittelt werden konnte. Ein zu dieser Verletzung passendes

Stück war ihnen einfach nicht untergekommen. Metall wäre nicht geschmolzen.

»Welche Statue bitte? Beschreiben Sie sie.« Johanna fühlte Ungeduld in sich aufsteigen.

Maja Budde lächelte traurig und schloss die Augen. »Es ist eine stilisierte weibliche Figur aus Bronze, auf eine Platte aufgeschraubt. Die Inschrift lautete: ›Walter-Hermann Budde. Erfolgreichster Jungunternehmer 1978. Bundesverband der deutschen Industrie‹.«

Johanna sah die Statue vor sich. Aber sahen nicht alle Trophy-Statuetten ähnlich aus? Meist waren es weibliche Figuren, die den Preis für den meist männlichen Sieger symbolisierten. Dieser Gedanke war ihr erst vor ein paar Tagen durch den Kopf geschossen, als sie hinter Hanns-Martin Budde im Regal die schlanke Skulptur aus Glas und Holz sah, ebenfalls eine stilisierte weibliche Gestalt.

»Haben Sie sie mitgebracht?«, fragte Johanna kurz. Und weil Maja Budde sie verständnislos ansah, fügte sie an: »Hatten Sie sie in der Hand, als Sie zu Ihrem Vater nach oben stiegen?«

Maja Budde verzog den Mund. »Nein. Diese Statue stand hinter meinem Vater im Regal. Er hat sie uns oft gezeigt.« Sie legte erneut akkurat ihre Hände übereinander.

»Wer ist *uns*?«

Maja Budde entspannte ihren Mund wieder. »Alle. Ich, mein Bruder, mein Sohn. Wenn er unzufrieden mit uns war, hat er sie uns gezeigt.« Sie senkte den Blick. »Und er war oft unzufrieden.«

Zum Tathergang erklärte Maja Budde, dass sie an diesem Nachmittag in der Absicht, frische Wäsche zu bringen, das Haus ihres Vaters betreten habe. Sie habe ihn unten nicht gehört und daher die Wäsche auf den Badewannenrand gelegt. Dann sei sie, um nach ihm zu sehen, zur Hiele hinaufgestiegen, weil er sich dort am liebsten aufhielt. Ihr Vater hatte schon viel getrunken und sie beschimpft, als sie nach seinem Befinden gefragt habe. Er habe sie eine Schlampe genannt, die nichts weiter wolle als sein Geld.

»›Du wartest doch nur darauf, dass ich tot bin‹, hat er gesagt. Da habe ich die Skulptur genommen und ihm über den Schädel geschlagen.« Maja Budde straffte ihre Schultern und sah Johanna mit leicht vorgerecktem Kinn an, das die Ähnlichkeit mit ihrem Sohn mit einem Mal deutlich werden ließ. Sie hatte sicherlich Zeiten gegeben, in denen sie mehr Energie gehabt hatte, eine Energie, die sie jetzt aktivierte.

Johanna Kluge erwartete nicht, dass Maja Budde den Dialog in allen Einzelheiten wiedergeben würde, denn dass dieser Dialog so oder so ähnlich immer wieder stattgefunden hatte, daran zweifelte sie nicht. Sie sah der Frau an, dass sie diese Worte wieder und wieder von ihrem Vater gehört hatte, und sie erkannte auch ihren Schmerz darüber.

»Sie waren sehr wütend?«

»Ja. Ich habe mit aller Kraft, die ich hatte, zugeschlagen.« Erneut schob sie das Kinn vor. »Ja. Ich war sehr, sehr wütend.«

Johanna lehnte sich zurück und versuchte, ihre Skepsis deutlich zu zeigen. Das schien ihr zu aufgesagt, zu flott abgespult.

»Sie haben also an diesem Tag, weil Ihr Vater etwas sagte, dass er Ihnen so oder ähnlich seit Jahren vorwirft, die Statue aus dem Regal genommen und damit auf seinen Kopf geschlagen?«

Maja Budde hatte den Blick gesenkt und nickte: »Ja, so war es. Auch wenn Sie es nicht glauben wollen. Irgendwann ist es zu viel und man kann es nicht mehr ertragen.« Sie schaute wieder auf.

»Frau Budde, warum war Ihr Vater so verbittert?«

Maja Budde, die den Mord an ihrem Vater ungerührt dargelegt hatte, als wenn sie diese Geschichte nicht mehr berührte, stiegen die Tränen in die Augen.

»Ich weiß es nicht.« Langsam legte sie die Hände übereinander, und die Tränen rollten ihr über die Wangen. Sie flüsterte. »Er hat mich einfach nicht gemocht.«

»Er hat Sie zu seiner Alleinerbin eingesetzt. Ist das nicht ein Zeichen von Zuneigung?«

Maja Budde zog die Lippen wieder zu diesem verkniffenem Lächeln zusammen, das sie älter aussehen und das elegisch Zarte mit einem Schlag verschwinden ließ. Es machte sie grau und verhärmt.

»Er hat es nicht aus Zuneigung zu mir gemacht, sondern um Hanns-Martin zu kränken.« Sie begann wieder mit ihrem Finger über das Zifferblatt der Uhr, die sie nicht mehr trug, zu kreisen. »Er hat es vielleicht auch gemacht, um Zwietracht zu säen.«

Als Johanna Kluge an der Tür der Zelle stand und sich noch einmal zu Maja Budde umdrehte, sagte diese: »Das ist ihm gelungen.«

16. KAPITEL

Dieses Mal erhob sich Martin Klausemann unmittelbar, als sie in der Tür erschienen, von seinem Platz hinter dem Marmortresen im Empfang der Firma BudSol und begrüßte sie mit einem Kopfnicken. Die Anzeigetafel informierte darüber, dass in dieser stabilen spätsommerlichen Wetterlage immerhin noch laue 22 Grad Außentemperatur herrschten, die Energiegewinnung durch die Solaranlage bei 320 Kilowattstunden lag und es Viertel nach zwei war. Das offene Treppenhaus war lichtdurchflutet, die Sonne stand über der dreieckigen Dachkonstruktion hinter einem dünnen Schleier aus Dunst, der sich an diesem Tag nicht verziehen wollte.

Martin Klausemann stieg ohne Umschweife vor ihnen die Treppe hinauf, was Besser mit einem anerkennenden Kopfnicken bedachte. Bei ihrem ersten Besuch hatte er ihnen noch angeboten, den Fahrstuhl zu nehmen. Dieser Klausemann war höchst aufmerksam.

»In diesem Gebäude ist man immer über die Wetter- und Klimalage im Bilde«, meinte Johanna Kluge zu Jakob, »nicht nur durch die Anzeigetafeln hier in der Halle, auch durch den Blick in den Himmel.« Ihr gefiel das Gebäude.

»Außerdem wird das Klima im Innenraum energiegünstig gesteuert, indem das Licht optimal genutzt wird«, ergänzte Martin Klausemann mit einem kurzen Blick über die Schulter, ohne seinen Schritt zu verlangsamen. Er verhehlte seinen Stolz auf die Firma nicht.

Im dritten Stock führte er sie, obwohl sie den Weg kannten, weiter über die Galerie zum Büro von Hanns-Martin

Budde. Er hatte sie nicht telefonisch angekündigt, sondern klopfte jetzt an die Tür und öffnete sie im gleichen Moment.

»Frau Hauptkommissarin Kluge und Herr Oberkommissar Besser für Sie«, sagte er, ließ die beiden eintreten und schloss die Tür.

Hanns-Martin Budde saß an seinem Schreibtisch und hob den Kopf, als würden sie ihn bei einer wichtigen Arbeit stören. Er hat sich voll unter Kontrolle und diese Begrüßung inszeniert, um uns zu signalisieren, dass er entspannt ist, analysierte Johanna Kluge diese Situation und fragte sich, welche Anspannung er überdecken wollte. Machte er sich Sorgen um seine Schwester? Dabei stellte sich die Frage, ob er überhaupt genau im Bilde darüber war, was seit gestern Morgen vorgefallen war. Oder wollte er eine andere Blöße überdecken? Diese zur Schau getragene Gelassenheit erweckte bei ihr den gegenteiligen Eindruck.

»Herr Budde«, begann Johanna Kluge direkt, nachdem sie alle drei auf den Rattansesseln in der Besprechungsecke Platz genommen hatten, »erläutern Sie uns noch einmal im Detail, wie Sie den Tag des Brandes verbracht haben.«

Jakob hatte sein Notizbuch gezückt und nahm demonstrativ seinen Kugelschreiber in die Hand.

Budde zupfte an seiner Oberlippe. Diese Frage hatte er nicht erwartet. Er stand auf und ging an das Fenster, durch das man über die Dächer der Produktionshallen blickte.

»Das habe ich doch schon gesagt. Ich war von halb acht bis halb drei hier in der Firma. Dann habe ich mich zu Hause auf einen Termin bei der Wirtschaftsförderung der Stadt vorbereitet. Das Meeting war ungefähr von halb fünf bis sechs, anschließend habe ich mit den Herren der Wirtschaftsförderung noch gemeinsam etwas gegessen.«

Johanna hatte kein überragendes Gedächtnis, aber was den Klang der Worte anging, blieb ihr die Melodie im Ohr, und mit genau denselben Worten hatte er ihr seinen Tag bereits beim ersten Mal geschildert. Ihm musste an diesem Wortlaut sehr gelegen sein.

»Pflegen Sie Ihre beruflichen Termine in der Regel zu Hause vorzubereiten?«, fragte Jakob Besser und lächelte manieriert. Johanna warf ihm einen tadelnden Blick zu.

Budde, der sich wie beim ersten Gespräch nur Johanna Kluge zugewandt hatte und Besser auszublenden schien, zeigte unverhohlen seine Überraschung, dass Besser das Wort an ihn richtete, und zuckte mit den Achseln.

»Ich zum Beispiel bereite mich für Vorträge dort vor, wo das Material liegt, das ich brauche«, ergänzte Besser, machte aber gleich deutlich, nicht weiter insistieren zu wollen, indem er sein Notizbuch nahm und etwas niederschrieb.

»Sie haben recht«, stimmte Budde ihm nun zu. »In der Regel arbeite ich hier in meinem Büro, aber am Montag war mir ein wenig flau, und ich habe die Gelegenheit genutzt, mich vor dem Termin zu Hause noch eine halbe Stunde hinzulegen.«

»Den Vortrag, den Sie am Montagnachmittag gehalten haben, haben Sie doch sicher als Powerpoint-Präsentation?«, fragte Johanna Kluge.

Statt einer Antwort verließ Budde die Fensterbank, ging zum Schreibtisch und öffnete eine Schublade. »Selbstverständlich, wenn es Sie interessiert, ich habe noch einen Ausdruck.« Er nahm ein schmales mit Spiralheftung gebundenes Heft und reichte es ihr.

Johanna Kluge blätterte es kurz durch, es umfasste den Ausdruck von circa 30 Folien, und sie konnte nicht umhin, sich vorzustellen, wie langweilig doch auch dieser Mann sein erfolgreiches Unternehmen verkaufte, indem er das Auditorium mit Folien malträtierte, von denen er wahrscheinlich viel zu viel Text ablas.

»Das haben Sie aber nicht alles in eineinhalb Stunden gemacht, nehme ich an?«, warf Jakob ein und erntete damit einen kurzen Seitenblick von Hanns-Martin Budde.

»Nein«, richtete der seine Antwort an Johanna Kluge, »selbstverständlich ist dieser Vortrag fertig und wird lediglich von mir je nach Zielgruppe aktualisiert.«

Johanna Kluge sagte nichts weiter zu diesem Thema, war sich aber nach dieser kurzen Sequenz sicher, dass er sich zu Hause auf keinen Fall auf diesen Vortrag hatte vorbereiten müssen. »Hat Sie eigentlich jemand gesehen, als Sie nach Hause fuhren?«

Johanna wunderte sich, dass er auf diese Frage nicht stärker in Opposition ging, aber sie hatte schon bei ihren ersten Gesprächen den Eindruck gewonnen, dass er ein nachgiebiger Mensch war. Schließlich lag der Zeitpunkt des Brandes eindeutig fest, und es war absolut sicher, dass er diesen Vortrag dort gehalten hatte.

»Ist es nicht einerlei, ob mich jemand zwei Stunden vorher gesehen hat?«, widersetzte sich Budde nun doch. »Ich habe das Haus meines Vaters erwiesenermaßen nicht angesteckt.« Auch er reckte sein Kinn nun unmerklich vor, ein Familienkennzeichen.

»Da haben Sie recht, aber Ihr Vater kann doch durchaus ein oder zwei Stunden vor dem Brand getötet worden sein.« Johanna Kluge schaute ihn so lange unverwandt an, bis er aufstand und zum Fenster ging. Die Stille im Büro ließ mit einem Mal alle Geräusche des Bürogebäudes hören und das Ticken einer Bauhausuhr, die neben der Statue aus Holz und Glas im Regal hinter dem Schreibtisch von Budde stand.

»Sie lieben schöne Dinge«, sagte Johanna Kluge in seinen Rücken hinein und stand ebenfalls auf. Sie ging zum Regal und betrachtete die Skulptur eingehend. Es war eine sich nach oben reckende stilisierte weibliche Gestalt aus Flexiglas, deren Beine aus einem geölten Holz wuchsen, das auf einer fünf Millimeter dicken Platte aus gebürstetem Stahl befestigt war.

Budde hatte sich umgedreht und beobachtete sie.

»Ich darf doch?«, fragte Johanna, und ohne seine Antwort

abzuwarten, packte sie die Figur an dem ovalen Kopf und hielt sie, die Metallplatte nach oben gerichtet in der Hand. »Eine gefährliche Waffe.«

Budde ließ die Augen nicht von ihr und rührte sich nicht. Sein Adamsapfel zuckte über dem Rand des schwarzen Rollkragens. Er lehnte den Kopf leicht in den Nacken, schloss die Lider für einen kurzen Moment und sog die Luft durch die Nasenlöcher. Es war deutlich, dass er darüber nachdachte, ob und was er sagen sollte.

Johanna Kluge ließ die Skulptur langsam nach unten sinken und hielt sie nun wie eine Keule in der Hand. »Sie liegt nicht schlecht in der Hand«, meinte sie und schwenkte die Figur leicht hin und her.

Budde stand an der Fensterbank und schaute auf ihre Hand. Er hatte sich offensichtlich dazu entschieden, nichts zu sagen.

Sie ging an seiner Seite des Schreibtischs vorbei und stellte die Figur wieder an ihren Platz. »Hatte Ihr Vater nicht eine ganz ähnliche Figur«, fragte sie und wendete sich ihm zu.

»Ja.«

»Wir haben sie nicht gefunden«, sagte sie.

»Wahrscheinlich ist sie verbrannt«, sagte Hanns-Martin Budde trocken und schluckte. »Was wollen Sie eigentlich damit andeuten?«, rang er sich nun zu einem etwas schärferen Ton durch und zuckte mit den Schultern.

»Nichts, Herr Budde. Wir suchen nur nach der Tatwaffe.«

Er verzog nun den Mund abfällig zu einem angedeuteten Grinsen, und Johanna Kluge meinte, einen Zug der Erleichterung wahrnehmen zu können.

»Sie können die Figur gern mitnehmen.« Er zuckte mit den Achseln und schaute tatsächlich auf Jakob Besser, der sich eifrig Notizen machte. »Sie nehmen doch nicht ernsthaft an, dass mein Vater mit dieser Skulptur erschlagen worden ist.«

»Nein. Nicht mit dieser.« Johanna versuchte, sein Gesicht zu beobachten, aber er wendete sich ab und blickte über die Produktionshallen.

»Wie furchtbar«, hörte sie Hanns-Martin Buddes Stimme. »Wie furchtbar ist das alles.«

Jakob Besser legte seine Notizbuch auf die Knie und machte ein fragendes Gesicht. Sie machte ihm jedoch ein Zeichen, sitzen zu bleiben, und näherte sich dem unverwandt aus dem Fenster starrenden Mann von hinten. Als sie ihm die Hand auf die Schulter legte, drehte er sich um, ohne dass er zusammenzuckte. Sein Blick schien ihr ein wenig verschleiert.

»Hat Sie jemand gesehen, als Sie die Firma verlassen haben?«

Budde straffte sich, er schien wütend, getäuscht von ihrer sanften Berührung. »Selbstverständlich, Klausemann hat mich sicherlich gesehen.«

In diesem Moment wurde die Tür des Büros aufgerissen. Der Mann, mit dem Budde zusammenwohnte, blieb mit der Hand auf der Klinke stehen.

»Entschuldigung«, sagte er mit einem Ton, der deutlich machte, dass er nicht der Meinung war, dass sein Eintreten irgendeiner Entschuldigung bedürfe. Er schien außer Atem zu sein.

Budde zog sich wie ertappt aus der Nähe Kluges zurück und fuhr seinen Partner leise und angespannter Stimme an: »Was soll das? Wieso kommst du hierher?«

»Ich habe dir vier SMS geschickt, dass ich komme. Wenn du dein Handy ab und zu mal anmachen würdest, wüsstest du das.« Er wandte sich nun mit einer angedeuteten Verbeugung in Richtung Kluge und Besser: »Wir hatten ja bereits das Vergnügen. Dirk Kolbe.«

Johanna Kluge imitierte Kolbes Verbeugung und verneigte sich in Richtung Hanns-Martin Budde: »Wir wollen nicht weiter stören, Herr Budde. Auf Wiedersehen, Herr Kolbe«, verabschiedete sie sich. Jakob packte sein Notizbuch hastig in seine Aktentasche und schaffte es gerade noch, gleichzeitig mit ihr an der Tür zu sein.

Er schloss die Tür hinter sich und eilte neben ihr her. »Also, Herrin, vielleicht könntet Ihr Eure Domestiken vor Verdächtigen nicht so vorführen.« Er war in der Tat ärgerlich.

»Du hältst Budde für verdächtig?«, fragte sich ihn, während sie, ihren Schritt verlangsamend, die Treppe hinunterstieg. Das Handy in ihrer Jackentasche meldete eine eingehende SMS.

»Na, weshalb sind wir denn sonst hier?«

Johanna kratzte sich hinter dem Ohr. »Ja, ich weiß nicht. Ich glaube einfach nicht, dass das Geständnis von Maja Budde stichhaltig ist. Das ist alles.« Eine weitere SMS ging ein, und Johanna dachte, dass dieser Tag sich nicht so schlecht anließ. Der flüchtige Gedanke an einen in Reichweite liegenden schönen Abend kam in ihr auf.

Sie waren am Fuß der Treppe angekommen. Martin Klausemann blickte von seinem Bildschirm hoch und lächelte sie an.

»Welcher der Wagen gehört denn Hanns-Martin Budde?« Hinter der bis auf den Boden reichenden Glasscheibe im Hintergrund des Empfangstresens war ein großer Parkplatz, an dessen vorderer Seite eine kleine Ausbuchtung für sieben Wagen vorgesehen war. Hier parkten mehrere größere Wagen, die mit Sicherheit Firmenwagen waren.

»Der dunkelblaue 7er«, antwortete Klausemann und wartete, ob die Kommissarin noch etwas wissen wollte. Aber die hatte sich schon bedankt und ging zum Ausgang. Der lange Kommissar rannte ihr hinterher.

An der breiten Eingangstür drehte sie sich unvermittelt um, und der überraschte Jakob musste abrupt bremsen: »Und mit welchem ist …«, sie gab vor, nach dem Namen zu suchen, »Herr Kolbe hier.«

»Der da!« Martin Klausemann zeigte auf einen kleinen grünen Sportwagen, der drei Plätze entfernt stand, und verzog die Miene unmerklich.

Kann es sein, dass er eifersüchtig ist?, schoss es Johanna durch den Kopf. Aber waren das nicht die Gefühle, die alle in der Welt umtrieben? Warum sollte dieser attraktive Mitarbeiter eines gut gehenden Unternehmens nicht ein Auge auf den Chef geworfen haben. Sie dachte an John von dem Bruche, und mit einem Mal fürchtete sie sich davor, irgendwann auch wieder in solche Gefühlslagen zu geraten. Mit solchen sinnlosen Gedankenspielen kann man auch Beziehungen verhindern, wenn man sich schon vor möglichen Gefahren fürchtet, bevor das Abenteuer überhaupt richtig angefangen hat, warf sie sich vor und eilte vor Jakob her.

*

»Darf ich fahren?«, fragte Jakob Besser ein bisschen schnippisch.

»Wie du willst.« Johanna war es einerlei, dass Jakob damit andeuten wollte, dass er sich wie ein Lakai behandelt fühlte und dementsprechend jetzt die Rolle *Chauffeur* spielte.

Sie schmiss sich auf den Beifahrersitz und zückte ihr Handy. Die erste SMS war interessant, sie war von ihrem Sohn Stefan, der ihr mitteilte, er sei gut in Galizien angekommen.

»Sind Semesterferien?«, fragte sie Jakob. Sie war über den Rhythmus der Universitätsferien nicht mehr so genau im Bilde.

»Ja, wieso?«

»Na, du musst es doch wissen, schließlich promovierst du.« Sie grinste ihn an. »Nein, kein Quatsch. Stefan ist in Nordspanien. Ich habe gar nicht gewusst, dass er Ferien hat und wegwollte.« Sie machte sich also weniger Sorgen um ihn, als sie immer vermutete, denn wenn es so wäre, hätte sie schließlich behalten, welche Pläne ihr Sohn hatte. Sie war zufrieden mit sich, dass sie keine allzu nervende Mutter war.

Die andere Nachricht versetzte ihr einen Schlag in den Solarplexus: *wie lange sollte man warten? JvdB*

»Gute Nachrichten?« Jakob schaute sie mit hochgezogener Braue an.

»Guck auf die Straße.« Sie steckte das Handy wieder in ihre Tasche und sinnierte über die Frage. Beim Einatmen kribbelte die Haut auf ihrem Bauch. Als sie am Bahnübergang in Vehrte auf den Intercity von Osnabrück nach Bremen warten mussten, zog sie das Handy aus der Tasche und simste: *gute frage*

»Das war wirklich eine gute Nachricht«, stellte Jakob fest.

»Ich denke schon.«

»Ja, wenn man dich so betrachtet.«

Johanna ließ das beseelte Lächeln von ihrem Gesicht verschwinden und sah desinteressiert aus dem Fenster. Sie wusste, dass es zwecklos war, das Thema zu wechseln, aber sie tat so, als könne sie es doch.

»Du hast recht. Wir sollten Sven Budde noch einmal etwas genauer unter die Lupe nehmen.«

Der Zug rauschte vorbei. Sven Budde war mehrfach am Tatort gewesen, und es könnte auch mehr als nur die Sorge um die Mutter gewesen sein, die ihn dahin trieb. Vielleicht hatte er sich, um sie zu schützen, zu irgendeiner Gewalttat hinreißen lassen.

»Ach«, seufzte Johanna, als sich die nächste SMS in ihrer Tasche bemerkbar machte. Da sie Jakob gegenüber ohnehin nichts mehr verheimlichen konnte, zog sie ihr Smartphone ohne zu zögern heraus und las: *sollten wir intensiv erörtern*

Und weil sie mit einem Mal das Gefühl hatte, es habe überhaupt keinen Sinn, noch länger zu warten, als sie es ohnehin getan hatte, war ihre fragende Antwort: *heute?* schon abgeschickt, bevor sie wirklich nachgedacht hatte.

Dass John von dem Bruche unmittelbar mit *ja* antworten würde, dessen war sie sicher. Sie schaute aber trotzdem auf das Display, als das Handy vibrierte, weil *ja* zu lesen, ihr durch Mark und Bein ging.

17. KAPITEL

Hanns-Martin Budde wartete, bis sich die Tür hinter Kommissarin Kluge geschlossen hatte, und versuchte gleichzeitig, seine Atmung unter Kontrolle zu bekommen. Er musste an sich halten, Dirk nicht anzufahren, der so völlig ohne Vorwarnung hereingeplatzt war. Er fühlte sich von allen, auch von Dirk, verraten und hatte das Gefühl, so allein mit allem zu sein, dass er schreien könnte. Er musste all seine Kräfte zusammennehmen, um die Fassung nicht zu verlieren, und Dirk hatte nichts Besseres zu tun, als ihn unter Druck zu setzen, indem er hier auftauchte.

»Warum bist du nicht in deinem Laden?«, versuchte er, in gelassenem Ton vorzubringen, und hörte sofort, dass ihm das nicht gelungen war. Seine Stimme war gepresst.

»Ich sorge mich um dich«, antwortete Dirk pikiert. »Ich war nicht im Laden heute.« Er näherte sich ihm und legte ihm die Hand auf die Schulter.

Hanns-Martin entzog sich mit einer schnellen Bewegung, bevor er ihn umarmen konnte, und ging hinter seinen Schreibtisch. »Bitte, Dirk, was willst du, verdammt noch mal, hier?«

Er fühlte, wie es ihn regelrecht aggressiv machte, dass Dirk einfach tat, als sei es selbstverständlich einfach in sein Büro hereinzuplatzen. Seine Konzentration, die er für die ganze Situation hier aufbringen musste, zehrte an seinen Kräften, und er hatte keine Energie mehr, obendrein noch Fürsorge zu ertragen.

»Hanns-Martin, was denkst du eigentlich? Ich sorge mich um dich, das ist alles.«

Hanns-Martin sah ihm an, wie gekränkt er war. Nicht nur erst seit gestern. Gestern Abend hatte Dirk, unmittelbar nachdem Sven gegangen war, wissen wollen, was der eigentlich von ihm gewollt hatte. Dirk hatte zwar gelauscht, aber wirklich verstanden hatte er nichts. Er hatte nur die Stimmung aufgenommen, denn dafür hatte er ein gutes Sensorium. Hanns-Martin hatte versucht, ihn zu beschwichtigen, und ihm wahrheitsgemäß erzählt, dass sich Sven Sorgen um seine Mutter mache und seine Hilfe erbeten habe. Dirk hatte gemeint, dass er sich wieder einmal zum Narren mache vor dieser Frau. Er war überzeugt, dass Maja sich den kranken Vater ins Haus geholt hatte, um an das Geld zu kommen. »Und jetzt hatte sie die Nase voll von ihm.«

Es war nicht viel anders verlaufen als die seit Jahren wieder und wieder geführten Gespräche. Dirk war der Ansicht, dass hinter Majas Handeln nichts weiter lag als das Interesse am Geld und der Erbschaft. Seit Jahren ritt er darauf herum, und er ließ keine Gelegenheit aus, den Finger in die Wunde zu legen. Hanns-Martin war eigentlich kurz nach dem Schlaganfall des Vaters vor acht Jahren froh gewesen, das Maja den kranken Vater zu sich genommen hatte, hatte sich entlastet gefühlt, dass er sich nicht um ihn kümmern musste.

»Pass auf, damit entschwindet die Firma«, hatte Dirk – damals waren sie noch gar nicht verpartnert – zu ihm gesagt.

Das hatte Hanns-Martin am Anfang immer wieder als böswillige Unterstellung zurückgewiesen. Er meinte, seine Schwester zu kennen, und wenn sie an etwas nicht interessiert war, dann war das Geld. So hatte er zumindest am Anfang gedacht.

»Du siehst das falsch. Sie will, dass mein Vater ihr dankbar ist, nichts weiter.«

Dirk hatte ihn naiv gefunden, und Hanns-Martin versuchte einfach, dieses Thema zwischen ihnen auszuklammern. »Angeheiratete Ehemänner und Ehefrauen sollten sich nicht in Familiengeschichten des jeweils anderen einmischen«, hatte Hanns-Martin einmal gesagt, und damit gab es den ersten heftigen Streit in ihrer Beziehung. Dirk hatte getobt. Damit habe sein Vater ja endlich erreicht, was er gewollte habe, nämlich ihn auszuschließen. Wer denn, außer ihm, stehe denn überhaupt auf seiner Seite? Der selbstgerechte Vater, der ihm die Firmenleitung und den Besitz vorenthalte, um ihn am Gängelband marschieren zu lassen? Oder die ach so sanfte Schwester, die sich stiekum das gesamte Erbe unter den Nagel reißen könnte, alles unter dem Mäntelchen der Tochterliebe? »Das ist doch die Höhe. Und ich, ich gehöre *nicht* zur Familie?« Er geriet so außer sich vor Zorn und Enttäuschung, dass Hanns-Martin über die Maßlosigkeit seines Partners regelrecht erschrak.

Er hatte versucht zu erklären, was er meinte, und ihm unzählige Beispiele aufgeführt von Familienstreits und wie das Gift durch Schwäger in das Leben der Paare Einzug hielt und auf beiden Seiten das Gefühl nährte, zu kurz gekommen zu sein. Aber Dirk konnte es nicht verstehen.

»Ich werde die Sache regeln«, hatte Hanns-Martin immer wieder beschwichtigt, wenn Dirk wieder davon anfing. Denn im Grunde gab er ihm ja recht. Aber er hatte die Sache nicht regeln können. Kurz nach dem Schlaganfall war Maja zu sehr mit dem Vater beschäftigt, und so dauerte es gar nicht lange, bis seine Besuche beim Vater von Mal zu Mal bitterer wurden, weil er sich ausgeschlossen fühlte und das Misstrauen seines Freundes sich auch in ihm breitmachte. Und als der Vater vor fünf Jahren das Testament zugunsten von Maja änderte, gerade als es ihm wieder besser ging und er sich einigermaßen selbstständig bewegen konnte, mühsam, aber doch Treppen steigen konnte, weil er es mit seiner ungeheuren Willenskraft geschafft hatte – da war Hanns-Martin bereits von Zweifeln so vergiftet, dass er nicht mehr in der Lage war, das Thema, das ihn nachts quälte, anzusprechen.

Als sein Vater ihm bei einem seiner damals noch häufigeren Besuchen sagte, er habe alles notariell abgesichert auf Maja übertragen, war er im ersten Moment wie gelähmt. Er traute sich nicht, Dirk davon zu erzählen. Aber er schaffte es auch nicht, mit seiner Schwester darüber zu sprechen. Seine anfängliche Überzeugung, sie wolle mit Sicherheit kein Geld und erst recht nicht die Firma, hatte dieser Akt des Vaters zunichte gemacht. Aber mit seiner Schwester konnte er die Sache auch nicht bereinigen. Seit dem Brand am Montag hatte er sich immer wieder gefragt, was, um Himmels willen ihn in den letzten Jahren so verängstigt hatte, die Angelegenheit sachlich zu regeln. Aber je länger er es nicht gemacht hatte, desto undenkbarer wurde es. Am Ende war es unmöglich geworden. Und er hatte diese eine ganze Nacht gebraucht, um die zwei lächerlichen Zeilen mit der Bitte um ein Gespräch an sie zu schreiben. Sie hatte diese Bitte noch nicht einmal gelesen.

»Dein Vater ist voller Gift und deine Schwester ist eine schweigende Schlange«, hatte Dirk am letzten Sonntag zu ihm gesagt, nachdem er ihm erzählt hatte, er habe Maja um ein klärendes Gespräch gebeten. »Du wirst nichts erreichen.«

Nein, er hatte nichts erreicht.

Hanns-Martin ließ seine Gedanken los und versuchte, sich wieder auf Dirk und seine Anwesenheit hier in der Firma zu konzentrieren. »Bitte, Dirk, ich weiß, dass du dich um mich sorgst.«

Gerade das aber machte ihm mehr Sorgen, als dass es ihm half. Er hätte sich gewünscht, Dirk hielte sich im Hintergrund. Schließlich sah es gar nicht so schlecht für ihn aus im Moment. Maja war verhaftet, Dirk könnte doch frohlocken, und das Beste wäre sicherlich, sich ganz ruhig zu verhalten und abzuwarten.

»Bitte lass die Sache doch einfach ruhen.« Genau wie beim Gespräch am Abend, nachdem Sven gegangen war und er auf

Dirks Drängen und Fragen nicht eingegangen war, konnte er auch jetzt nicht darüber sprechen.

»Warum bist du so verschlossen?« Dirk setzte sich auf die Kante eines Rattanstuhls. »Ich begreife das nicht.«

Hanns-Martin schwieg.

»Ich habe mit ihm geredet.«

»Mit wem hast du geredet?«

»Mit deinem Neffen!«

Hanns-Martin starrte ihn ungläubig an: »Was hast du getan?«

»Ich habe mit deinem Neffen geredet und ihm gesagt, dass er dich gefälligst in Ruhe lassen soll.«

Hanns-Martin stiegen die Tränen in die Augen, er wusste nicht, ob aus Zorn oder Verzweiflung. »Was soll das denn? Du machst doch alles noch schlimmer!« Er hieb so unvermittelt mit der Faust auf seinen Schreibtisch, dass Dirk erschrocken zusammenzuckte.

»Was mache ich denn schlimmer?«, fragte Dirk leise. »Was ist denn eigentlich passiert?«

Aber Hanns-Martin konnte es nicht sagen, er hatte sich entschieden zu schweigen, grundsätzlich, auch Dirk gegenüber. Wenn er nicht redete und er selbst daran festhielt, könnte vielleicht alles so bestehen bleiben, als wäre nichts geschehen.

»Was machst du nur?« Hanns-Martin setzte sich auf seinen Schreibtischstuhl und brachte den Schreibtisch zwischen sich und Dirk.

»Meine Güte, du antwortest mir nie, nie!« Dirk stand auf und stellte sich vor den Schreibtisch. »Warum redest du nicht mit mir?«

»Maja hat doch gestanden, dass sie es gewesen ist«, sagte Hanns-Martin.

»Ich weiß.« Dirks Stimme wurde lauter. »Das wissen wir doch, dass sie es war. Aber ich habe auch bemerkt, wie dich das Gespräch mit Sven gestern mitgenommen hat.‹ Dirk wendete sich ab und ging wieder zum Sessel. »Deshalb habe ich ihn angesprochen, als er heute Morgen auf dem Hof hinter dem Laden stand.« Seine Boutique lag in einer Seitenstraße der Lotter Straße, und im Hof gab es drei Stellplätze für die Autos der Geschäftsleute des Hauses.

»Er war beim Geschäft?«

»Ja, er interessierte sich für mein Auto.« Dirk wartete auf eine Reaktion und sah Hanns-Martin insistierend an.

»Und?«

»Nichts und.« Er schnippte mit dem Daumen am Mittelfinger. »Ich hab ihm gesagt, er soll sich verpissen.«

Hanns-Martin mochte diese Ausdrucksweise nicht, aber das interessierte ihn im Moment weniger. »Was mischst du dich da ein?«, sagte er voller Missbilligung.

»Na, hör mal, er verfolgt mich offenbar.« Dirk war wieder aufgestanden. »Ich mische mich nicht ein, *er* spioniert *uns* doch nach.«

»Und dann?« Hanns-Martin wartete und bemühte sich um Beiläufigkeit.

»Was, und dann?« Dirks Stimme nahm einen beleidigten Ton an.

»Was ist dann passiert?«

»Er hat gesagt, ich soll mich in Acht nehmen.« Dirk sah auf den grafitgrauen Fußboden. »Er hat mich also bedroht. Da hab ich ihm eine runtergehauen.«

»Du hast ihn geschlagen?« Hanns-Martin biss die Zähne aufeinander, weil er fürchtete, sie könnten anfangen zu klappern.

»Ja, er schaute mich so … so böse an, so voller Ekel, da konnte ich mich nicht mehr beherrschen.«

Hanns-Martin setzte sich auf seinen Schreibtischstuhl, stützte die Ellbogen auf den Tisch und legte sein Kinn auf die Hände. Er betrachtete seinen Lebenspartner, trostlos, dass er sich dem Menschen, den er so liebte, nicht öffnen konnte, und fragte sich, wie er die Situation wieder unter Kontrolle bringen könnte.

»Guck nicht so, es ist nichts passiert. Ich hab ihn eher ein bisschen gegen die Wand geschubst.« Dirk rollte mit den Augen, um zu zeigen, wie lächerlich der kleine Streit gewesen sei. »Es ist nichts weiter passiert.«

Danach habe er sich einfach umgedreht, um dem kleinen Arschloch zu zeigen, was er von ihm halte, und sei wieder in die Boutique gegangen. Er habe aus den Augenwinkeln gesehen, wie Sven sich anschließend seinen Helm aufgesetzt habe und auf seinem Scheißfahrrad Richtung Stadt gefahren sei.

»Wir sollten vielleicht am Wochenende einfach mal zusammen wegfahren«, meinte Hanns-Martin, als sei es eine Zeit, in der er das hätte machen können. Er wusste, dass er sich nichts mehr vormachen sollte.

18. KAPITEL

»Frau Kluge?«, fragte Cora Schönhaus mit dröhnender Stimme, sodass Johanna den Telefonhörer erschrocken vom Ohr nahm. »Wie sieht es aus? Sind Sie weitergekommen? Ich möchte nämlich los.« Es seien die letzten lauen Tage, vermutete sie, und sie habe mit dem Vorsitzenden der IHK eine Verabredung zum Golf. Er sei ihr zugeloster Partner für das Turnier am Wochenende, und sie wollten heute schon einmal ein paar Schläge gemeinsam machen. Er habe ein größeres Handicap als sie. Sie hatte vor, ein langes Wochenende zu nehmen, und wenn es allerdings etwas Dringendes gäbe, würde sie auch freitags reinkommen. »Für Sie immer, Frau Kluge.«

Irgendetwas klingelte bei Johanna Kluge, und sie machte Jakob Besser mit überkreuztem Zeigefinger und großen Augen ein Zeichen, dass er sie nach dem Gespräch an etwas erinnern sollte.

»Nein, richtig weitergekommen bin ich noch nicht, Maja Budde spricht nicht mehr. Sie ließ nach dem Verhör heute Morgen über ihren Anwalt mitteilen, sie habe alles gesagt. Außerdem ist sie ins Justizvollzugskrankenhaus nach Lingen überstellt worden.«

Johanna schnaufte innerlich. Sie war dennoch überzeugt, gerade weil Maja Budde sich ins Schweigen zurückgezogen hatte, dass sie auf der richtigen Spur war und gut daran tat, die Ermittlungen noch nicht abzuschließen. Hanns-Martin Budde war nicht so unbeteiligt an dem Brand und dem Tod des Vaters, wie er vorgab. Er war emotional zu beteiligt, obwohl er es versuchte zu überspielen, er war zu bewegt, ja sie fand, er war zu konfus in seinen Handlungen, als dass er nichts damit zu tun haben könnte.

»Aber ich werde das noch vor diesem Wochenende klären«, bekräftigte sie noch einmal. »Erholen Sie sich gut auf dem Green.«

»Ach, ich hatte schon bessere Wochenenden vor mir«, stöhnte die Staatsanwältin. »Wir haben übermorgen das letzte Benefizturnier in diesem Jahr.« Dann trompetete sie in den Hörer: »Das Handicap mancher Teilnehmer sinkt proportional mit ihrem IQ.«

Johanna hielt den Hörer vom Ohr. »Proportional mit …?«, fragte sie unsicher.

Jakob Besser, der das Gespräch, auch ohne dass es lautgestellt war, verfolgen konnte, nahm seine Füße vom Schreibtisch. »Sie sind doof, meint sie«, flüsterte er.

»Aha«, sagte Johanna. »Treffen Sie wieder alle möglichen Honoratioren?« Sie wusste, dass die Staatsanwältin, obwohl sie selbst alte Osnabrückerin war, die Leute in dem versnobten Golfclub, dessen Mitglied sie war, nicht mochte, und sie samt und sonders wenn nicht für geistig »unterbelichtet«, so doch gern für engstirnig und provinziell hielt.

»Ja«, seufzte sie und Johanna fragte sich wieder einmal, warum die Staatsanwältin den Club nicht wechselte, wenn es ihr wirklich nur ums Golfen ging. Doch Cora Schönhaus genoss es eben, die Nase zu rümpfen über eine Gesellschaft, an der sie teilhatte.

»Das höchste Handicap im Golf liegt etwa bei 37 bis 54. Aber egal, strenggenommen wären dann alle Golfer debil«, sagte Jakob, als er aufstand, um den Papierkram zu erledigen. In diesem Moment rief Rolf Niederbäumer an, der massige Kollege aus Melle.

»An was sollte ich dich denn noch erinnern?«, fragte Jakob leise und machte das Zeichen mit den gekreuzten Fingern, als er schon an der Bürotür stand.

»Mach ich selbst.« Sie winkte ab, komplimentierte ihn mit einem dankenden Wink hinaus und notierte sich: *Werkstatt wegen Buddes Auto anrufen.* »Ja, Rolf, ich bin hier.«

Seit ihrem Besuch in der Firma BudSol hatte sie der Gedanke nicht mehr losgelassen, dass sie den Partner von Hanns-Martin Budde bis jetzt noch nicht mit in den engeren Kreis derer gezogen hatten, mit denen zu beschäftigen sich lohnte. Das Auto von Hanns-Martin Budde war Pietschmann, der häufiger beim alten Budde zu Besuch war, bekannt, er hätte es mit Sicherheit erkannt. Aber wie sah es mit dem Wagen des Partners aus? Wie sah es überhaupt aus mit dem Partner von Hanns-Martin Budde? Johanna Kluge fühlte ein nervöses Kribbeln im Nacken, als habe sie etwas übersehen. Deshalb hatte auf ihre Veranlassung Rolf Niederbäumer den Forstarbeiter Pietschmann noch einmal danach befragt, ob er nicht doch irgendetwas bemerkt habe, *bevor* er und sein Kollege die Rauchsäule entdeckt hatten.

»Erst als ich ihm ausdrücklich gesagt habe, dass es auch eine oder mehrere Stunden vor dem Brand gewesen sein könnte, hat er sich erinnert, dass er einige Autos gesehen hatte, weil sie ziemlich nah an der Straße nördlich des Tals gearbeitet haben.«

»Bring ihn einfach her«, schlug Johanna Niederbäumer vor. »Wir legen ihm eine Reihe von Fotos vor, vielleicht haben wir ja einen Treffer.«

Die Sache mit dem Auto ließ sie nicht los. Sie bat die junge Kollegin Beate Klampe, die Liste der Teilnehmer am IHK-Vortrag noch einmal abzutelefonieren, ob irgendjemand gesehen hatte, auf welche Weise Budde zur Veranstaltung am Neuen Graben gekommen war, ob mit einem Auto oder wie auch immer.

Sie konnten jedoch, wenn sie von dem Szenario ausgingen, dass der Tod von Walter-Hermann Budde und der Brand möglicherweise viele Stunden auseinanderlagen, auch die

Täterschaft von Sven Budde nicht ausschließen. Er hatte ja unumwunden eingeräumt, am Tatort gewesen zu sein, eine Stunde, bevor der Brand ausbrach. Johanna macht ihre Nervosität zu schaffen, sie stand auf und ging hinüber zu Jakob, der sich in irgendwelche Protokolle vertieft hatte.

»Weißt du, was mich nicht loslässt? Vielleicht weiß Maja Budde oder ist sich dessen ziemlich sicher, dass ihr Sohn der Täter war, und nimmt deshalb alles auf sich. Das ist doch der einzig schlüssige Grund, dass sie nachher den Tatort abbrennt.« Nur wenn sie ihren Sohn schützen wollte, wäre die Brandstiftung eine nachvollziehbare Maßnahme.

»Und dann fährt sie einfach weg und dröhnt sich zu, um erst zwei Tage später alles zu gestehen?« Jakob zeigte seine Skepsis gegenüber der Annahme, dass Menschen so unvernünftig handeln könnten. »Aber, du hast recht, sie hat ja schwer einen an der Waffel.«

»Was ist das denn für ein Ausdruck?«, fragte Johanna kopfschüttelnd, stimmte ihm aber im Prinzip zu. »Ich bestelle Sven Budde jetzt noch einmal ein. Vielleicht kommen wir mit ihm heute weiter.«

Doch sie erreichten Sven Budde weder über Handy noch in seiner Wohnung, zu der sich der Kollege Kurt Glowitz aufgemacht hatte. Johanna Kluge hinterließ dem jungen Mann zwei Mal die Nachricht auf der Mailbox, er möge sich bitte dringend in der Polizeiinspektion melden, in der Hoffnung, dass seine Neugierde ihm Beine machen würde.

Schließlich griff sie zum Telefonhörer und rief die Autowerkstatt von Hanns-Martin Budde an. Es gab nur die eine große Fachwerkstatt in Osnabrück, bei der Budde mit Sicherheit seinen Wagen warten ließ. Die Nummer hatte sie während ihrer Telefonate mit Sven Buddes Mailbox über ihren Rechner rausgesucht. Dieses sogenannte Multitasking, den Telefonhörer zwischen Schulter und Ohr geklemmt und mit den Fingern auf der Tastatur irgendwas im Internet suchend, hielt sie gemeinhin für Blödsinn und zeigte ihrer Ansicht nach nichts als die eigene fahrige Nervosität. Vielleicht war sie nicht richtig bei der Sache, weil sie sich kopflos für heute Abend verabredet hatte. Dieser Gedanke machte sie nicht konzentrierter: Lass das, rief sie sich innerlich zur Ordnung, als die Dame von der Werkstatt sich mit ihrem überlangen Begrüßungssatz meldete, an deren Ende ein unverständlicher Name stand.

»Hauptkommissarin Kluge«, stellte Johanna sich vor. »Bitte geben Sie mir den Werkstattleiter.«

»Wen darf ich melden?«, fragte die Dame.

»Kluge, Hauptkommissarin«, wiederholte sie eine Spur schärfer und wurde mit einem »Gerne« unmittelbar weitervermittelt.

Der Meister, mit dem sie sprach, war in der Tat erst bockig und wollte ihr keine Auskunft geben, da das mit dem Datenschutz nicht vereinbar sei. Sie seien leider nicht autorisiert, ihr zu sagen, ob einer ihrer Kunden einen Termin in der Werkstatt gehabt habe oder nicht. Erst als Hauptkommissarin Kluge in ihrem sanft-scharfen Ton darauf hinwies, dass es um die Ermittlung in einem Mordfall gehe und es sich durchaus auch um entlastendes Material handeln könne, das zutage treten könne, hatte der Meister ein Einsehen.

»Ja, Herr Budde hatte mit seinem Wagen am Montagnachmittag einen Termin vereinbart.« Er wollte den Wagen am nächsten Morgen, am Dienstag also, bringen und mit einem Ersatzfahrzeug fahren. »Er ist aber nicht gekommen.«

»Hat er abgesagt?«, fragte Johanna.

»Nein. Aber er hatte wohl keine Zeit«, vermutete der KFZ-Meister. Es sei allerdings ungewöhnlich, da sie Herrn Budde als sehr pünktlichen und zuverlässigen Kunden kannten.

»Um was ging es denn?«, fragte Johanna.

Die Airbagleuchte des Wagens habe permanent geleuchtet. Das habe aber keinerlei Auswirkungen auf irgendwelche wichtigen Teile des Wagens, es also nicht so dramatisch gewesen, daher sei Herr Budde wohl weitergefahren, vermutete der Meister.

Johanna bedankte sich und ging zum zweiten Mal in einer halben Stunde zu Jakob ins Büro nebenan.

»Schon wieder?«, freute er sich, normalerweise war er es, der sie in ihrem Büro aufsuchte.

»Ja, ich bin nervös«, stimmte sie ihm zu. »Was meinst du? Weshalb macht ein ordentlicher Mann wie Budde einen Termin wegen seiner Fehlermeldung beim Airbag, nimmt den Termin aber nicht wahr?«

»Vielleicht leuchtete die Lampe nicht mehr, solche Dinge sollen vorkommen bei Autos«, sagte Besser, der noch nie in seinem Leben ein eigenes Auto besessen hatte. Er fuhr aus Prinzip Fahrrad, wenn er nicht zu einem weit außerhalb der Stadt liegenden Ort fahren und einen Dienstwagen nehmen musste.

»So was gibt es nicht«, meinte Johanna und schüttelte den Kopf. »Ich bin gespannt, ob er mit seinem Wagen zur IHK gefahren ist oder nicht.«

Als sie in ihr Büro zurückging, kam ihr der große Rolf Niederbäumer entgegen, ein Schritt hinter ihm der noch größere, leicht nach vorn übergebeugte Forstarbeiter Horst Pietschmann, den sie am Abend des Brandes kurz gesprochen hatte. Sie legten ihm eine Fotostrecke von 20 Bildern vor, darunter drei dicke blaue Wagen, unter anderem einen 7er BMW, wie ihn Hanns-Martin Budde fuhr, und diverse Sportwagen in Grün, einige Kleinwagen in Gelb, wie der von Maja Budde, und eine bunte Mischung diverser Typen und Farben.

»Junge, Junge, so viele Autos«, sagte Pietschmann, der Johanna nicht mehr ganz nüchtern vorkam. »Echt viele.«

Sie wartete, während er die Bilder ansah und gewichtig nickte, weil er die Marken erkannte. »Der Wagen gehört Budde junior«, sagte er und zog den 7er BMW heraus. »Das kann der von Maja Budde sein«, meinte er und zeigte auf den gelben Kleinwagen.

»Wir machen hier kein Quiz, ob du alle Automarken erkennst«, unterbrach ihn Rolf Niederbäumer barsch und sah entschuldigend zu Johanna Kluge, die geduldig wartete.

»Also, so viele habe ich nicht gesehen. Vielleicht so einen«, er zeigte mit dem Finger auf einen roten »Picanto«, »den da vielleicht«, dabei zog er einen weiteren weißen Kleinwagen von Fiat heraus, »und vielleicht so einen.« Er tippte auf einen grünen Mazdasportwagen. Sie hatten ihm je einen Porsche, einen BMW Z4 und einen Mazda in Grün in die Reihe gelegt.

»Könnte es auch der gewesen sein?«, fragte Johanna und schob ihm den grünen Porsche hin.

Pietschmann zuckte die Achseln. »Keine Ahnung. Möglich. Vielleicht auch der«, damit fischte er nun den grünen BMW-Sportwagen aus der Reihe und zuckte die Schultern. »Wir arbeiten allemann und kontrollieren nicht, wer da alle längsfährt.« Er grinste »Aber so ein grüner Flitzer war dabei.«

Johanna Kluge bedankte sich bei Herrn Pietschmann, und Rolf Niederbäumer nickte ihr zu. »Na denn.« Er schien enttäuscht zu sein und sich verantwortlich zu fühlen, dass Pietschmann nicht konkreter hatte werden können. Der Forstarbeiter war alles andere als ein guter Zeuge, seine Aussage würde sie nicht weiterbringen, zeigte sein bedauernd zusammengekniffener Mund.

Johanna fand die Aussage von Pietschmann nicht enttäuschend. Für sie war im Moment nur interessant, dass der Mann einen grünen Sportwagen gesehen hatte, auch wenn er nicht wusste welcher Marke. Ob seine Aussage später bei einem Prozess zu gebrauchen war, war im Moment nicht von Belang. Für sie war seine Beobachtung ausreichend.

Kurz nachdem Niederbäumer mit Pietschmann gegangen war, steckte Beate Klampe ihren Kopf durch die Tür. Sie informierte Johanna, sie habe per Telefon gleich zwei Zeugen gefunden, einen Bauunternehmer und einen Heizungsbauer, die kurz vor dem Vortrag am Montagnachmittag am Eingangsportal der IHK gewartet hatten, um gemeinsam reinzugehen.

»Budde kam mit dem Taxi.«

Einen Moment war Johanna Kluge verwirrt, weil sie irgendwie erwartet hatte, Hanns-Martin Budde sei mit dem Wagen seines Partners gekommen, und sagte nichts.

»Ich mach dann Feierabend«, sprach Beate Klampe mit ihrer sanften Stimme in Johannas Gedanken hinein.

»Gute Idee, Beate«, sagte sie und wartete, bis die Kollegin die Tür geschlossen hatte. Dann zückte sie ihr Handy, um mit angenehmem Prickeln zwischen den Schulterblättern die gesamte kurze Korrespondenz mit JvdB zu lesen, deren Höhepunkt *»komme 1/2 8 mit essen u trinken«* sie tief einatmen ließ. Normalerweise hätte sie sich mokiert über einen Mann Mitte 40, der Groß- und Kleinschreibung außer Acht ließ, nur weil er simste. Aber es handelte sich um ihren baldigen Liebhaber, daher drängte sie diesen Gedanken an die Notwendigkeit von Orthografie weit von sich.

»Ja, ich denke, dass ich auch mal ausspannen muss«, sagte sie zu sich selbst und zog eine Grimasse in den dunklen Bildschirm des heruntergefahrenen PCs, in dem sie sich matt spiegelte. Es war kurz nach sechs. In diesen Abend wollte sie auf keinen Fall hineinhetzen. Sie freute sich so sehr, dass sie mit den Schultern zuckte und es gelassen nahm, dass Sven Budde sich immer noch nicht gemeldet hatte. Das müsste nun bis zum nächsten Tag warten.

19. KAPITEL

Nachdem sie die Wohnungstür hinter sich zugeworfen hatte, hängte sie noch einigermaßen in Ruhe ihren Rucksack an die Garderobe und ging anschließend in die Küche. Mit einem Blick erfasste sie, was zu tun war. Zuerst öffnete sie die Balkontür, um die frische Abendluft hereinzulassen, dann stellte sie ihr Frühstücksgeschirr vom Morgen in die Spülmaschine, fegte die Krümel vom Tisch und wischte den kleinen Eichentisch mit einem Lappen ab. Sie plante, in der Küche zu sitzen, das hatte was Gemütliches und wirkte nicht zu offiziell. Als sie fegen wollte, ging es damit los, dass sie das Kehrblech nicht fand, deshalb schob sie die Krümel mit dem Besen hinter den kleinen Vorhang, der eine Lücke in der Küchenzeile verdeckte. Die drei Hosen, die in ihrem Schlafzimmer über einem Stuhl hingen, warf sie in den Schrank und entschied sich, die beiden T-Shirts, eines davon war das fliederfarbene, das sie am Anfang der Woche für ihn angezogen hatte, über dem Stuhl drapiert liegen zu lassen. Es sollte schließlich nicht zu ordentlich aussehen. Das Wohnzimmer war in Ordnung, befand sie mit einem kurzen Blick von der Tür aus. Sie hatte in den letzten Tagen keine Zeit gehabt, irgendetwas in Unordnung zu bringen. Ein Blick auf die Uhr: Sie hatte noch 30 Minuten. Im Bad zog sie alles aus, was sie am Leib trug, und warf es in den Wäscheeimer. Nackt hockte sie sich vor die Dusche und schrubbte sie mit Essigreiniger. Anschließend befreite sie das Waschbecken von ein paar Seifenflecken. Die Toilette war in Ordnung, trotzdem nahm sie einen Reiniger und spritzte sie aus. Sie schüttelte über ihre Aktionen den Kopf, warf einen Blick in den Badezimmerspiegel und fand, sie benehme sich wie eine 16-Jährige. Mit sich hadernd stieg sie unter die Dusche.

Sie hatte noch genügend Zeit sich einzucremen. Währenddessen versuchte sie, in eine ausgeruhte, entspannte Stimmung zu kommen, und dachte über ihre Unterwäsche nach. Sie ging ihr Sortiment im Geiste durch und entschied sich für Schwarz. Sie hatte nicht viel zur Auswahl, das einem ersten Rendezvous standhalten würde, in dem es zum »Äußersten« kommen könnte. So umschrieb sie es manchmal in Gesprächen mit Jakob Besser. Die eine Garnitur, die sie sich in einem Anfall von Frustration zugelegt hatte, war zu gewagt, befand sie. Er sollte schließlich nicht sofort sehen, dass sie sich vorbereitet hatte; die andere hatte einen Schlag in Richtung Doppelripp. Also wählte sie eine neutrale schwarze Unterhose, die nichts besagte, als dass sie nicht mehr als vierfünfzig gekostet hatte. Aber sie sah gut darin aus. Der schwarze BH, den sie tagsüber getragen hatte, war noch in Ordnung, er war elastisch, und sie fühlte sich darin nicht allzu aufgebrezelt.

Den Ablaufplan für die 45 Minuten bis halb acht hatte sie sich während der Fahrt auf dem Fahrrad über die Lotter Straße zurechtgelegt, genau wie die Wahl ihre Oberbekleidung. Sie griff sich die schwarze Designer-Jogginghose, in der kein Mensch joggte, und betrachtete sich. Würde er ihr abnehmen, dass sie in dieser nonchalanten Eleganz ihre Abende verbrachte? Weil sie bei ihrer Begutachtung im bodenlangen Spiegel auf ihrem Flur daran zweifelte, zog sie doch normale klassische Jeans an, in der sie sich sexy fand. Die Designerhose warf sie zu den Schuhen im Schrank. Den geplanten Sommerpullover in Hellblau verwarf sie. Sie schnüffelte am T-Shirt in Blasslila. Es bestand die Nasenprobe, und den Geruch von Rauch schrieb sie ihrer Fantasie zu.

So betrachtete sie sich eine Weile im Spiegel, noch im Zweifel, ob sie nicht doch lieber eine Bluse anziehen sollte, deren Knöpfe sich sexy öffnen ließen, als es klingelte.

Sie erschrak. Es war erst fünf vor halb. Zu früh zu kommen, war ihrer Ansicht ein Mittel, Menschen unter Druck zu setzen, eine Eigenschaft, die sie nicht mochte. Vielleicht aber war John von dem Bruche auch einfach nur zu aufgeregt, nicht anders als sie. Das könnte sein Zu-früh-Kommen entschuldigen. Nachdem sie den elektrischen Türöffner gedrückt hatte, stellte sie zwei Rotweingläser auf den Küchentisch und platzierte einen Medoc aus ihrem Vorrat neben dem Kerzenständer. Sie wollte nicht nur reagieren, sondern ihm auch zeigen, dass sie selbst initiativ war. Schließlich war sie Erste Ermittlerin und führte einen Haufen Männer an! Aber sie fürchtete auch, dass John von dem Bruche möglicherweise einen deutschen Dornfelder mitbringen könnte. Dem wollte sie zuvorkommen.

Sie warf einen letzten Blick auf ihre Inszenierung auf dem Küchentisch, als es an der Wohnungstür klingelte. Einen kurzen Moment zögerte sie und atmete tief ein. Sie setzte ein sybillinisches Lächeln auf und öffnete die Wohnungstür mit einem lasziven Hüfschwung.

Es war Jakob Besser, der sie von oben bis unten musterte.

»Das nennt man Déjà-vu«, sagte er anerkennend.

»Hä?«, fragte sie und versuchte, ihre Fassung zu bewahren.

»Das T-Shirt«, meinte er und deutete mit dem Zeigefinger auf ihre Brust.

»Lass das!« Barsch schlug sie seinen Finger zur Seite. Sie hatte keine Idee, was er hier wollte.

»Sven Budde liegt mit einem schweren Schädel-Hirntrauma in den Städtischen Kliniken. Ich dachte, das interessiert dich.«

Bevor sie nachfragen konnte, klingelte es unten an der Haustür. Johanna schnappte nach Luft.

»Besuch?«, fragte Jakob Besser mit hochgezogenen Augenbrauen. »Das tut mir leid, soll ich allein …?«

»Untersteh dich, mir jetzt mit dummen Sprüchen zu kommen«, fauchte sie ihn an und griff sich ihre Lederjacke vom Haken. »Komm.« Sie schob ihn zur Seite, zog die Tür ins Schloss und sprang die Treppe herunter.

Mit seinen langen Beinen kam er langsam, immer zwei Stufen nehmend, hinter ihr her. Vor der Haustür blieb sie stehen und zischte ihm zu: »Du gehst jetzt sofort ins Auto, gehst ›nicht über Los‹ und wartest auf mich.« Mit einem Ruck öffnete sie die Haustür.

John von dem Bruche blickte überrascht auf Jakob Besser, der hinter ihr im Türrahmen erschien, die Hand zum Gruß erhob und ohne anzuhalten an ihm vorbeischritt und in einen zivilen Dienstwagen einstieg, der halb auf dem Bürgersteig stand.

Johanna wartete, bis er die Autotür geschlossen hatte und warf ihm einen bösen Blick hinterher, als trage er die Verantwortung für den verdorbenen Abend.

»Es tut mir leid«, sagte sie zu John von dem Bruche.

»Sie … du kannst doch nichts dafür.« Er lächelte. »Arbeit?«

»Ja.« Zur Bekräftigung zeigte sie auf Jakob Besser, der hinter dem Steuer saß und geflissentlich auf die Motorhaube starrte.

»Schade«, sagte John von dem Bruche.

»Ach.« Sie überlegte einen kurzen Moment und fühlte, dass sie nicht bereit war, diesen Abend so einfach aufzugeben: »Kannst du warten?«

»Das ist eine meiner herausstechenden Eigenschaften«, sagte er und legte seine Finger auf ihre Wange. »Soll ich denn warten?«

Frage und Berührung führten bei ihr zu einer elektrostatischen Entladung, sie zuckte regelrecht zusammen. Sie schaute ihn ungläubig an. »Ernsthaft?« Sie hatte das Gefühl, ihre Nackenhaare sträubten sich.

Als er nickte, reichte sie ihm ihren Wohnungsschlüssel. »Bis gleich.« Sie hatte sich schon abgewendet und ging zum Wagen, öffnete die Tür und warf sich auf den Sitz.

Während Jakob wendete, winkte sie John von dem Bruche durch die Scheibe zu. Ihr Rendezvous nahmen einen bizarren Verlauf, fand sie, und sie fragte sich, ob sie bei Verstand gewesen sei, ihm den Schlüssel zu geben. Sie hatte keine Ahnung, wann sie zurückkommen würde. Jakob tat gut daran, sie nicht auf die abendliche Störung anzusprechen, sondern sie auf der kurzen Fahrt in die Städtischen Kliniken darüber zu informieren, was vorgefallen war.

Sven Budde war am Nachmittag in die Klinik eingeliefert worden. Er war kurz vor dem Neumarkt vom Fahrrad gefallen und bewusstlos liegengeblieben. Offenbar war er nach Zeugenaussagen bereits auffällig geworden, weil er längere Zeit zu schlingern schien, bevor er direkt vor einem Bus vom Rad stürzte. Er habe Glück gehabt, dass er nicht unter die Räder gekommen sei. Der Busfahrer habe einen Schock.

»Wieso erfahren wir das erst jetzt?« Johanna konnte ihrem grundsätzlichen Ärger über den Verlauf des Abends jetzt richtig nachgeben.

»Weil Beates Cousine Krankenschwester ist und bei ihrem Rundgang am Abend bei dem Namen Budde aufgemerkt hat.« Jakob ließ sich nicht beirren von ihrem missmutigen Ton. Diese Cousine habe von dem Fall in der Zeitung gelesen, und so sei ihr der Name des Patienten bekannt vorgekommen. Deshalb hatte sie sich gemeldet. »Ich wollte gerade gehen, als sie anrief.«

Die diensthabende Ärztin war eine zierliche Frau mit kurzen schwarzen Haaren. Sie hatte auf sie gewartet und bat sie ins Ärztezimmer, da der Patient nicht ansprechbar war. Er war erst vor einer Stunde aus dem Operationsraum gekommen.

»Ich kann Ihnen nicht sagen, wann Sie ihn vernehmen können. Wir müssen jetzt erst einmal abwarten.«

Die Ärzte hatten nicht mit ihm sprechen können, da er bewusstlos war, als er am frühen Nachmittag eingeliefert wurde. Das MRT habe dann ein subdurales Hämatom gezeigt, was eine sofortige Operation nötig gemacht hatte.

»Er muss sich allerdings vor dem Sturz vom Fahrrad bereits eine Verletzung zugezogen haben. Er hatte nämlich eine ziemlich stark blutende Kopfplatzwunde.«

»Die stammte nicht vom Fahrradsturz?«, fragte Jakob.

»Nein«, sagte die Ärztin und blätterte in den Unterlagen. »Er trug ja einen Fahrradhelm.« Mit dem sei er auch eingeliefert worden. »Für mich sieht es eher so aus, dass diese Kopfverletzung erst zu dem Sturz geführt hat.«

»Könnte es auch ein Schlag gewesen sein?«, fragte Jakob.

Die Ärztin nickte: »Ja, das ist möglich.« Sie schaute auf den Boden, als sie das grimmige Gesicht der Kriminalhauptkommissarin sah. »Ich weiß«, griff sie Johanna vor. »Aber die Kollegen waren um das Leben des Patienten bemüht. Deshalb …«

Johanna sagte nichts. Es war an sich selbstverständlich, dass das Krankenhaus bei schweren Verletzungen und dem Verdacht von Fremdeinwirkung die Polizei benachrichtigte und Strafverfolgung beantragte. Der jungen Ärztin war das bewusst, aber sie hatte eben erst die Schicht übernommen.

»Wo sind die Beweismittel?«, fragte Johanna.

»Das ist es ja eben.« Die Ärztin schaute wieder auf den Boden. »Die wurden entsorgt.« Normalerweise war es üblich, dass das Krankenhauspersonal, wenn der Verdacht auf eine Straftat vorlag, mögliche DNA- Spuren am Körper des Opfer sicherte. Das war hier offensichtlich versäumt worden.

Jakob Besser, der den Disput schweigend beobachtet hatte, musterte nun interessiert, welche Reaktion sie zeigen würde. Doch Johanna Kluge war mit einem Mal gelassen, da sie die verschwundenen Haare und Partikel, die möglicherweise Aufschlüsse über den Hergang des Sturzes von Sven Budde hätten geben können, durch Zorn auch nicht wieder herbeigeschafft werden konnten. Außerdem hatte die junge Frau nichts mit der Schlamperei zu tun. Sie konnten froh sein, dass Sven Budde noch rechtzeitig hatte operiert werden können und nicht mehr in akuter Lebensgefahr war.

So sagte Johanna zur Verblüffung der beiden: »Gut«, verabschiedete sich mit Handschlag von der jungen Ärztin und bat sie um einen schriftlichen Bericht.

»Wollen wir der Sache heute noch nachgehen?«, fragte Jakob, als sie vorm Haupteingang der Klinik standen.

Johanna Kluge verneinte. »Ich denke, es hat keine Eile. Gut, dass wir von dem Sturz erfahren haben. Wir werden uns dieser verdammten Familienangelegenheiten morgen in aller Frühe annehmen.«

Damit Jakob nicht auf den Gedanken kommen konnte, dass der Grund für diese Entscheidung in ihrer Wohnung wartete, fügte sie hinzu: »Wir treffen uns um sechs in der Richard-Wagner-Straße und werden uns mit den Herren Budde und Kolbe unterhalten.«

Jakob zeigte sein Verständnis für die geplante Überrumpelungsstrategie am nächsten Morgen mit einem wohlwollenden Schmollmund.

Nachdem er sie im Dienstwagen zu Hause abgesetzt hatte, wartete sie, bis der Wagen hinter der nächsten Ecke verschwunden war, erst dann klingelte sie bei sich selbst. Der Summer öffnete ihr die Tür. Sie ging langsam die Treppe hinauf. Es war erst kurz vor halb neun. Und bis um sechs Uhr war noch eine lange Zeit.

*

Um kurz vor fünf saß sie auf der Bettkante und sah auf den schlafenden John, den sie jetzt so nennen konnte, ohne dass es ihr eigenartig vorkam. Neben dem Bett standen zwei halb ausgetrunkene Rotweingläser, die immer noch mehr als halb volle Flasche stand auf der Fensterbank. Sie war glücklich und fühlte keine Müdigkeit. Sie hatte nicht geschlafen, vielleicht war sie zwischen vier und fünf in einen oberflächlichen Dämmerzustand gesunken, aber sie war nicht sicher. Sie erinnerte sich nur an die Momente, in denen sie die Augen öffnete, ihn neben sich fühlte und den Duft seiner Haare roch. Sie lag nicht allein in ihrem Bett, machte sie sich klar, und allein dieser Umstand machte sie benommen.

Sie erhob sich vorsichtig und stellte den Wecker aus, damit er weiterschlafen konnte. Nackt stand sie am Fenster und schaute auf das Grau des sich verflüchtigenden Nachthimmels. Sie liebte diesen Wandel von der Nacht in den Tag, obwohl sie eine Langschläferin war. Zum frühen Aufstehen musste sie sich meist zwingen. Heute war das anders. Sie hatte kaum geschlafen und fühlte sich dennoch wach.

Sie schlich ins Bad und setzte sich in die Dusche. Als sie die Augen schloss und das lauwarme Wasser über sich laufen ließ, wusste sie, dass die Müdigkeit sie an diesem Tag einholen würde.

»Ich muss zum Dienst«, flüsterte sie ihrem frischen Liebhaber ins Ohr, der schlafend jünger aussah als im Wachen.

»Wohin, Prinzessin?« Er umschlang ihren Hals und griff in ihre noch nassen Haare.

»Arbeiten.« Sie küsste ihn auf die Stirn.

»So was Dummes.«

»Du kannst ausschlafen.« Sie streichelte ihm über die Wange und riss sich los, weil sie ihn einfach zu attraktiv fand. Von der Schlafzimmertür winkte sie ihm noch einmal zu, und während sie die Wohnungstür hinter sich schloss, sah sie, wie er sich auf die Seite drehte.

20. KAPITEL

Vielleicht war es das Zwielicht, das sie auf die Idee brachte. Es erinnerte sie an Dienstagmorgen, als sie gemeinsam mit Jakob Besser zum Haus von Hanns-Martin Budde gefahren war und nur dessen Partner Dirk angetroffen hatte. Es war erst fünf nach halb sechs, der kleine Umweg über die Katharinenstraße zur Boutique von Dirk Kolbe würde sie erfrischen und zusätzlich beleben. Sie fühlte sich jung und stark, weil ihr die schlaflose Nacht nichts anhaben konnte. Sie trat in die Pedale, als wollte sie den Sprint in einer Radfahretappe gewinnen.

Das Fenster des Bekleidungsgeschäfts »Klamotte« war durch eine schwache LED-Beleuchtung erhellt. Die Hosen und ausgestellten Pullover waren von bester Qualität und entsprechend teuer. Wahrscheinlich bezog Hanns-Martin Budde seine Kleidung, vor allem seine hochwertigen Pullover, von seinem Partner. Sie lehnte ihr Fahrrad vorsichtig an das Fenster und ging in eine kleine Toreinfahrt, die zum Hof des Hauses führte, und schaute durch die Stäbe des verschlossenen Rolltors. Zwei Wagen konnte sie von hier aus sehen. Die anderen Plätze schienen frei zu sein. Sie waren wahrscheinlich tagsüber von den Autos der Geschäftsleute besetzt.

In dieser frühen Stunde war niemand auf der Straße zu sehen. Nur wenige Fenster waren erleuchtet. Mit einem kräftigen Satz sprang sie hoch und erreichte mit den Händen das etwa 2,20 Meter hohe Tor. Sie schaffte es tatsächlich, mit einem Bein nach oben zu schwingen und sich über das Tor zu hangeln. Erstaunt über sich selbst sprang sie in den kleinen Hof.

Durch die Einfahrt fiel ein wenig Licht der Straßenbeleuchtung in den Hof. Es standen hier in der Tat nur die beiden Wagen, die sie von draußen gesehen hatte. Die Wand war mit hellem, rauem Putz versehen. Langsam näherte sie sich der Wand neben einer Kellertreppe, aber es war zu dunkel, um irgendetwas zu erkennen. Mit der Taschenlampenfunktion ihres Handys leuchtete sie die Wand entlang. Im ersten Stock hinter ihr ging das Licht an. Der Himmel wurde heller, und sie hoffte, dass der Frühaufsteher den Schein der Lampe nicht wahrnahm.

Es dauerte nicht lange, da fand sie den dunklen Fleck. Er war auf der Höhe von etwa 1,40 Meter neben einem freien Platz, der mit einem Nummernschild gekennzeichnet war. Sie kannte die Nummer nicht, war sich aber sicher, wem sie gehörte: Dirk Kolbe. Sie fotografierte den Fleck und simste das Bild an KTU-Meyer.

»Was machen Sie da unten?«, rief jemand aus dem Fenster hinter ihr.

»Ich simse«, sagte sie und winkte nach oben. Sie rief die Leitstelle an und informierte die Kollegen über ihren Fund. Die Spurensicherung könne sich Zeit lassen und mit Meyer, wenn er in der Dienststelle einträfe, hierherkommen.

Der junge Mann aus dem zweiten Stock schien zufrieden mit ihrer Auskunft und war im Begriff, das Fenster zu schließen.

»Hey«, rief sie hoch. »Können Sie mich hier rauslassen?« Sie hatte keine Lust, noch einmal über das Tor zu steigen. Außerdem war sie nicht sicher, es ein zweites Mal zu schaffen.

Es dauerte eine Weile, bis er herunterkam und sie durch das Haus, das den Innenhof von der anderen Seite begrenzte, auf die Nebenstraße ließ. Sie überlegte, ob sie ihm ihren Ausweis zeigen sollte, damit er wisse, dass er recht gehandelt habe. Aber er schien ohnehin von ihrer Rechtschaffenheit überzeugt.

Sie schaffte es, nur drei Minuten zu spät und schweißnass in der Richard-Wagner-Straße einzutreffen. Jakob Besser stand an den Dienstwagen gelehnt.

»Du hast den Tatort gefunden?«, fragte er ehrlich überrascht, als sie ihm von ihrem spontanen Ausflug erzählte. Sie freute sich darüber, dass sie ihn schon so früh am Morgen verblüffen konnte. Gemeinsam gingen sie zu Fuß in die kleine Stichstraße zum Haus von Hanns-Martin Budde. »Du bist da auf gut Glück hingefahren?«

»Wer anders hätte Sven Budde einen Schlag mit solcher Wucht verpassen können als dieser Dirk Kolbe.« Ihr schien das von überzeugender Logik. Budde selbst hatte es nicht sein können. Zur vermuteten Tatzeit am frühen Nachmittag waren sie beide bei ihm im Büro. Aber Dirk Kolbe kam erst gegen vier, genau um die Zeit, dass er der Angreifer von Sven hätte gewesen sein können. Budde hatte nicht mit ihm gerechnet, das hatte seine Reaktion gezeigt. Es schien also nicht üblich, dass Kolbe vorbeikam. Es musste etwas Gravierendes geschehen sein, dass er unbedingt hatte mit ihm sprechen wollen. Wer anders also käme infrage außer Kolbe? Es müsste ja mit dem Teufel zugehen, wenn Sven Budde zufällig in der Zeit, in der seine engsten und einzigen Familienangehörigen in ein undurchsichtiges Geflecht von Verschwiegenheit, Totschlag und Brandstiftung verstrickt waren, mit irgendeinem anderen Menschen einen Konflikt gehabt hätte. Irgendjemand aus dieser Familie war verantwortlich.

»In dieser Familie scheint ja Gewalt dazuzugehören«, schloss sie ihre Überlegungen.

»Meinst du? Ich finde, Hanns-Martin Budde wirkt eher verhalten und hat etwas Sanftes«, meinte Jakob.

»Ein Mensch kann doch so gedrosselt sein, dass er mit einem Mal explodiert. Und dann reagiert er völlig unangemessen. Heftiger, als wenn er immer wieder ein wenig Dampf ablassen würde.«

Sie waren kurz vor dem Haus von Budde und Kolbe stehen geblieben. Aber Johanna erörterte ihre Gewalttheorie weiter: »Maja Budde sieht doch auch alles andere als gewalttätig aus in ihrer Blässe und ihrer Tablettenabhängigkeit, die sie eher dumpf erscheinen lassen. Doch ein Haus mit dem Vater anzustecken ist hochgradig gewalttätig.«

Sven Budde lag zwar mit einem Schädeltrauma im Krankenhaus und war ganz offensichtlich das Opfer einer Gewalttat. Aber es war keine zwei Tage her, dass er selbst sich in der Polizeiinspektion so gewalttätig gezeigt hatte, dass sie ihn kurzzeitig eingesperrt hatten.

»Bleibt als letztes Mitglied dieser Familie Dirk Kolbe. Der ist zwar nur angeheiratet, aber in diesem Fall gilt wohl: Gleich und gleich gesellt sich gern.«

Jakob grinste anerkennend über diese Volksweisheit und schaute auf die Uhr: »Wollen wir?« In einer guten halben Stunde würde die Sonne aufgehen.

Das Haus schien noch im Schlaf zu sein. Doch als sie vor der Haustür standen, bemerkten sie das Licht im Innern.

»Der frühe Vogel fängt den Wurm«, meinte sie und drückte den Klingelknopf.

Es war Hanns-Martin Budde, der ihnen öffnete. Er war bereits angezogen und sah übernächtigt aus. Er hatte keine Zeit, seine Überraschung und Furcht zu verbergen, als er ihrer ansichtig wurde.

»So früh?«, rang er sich ab. Aber er zeigte keine Empörung.

»Ist Herr Kolbe da?«, fragte Johanna.

Hanns-Martins Augen flackerten. Die Frage nach seinem Partner traf ihn so unvermittelt, dass er nicht antworten konnte. Er ließ sie wortlos eintreten und wies mit der Hand auf eine Tür. In der Küche saß Dirk Kolbe in einem kimonoähnlichen Bademantel am Küchentisch, mit einem Becher Kaffee in der Hand.

Jakob Besser trat an den Tisch und versperrte Hanns-Martin Budde für einen Moment die Sicht auf seinen Partner.

»Herr Kolbe, haben Sie gestern Sven Budde getroffen?«, fragte er.

Johanna war neben der Tür stehen geblieben, lehnte sich an die Wand und betrachtete Hanns-Martin Budde. Er stand rechts von ihr und hatte immer noch keinen Ton herausgebracht.

»Ja«, antwortete Kolbe unsicher.

»Wann?« Besser schaute über den Rand seiner Brille, was ihn ein bisschen nach Studienrat aussehen ließ, der seinen renitenten Schüler betrachtet.

»Irgendwann gegen drei oder halb vier. Was soll das?« Dirk Kolbe war aufgestanden.

Johanna betrachtete Hanns-Martin Budde, der reglos an der Küchenzeile lehnte und vor sich hinstarrte.

»Haben Sie ihn geschlagen?«, fragte Jakob Besser.

»Wie kommen Sie darauf?«, fragte nun Dirk irritiert. »Ich hab ihm nichts getan.« Er stellte seinen Kaffee auf den Tisch, ging zu Hanns-Martin und lehnte sich neben ihn.

»Ich komme darauf, weil Sven Budde mit einer Schädelfraktur im Krankenhaus liegt und sein Blut neben Ihrem Parkplatz bei Ihrem Geschäft an der Wand klebt«, beantwortete Johanna Kluge die Frage.

Hanns-Martin Budde wurde bleich und schaute Dirk an. Es schien, als weiche er ein wenig vor ihm zurück.

»Nein, ich hab es doch erzählt«, stieß Dirk aus. »Er ist auf sein Fahrrad gestiegen und weggefahren.« Er schaute Hanns-Martin flehend an. »Ich habe ihm nichts getan, wirklich.«

Hanns-Martin nickte und legte Dirk die Hand auf die Schulter. »Ich weiß«, sagte er, das erste Wort, seit sie in der Küche waren.

Er war sich absolut sicher, dass Dirk seinem Neffen nichts getan hatte, denn er kannte ihn und hätte es an dessen Verhalten gemerkt. Dirk war gestern im Gegenteil noch verärgert gewesen über Sven. Hätte er ihm etwas angetan, wäre Dirk nicht so arglos zu ihm gekommen. Doch diese beiden Kriminalbeamten konnten das nicht wissen, weil sie ihn nicht kannten. Hanns-Martin schob seinen Unterkiefer vor und erwiderte endlich Johannas Blick. Er würde sich zur Wehr setzen müssen. Dazu musste er nachdenken.

Als sie Dirk Kolbe seine Rechte verlasen und ihn aufforderten, zum Verhör mitzukommen, blieb Hanns-Martin Budde wie gelähmt. Er stand immer noch bewegungslos an der Stelle, an der er das Gespräch verfolgt hatte. Erst als die beiden mit Kolbe an der Küchentür standen und ihm bewusst wurde, dass sie ihn tatsächlich mitnahmen, meldete er sich zu Wort.

»Das sind doch absurde Unterstellungen, Frau Kluge.« An Dirk gewandt sagte er: »Bleib ganz ruhig. Ich schicke dir unseren Anwalt. Am besten, du sagst bis dahin zu allen Vorwürfen überhaupt nichts.« Er legte eine Entschiedenheit in seine Stimme, die Dirk helfen sollte. Es war aber er selbst, den er mit der dargelegten Entschlossenheit ermutigen wollte.

Johanna Kluge wendete sich ihm zu: »Schweigen ist nicht immer die beste Option, Herr Budde.«

Hanns-Martin Budde schob das Kinn vor.

»Sie werden bald reden müssen.«

Es klang, als bedaure sie ihn. Er biss die Zähne aufeinander, als sie mit einem selbstsicheren Lächeln die Haustür schloss.

21. KAPITEL

Maja Budde lag in einem Krankenbett, und nichts deutete darauf hin, dass es sich um ein Justizvollzugskrankenhaus handelte. Sie öffnete die Augen, als Johanna Kluge vorsichtig die Tür öffnete, und sah ihr entgegen.

»Wie geht es Ihnen, Frau Budde?« Sie nahm Maja Buddes Hand, ohne darauf zu warten, dass sie sie ihr entgegenstreckte. Die Kranke ließ sie gewähren, schloss aber die Augen.

Maja Budde will nicht sprechen, sie hat dieser Frau alles gesagt. Da ist es nicht leicht sich zusammenzuhalten. Da ist es besser, die Augen zu schließen und in sich selbst geborgen abzuwarten, ob die Welt sich nicht einfach verzieht und sie allein lässt. Sie will nichts weiter, als dass das Feuer in ihrem Kopf aufhört zu brennen. Immer wieder flackert das gelbe Licht der Flammen auf dem Boden ihrer Augen, und der Qualm brennt in ihrer Lunge.

Zuerst begreift sie gar nicht, was die Kommissarin ihr sagt. Sie hört ihre Worte und will nicht, dass es etwas mit ihr zu tun hat. Aber ihr Körper hat es wahrgenommen, ihre Eingeweide krampfen sich zusammen, es würgt sie. Sie schnappt nach Luft und hört, wie die Kommissarin zur Tür eilt und etwas ruft. Sie ringt nach Luft, glaubt, an sich selbst zu ersticken, und legt sich auf die Seite über die Kante des Bettes, aber sie kann sich nicht erbrechen.

»Frau Budde«, flüsterte Johanna Kluge aufgeregt und legte sanft die Hand auf den Rücken der Frau. Mit dieser heftigen Reaktion hatte sie nicht gerechnet. »Ihr Sohn ist doch außer Lebensgefahr!« Hilflos stand sie neben dem Bett und schaute auf die würgende Frau. Maja rang weiter um Luft, bis die Schwestern kamen und Johanna Kluge auf den Flur schickten.

Sie wanderte im Flur auf und ab und folgte endlich der Aufforderung der Schwester, im Dienstzimmer zu warten. Sie war sicher, dass sich Maja Budde besinnen und noch einmal mit ihr sprechen würde. Sie würde wissen wollen, was geschehen war, und vor allem würde ihr klar werden, dass Sven selbst zum Opfer geworden und nicht schuld am Tod ihres Vaters war.

Es dauerte eine halbe Stunde, bis Maja Budde sie zu sich bat. Sie nahm neben dem Bett auf einem Stuhl Platz und informierte Maja Budde über Svens Sturz und seine Operation. Sie versuchte, alles besonders unaufgeregt darzulegen, und verstieg sich sogar zu der Äußerung, dass Sven in den nächsten Tagen vernehmungsfähig sei, obwohl niemand von den Krankenhausärzten eine derartige Bemerkung gemacht hatte.

»Wer war das?«, fragte Maja Budde mit rauer Stimme.

»Wir haben ihren Schwager festgenommen«, sagte Johanna. Sie fürchtete eine erneute heftige Reaktion, aber Maja Budde schaute nur ungläubig, als müsste sie nachsinnen, wer das sei.

»Meinen Schwager?« Die blasse Frau schloss die Augen und kniff ihren Mund zusammen. »Und Sven geht es gut?«

Der unterschwellig hysterische Ton in der Stimme warnte Johanna. Mit einem langgezogenen summenden Ton, der in irgendeinem Wort wie »Gut« endete, versuchte sie, beschwichtigend auf Maja Budde einzuwirken. Es schien zu funktionieren. Die Frau lag ruhig auf dem Rücken, atmete gleichmäßig und hielt die Augen geschlossen. Johanna zog sich den Stuhl noch näher an das Bett und griff noch einmal nach der schmalen Hand auf der Bettdecke.

Eindringlich sagte sie: »Frau Budde, Sie haben doch Ihren Vater nicht erschlagen!«

Maja Budde bewegte unmerklich ihren Kopf von rechts nach links und flüsterte: »Nein.«

»Haben Sie gedacht, Ihr Sohn sei es gewesen?«

Maja Budde nickte. Mit einem Mal sog sie die Luft durch die Nase und setzte sich mit einer bemerkenswerten Kraft im Bett auf und begann zu erzählen, ohne Atempause. Es seien die Blumen gewesen. Wenn Sven ihr Blumen mitgebracht habe, habe es immer ihr Herz berührt. Er sei so ein lieber Junge, fast wie ein Mädchen.

Am Montag, als sie vom Einkaufen kam, war sie angespannt gewesen, weil sie so lange weg gewesen war und ihren Vater allein gelassen hatte. Angespannt, erschöpft und mutlos. Als sie dann die Blumen in ihrem Schlafzimmer sah, hatte sie mit einem Mal das Gefühl ergriffen, dass es sich doch so sehr lohnte zu leben. Ihr Sohn musste erst vor ein paar Minuten dagewesen sein. Dass er diese Blumen ausgerechnet an ihr Bett gestellt hatte, hatte sie so gerührt, dass sie sich mit einem Mal ganz krank fühlte. Sie hatte überlegt, ob sie sich einfach hinlegen sollte. Aber sie hatte sich selbst befohlen: Reiß dich doch zusammen. Genau mit diesen Worten. Es ist nicht richtig, dass mein Sohn sich wie eine Mutter um mich kümmert. Das ist doch verkehrte Welt. Und sie hatte sich gezwungen, zu ihrem Vater zu gehen und ihm die frische Wäsche ins Bad zu legen. Sie hatte in diesem verdreckten Bad gestanden und nicht gewusst, wo sie anfangen sollte. Mit einem Mal wurde sie gewahr, wie ruhig es im Haus war. Sie war in die Wohndiele gegangen, und die Stille im Haus hatte sie gefangen genommen. In dem Moment wusste sie, dass sie es niemals schaffen würde, ihren Vater zu beschützen, weil Töchter die Väter nicht retten können.

»Es war irgendwie endgültig.« Alles, was sie gemacht hatte und machte, war sinnlos und sie stand inmitten des Elends, das sich nie wieder ändern würde. Er war ihr entglitten, trotz all ihrer Liebe und ihrer Mühen. Er wollte sich lieber selbst zerstören, als sie ein bisschen zu lieben. Sein und ihr Leben lagen in diesem Haus regelrecht in Scherben.

»In Scherben!« Maja Budde schluchzte auf, und Johanna Kluge fürchtete, sie könnte erneut einen Anfall bekommen. Doch die kranke Frau legte die Hände vor das Gesicht und weinte.

Johanna wartete ab, bis die Frau nicht mehr schluchzte und ihr Gesicht aus den Händen hob. Denn sie musste noch eine wesentliche Frage klären: »Haben Sie die Tatwaffe beseitigt?«

»Nein.«

»Lag die Statue nicht neben ihm?«, insistierte Johanna.

»Nein, da lag nichts. Nur sein Whiskeyglas und drei leere Flaschen.«

»Aber Sie sagten, Sie haben es mit seinem Preis, der Skulptur getan. Wie sind Sie darauf gekommen?«

Maja Budde zog die Mundwinkel nach unten. »Mit was sonst hätte man es tun können?« Der verbitterte Zug machte sie alt. »Er hat sie mir immer wieder gezeigt. Er war wütend auf mich, weil er nicht mehr so stark war wie vor 30 Jahren.«

Johanna verstand. Es gibt Menschen, die erzählen die immer gleichen Geschichten, aus Zeiten ihrer Jugend, von Erlebnissen, in denen sie glänzten. Sie zeigen sie in ihrer Kraft und Souveränität, und sie erzählen sie bald in einem Wortlaut, der in festen Bahnen verlief. Ihre geronnenen Erinnerungen wurden zum frei vorgetragenen Märchen. Budde hatte auch erzählt, aber die Essenz seines Erfolges in der Vergangenheit war diese Skulptur. Und mit Blick auf die verlorene Zeit in seiner Hand kotzte er sich aus über seinen tiefen Absturz.

Johanna Kluge hatte genug erfahren, und es gab keinen Grund mehr, Maja Budde weiter in der Haft zu behalten. Sie hatte ihr Geständnis, was den Mord an ihrem Vater betraf, widerrufen. Die Brandstiftung räumte sie weiterhin ein.

»Warum haben Sie eigentlich das Haus in Brand gesetzt? Um den Tatort zu vernichten?«

Unsicher hob Maja Budde die Schultern und schob sich mit einer mädchenhaften Bewegung ihr Haar hinter die Ohren.

»Ich weiß es nicht. Es war alles – so unfassbar. Ich wollte es nicht mehr sehen.« Sie suchte nach Worten: »Wie mein Vater da so lag, habe ich gesehen, wie sehr ich versagt habe. Ich habe mich geschämt. Es sollte nicht mehr da sein.« Sie schloss die Augen.

Johanna Kluge würde Cora Schönhaus wegen der Freilassung von Maja Budde doch aus dem langen Wochenende holen müssen. Sie war jedoch im Zweifel, ob die Frau in diesem Zustand psychisch in der Lage wäre, ihren Alltag zu bewältigen.

»Frau Budde, es gibt im Moment keinen Grund mehr für Ihre Inhaftierung. Aber ich werde Ihnen eine Frau vom Sozialpsychologischen Dienst schicken.«

Vielleicht würde sie ja die Hilfe annehmen, die man ihr bot. Aber Johanna war sich nicht sicher und hatte das Gefühl, sie überließe die Frau einem ungewissen Schicksal, als sie sich von ihr verabschiedete.

»Vielleicht finden wir die Tatwaffe ja doch«, sprach Hauptkommissarin Johanna Kluge leise vor sich hin, während sie in den Krankenhausflur zurückging, obwohl sie sich keine große Hoffnungen machte.

Die Müdigkeit übermannte sie, als sie aus der Haftanstalt zurückfuhren. Jakob hatte brav und ohne einen Kommentar, dass er das als Lakai gern mache, im Dienstwagen gewartet, und in der Zwischenzeit aus einer Bäckerei belegte Brötchen geholt. Sie aß ein halbes mit Käse und schlief den Rest der einstündigen Fahrt von Lingen nach Osnabrück.

»Wir holen Hanns-Martin Budde gleich ab«, gähnte sie, als sie an der ersten roten Ampel am Stadtrand halten mussten. Dirk Kolbe hatten sie heute morgen um halb sieben in die Polizeiinspektion überstellt. Beate Klampe hatte die erste Vernehmung durchführen sollen. Es war kurz nach zehn.

»Bin ohnehin schon auf dem Weg dorthin«, sagte Jakob, und sie bemerkte, dass er bereits den Weg zum Westerberg eingeschlagen hatte.

22 KAPITEL

Seit sie Dirk abgeführt haben, läuft er durch das Haus. Er versucht nachzudenken und tigert von Raum zu Raum. Denn wenn er sich hinsetzt, haken sich seine Gedanken ineinander und machen ihn verrückt. Er dreht sich im Kreis und möchte schreien. Um sich zu beruhigen, greift er nach der Muranovase, die Dirk wegen ihrer Form so liebt, aber er ist versucht, sie zu Boden zu schleudern. Ein heißer Drang steigt in ihm auf. Er fühlt, dass er die Kontrolle verliert, und ihn ergreift Verzweiflung. Als er dagegen angeht und die Vase vorsichtig auf dem Tisch abstellen will, rutscht sie ihm aus der Hand und zerschellt auf dem Boden. Voller Wut tritt er gegen die Scherben, sie schlingern durch das Zimmer.

Warum konnte er Dirk nichts erzählen von dem, was ihn belastete? Der hätte ihn in den Arm genommen und getröstet. Nein, so wäre es nicht gewesen. Dirk hätte ihm zusätzliche Sorgen bereitet. Er steht auf und will ein Kehrblech holen.

Müde setzt er sich auf den Stuhl in der Küche, auf dem Dirk gesessen hat. Was hat ihm sein Schweigen gebracht? Jahrelang hat er nichts gesagt, hat sich zurückgehalten gegenüber dem Vater. Mit zusammengebissenen Zähnen hat er alle Beschuldigungen ertragen, weil er es leichter fand, nichts zu sagen, als eine Konfrontation auszuhalten. Er hat mit dieser Zurückhaltung nichts bewirkt. Im Gegenteil. Je schweigsamer er geworden war, desto zynischer hatte sein Vater bei seinen Besuchen mit ihm gesprochen. Denn sein Vater kannte ihn gut und wusste um seine Scheu vor der Auseinandersetzung. Nie hat er sich getraut, dem Vater zu widersprechen, den er schon als Kind so bewundert hat, weil der so erfolgreich war. Er würde das niemals schaffen.

Jetzt ist er tot, der Vater. Er hat nicht das Gefühl, dass es seine Schuld ist. Es waren der Alkohol und die Boshaftigkeit seines Vaters, der sich lieber in den Nebel verzog, als auch nur ein einziges Mal anzuerkennen, wie gut sein Sohn seine Sache doch macht. Sein Vater konnte seine Erfolge nicht anerkennen, weil er ihn als Person nicht sehen wollte. Da liegt die Schuld. Sein Vater hat das Unglück selbst herbeigeführt.

An diesem verfluchten Nachmittag war er unangekündigt zu ihm gefahren. Maja war nicht da. Sie war ja nie da, wenn er kam. Er hatte sogar noch in der Garage nachgeschaut, ob ihr Wagen dort sei, weil sie sich oft versteckte, wenn er seine sinnlosen Besuche machte. Sie verkroch sich, weil sie ihm nicht ins Gesicht sehen konnte. Aus lauter Feigheit, geboren aus schlechtem Gewissen, weil sie sich die Liebe des Vaters erschlichen hatte. Sie hatte den Vater zu sich gelockt, und der hatte ihr alles gegeben, auch das, was ihm zustand – die Firma, das Geld, die Liebe.

Am Montag endlich hatte er sich getraut und sich auf den Weg zu seinem Vater gemacht, obwohl er wusste, dass es zu spät war, und ihm die Angst und die Scheu vor einer weiteren Begegnung die Glieder und Muskeln verkrampften. Er stand vor dem Vater und bat ihn, ihm die Firma zu überschreiben. »Papa, bitte«, hatte er gesagt, und sich sogar neben ihn auf das Sofa gesetzt. Hätte der Vater wie so oft von seinen frühen Erfolgen erzählt, hätte er geschwiegen und den schweren Gang über den Hof zu Maja angetreten. Er hatte sie ja bereits schriftlich um ein Gespräch gebeten. Dann hätte er sie gefragt, ob sie als Geschwister nicht das tun sollten, was der Vater verhinderte – sich nämlich miteinander verständigen.

Sein Vater aber erzählte nichts. Er hatte die Worte wohl verstanden, die zaghafte Bitte aber nicht gehört. Vielmehr, da war sich Hanns-Martin sicher, hatte der flehende Ton seinem Vater endgültig alle Macht über ihn gegeben. Der schien überhaupt nicht mehr betrunken, sondern ganz wach, und seine Stimme klang stark.

»Damit du machen kannst, was du willst?«

Mit großer Geste lehnte er sich in das Sofa, einen Arm über die Rückenlehne, und seine gespreizten Beine nahmen auch den Platz neben sich ein. Hanns-Martin musste aufstehen.

»Nein, mein Sohn.« Er sah lauernd zu ihm hoch und lächelte schmal.

Da erkannte Hanns-Martin, dass sein Vater es genoss, ihn, seinen Sohn leiden zu sehen. Er wich zurück und stand mit dem Rücken am Regal. Ein unermesslicher Zorn sprengte sich durch seine Schläfen, und mit einem Mal hatte er die Skulptur in der Hand. Sein Körper geriet in Rage, er zitterte und es war, als würde seine Haut bersten vor Zorn. Er schlug nur einmal zu.

Es ist passiert. Hanns-Martin schießt die größte Scherbe der Muranovase gegen die Wand, sie prallt zurück, und er ergreift sie voller Wut über die ausweglose Lage, in die er sich gebracht hat. Das Blut tropft von seiner Hand auf den Boden. Er betrachtet das Muster auf den Fliesen und wundert sich, dass der Schnitt ihm nicht weh tut. Dann setzt der Schmerz urplötzlich ein, und die Zornestränen steigen in ihm auf. Über dem Waschbecken im Badezimmer verbindet er sich die Hand.

Warum nur hatte sich Dirk von diesem miesen kleinen Erbschleicher provozieren lassen? Es hatte sich doch so gut angelassen mit dem Geständnis von Maja, der Verrückten. Sein Schweigen gegenüber Dirk hatte alles nur schlimmer gemacht. Dirk hatte doch nur seine Wut an Sven ausgelassen, weil er sich für ihn stark machen wollte.

Hätte er die Zeichen erkannt, wäre er am Montag nicht zu seinem Vater gefahren, und nichts wäre geschehen. Es hatte sich an diesem Tag eigentlich alles gegen ihn verschworen.

Weil er keine Kraft mehr hatte, auf die Antwort von Maja zu warten, hatte er sich entschieden, endlich, mit seinem Vater zu sprechen. Als auf der Fahrt von der Firma die Kontrollleuchte für den Airbag aufleuchtete, hätte er sofort zur Werkstatt fahren sollen. Aber er war wie besessen, machte telefonisch einen Termin und fuhr nach Hause, um Dirks Wagen zu nehmen, der wie immer mit dem Fahrrad im Geschäft war. Seinen eigenen Wagen wollte er nach seiner Rückkehr auf dem Weg zur IHK in der Werkstatt vorbeibringen. Aber nur eine Dreiviertelstunde später, als er das Haus seines Vaters verließ, war das Unglück geschehen, und er konnte nichts mehr daran ändern.

Hanns-Martin Budde versucht, sich im Spiegel wiederzuerkennen. Sein Spiegelbild ist düster. So bin ich also auch, staunt er. Warum war er nicht schon vor Jahren so klarsichtig? Warum hat er seine Widerstandskraft nicht erprobt, bevor es zu spät war. Vielleicht wäre er dann Herr seiner selbst geblieben.

*

Sie mussten nicht klingeln. Hanns-Martin Budde öffnete ihnen die Wohnungstür, eine Jacke über dem Arm. Seine rechte Hand war verbunden, und er folgte ihnen wortlos. Er strahlte eine gewisse Entschlossenheit aus, die es ihnen nicht leicht machen würde, ihn zu einem Geständnis zu bewegen, befürchtete Johanna Kluge.

»Warum sollte ich meinen Vater töten?«, entgegnete er kühl, als sie ihn mit den Vorwürfen konfrontierte. »Es wäre doch nur mein Schaden.« Er würde doch nichts vom Vermögen seines Vaters erben. Schließlich sei Maja die alleinige Erbin. Wenn das Erbe sein alleiniger Beweggrund gewesen wäre, hätte er eine große Dummheit begangen. Er habe also überhaupt kein Motiv.

»Wenn Sie es so betrachten, war es eine Dummheit. Aber Menschen in Wut handeln nicht vernünftig.« Johanna Kluge war müde und ärgerlich, dass sich die Vernehmung hinzog. Sie wollte nach Hause, schlafen und danach wieder wach und fit sein.

Hanns-Martin Budde blieb dabei, dass er nicht nur kein Motiv, sondern auch keine Möglichkeit gehabt habe, aufs Land und wieder zurück zu fahren. Sie könnten ihm nicht nachweisen, dass er dort gewesen sei. Ein Motiv hingegen habe seine Schwester, und das ja sogar schon gestanden, ob sie das nun zurückgenommen habe oder nicht. »Warum sollte sie sonst unseren Vater verbrennen?«

Seine Worte klangen hart. Er schob das Kinn vor, und Johannas Müdigkeit war durch ihren Ärger wie weggeblasen. »Sie wurden gesehen, wie Sie mit dem Wagen Ihres Partners gefahren sind.«

Hanns-Martin Budde zuckte mit den Schultern. »Sagt das mein Neffe?« Der sei selbst am Tatort gewesen. »Was ist das für ein Zeuge?« Hanns-Martin presste die Kiefer zusammen. Nein, er sei nicht mit dem Wagen seines Partners gefahren.

»Sie wissen als Ingenieur, dass wir feststellen können, wo der Wagen war.« Sie sah ihn aufmunternd an.

Sie erklärte ihm kurz, was ihr KTU-Meyer kurz vor dem Verhör dargelegt hatte. Dass es nämlich ein Leichtes sei, mit der Bordsoftware den Aufenthaltsort des Wagens aufzuzeichnen. Natürlich leugneten die Autohersteller diese Möglichkeit vehement. Aber bei den verschiedenen ungesicherten Schnittstellen in den modernen Autos sei viel mehr möglich, als die Hersteller zugaben. Wenn heute bereits an der car2car-Kommunikation und am selbstfahrenden Auto gebastelt werde, sei es ein Kinderspiel, irgendwelche Daten abzuzapfen, die nötig seien. »Denken Sie nur an die eCall-Technik und Positionsdaten. Nur weil der Datenschutz was dagegen hat, hat sich noch kein Hersteller verunsichern lassen«, hatte KTU-

Meyer ihr hinterhergerufen, als sie schon die Türklinke zum Verhörraum in der Hand hatte.

Hanns-Martin Budde nickte schwach: »Ach, Frau Kluge«, sprach er Johanna mit einem Mal an, und sie hatte das Gefühl, dass die Verbindung, die sie bei ihrem ersten Besuch in der Firma zu ihm gespürt hatte, wieder da war. »Eigentlich habe ich meinen Vater geliebt.«

Es war nicht die vage Möglichkeit, dass sie ihm die Fahrt zu seinem Vater nachweisen konnte, die ihn zum Sprechen brachte. Er war erschöpft, und mit jedem Wort, das er sagte, fühlte er sich freier.

»Was ist mit meinem Partner?«, fragte er sie.

Johanna Kluge konnte ihm keine beruhigende Auskunft geben: »Er wird eine Anklage wegen Körperverletzung bekommen. Wir wissen noch nicht genau, wie es Ihrem Neffen geht.«

Die Folgen, die das haben könnte, konnte er in diesem Moment noch nicht einschätzen, denn er war mit seinen Gedanken woanders: »Wissen Sie, Frau Kluge, das Schwerste in den Jahren war mit anzusehen, wie mein Vater durch den Alkohol zum Wrack wurde, zu einem Ungeheuer, das mir Angst machte, und immer weniger der war, den ich einmal bewundert habe.«

Sie ließ ihm Zeit, das, was er da eben offenbart hatte, selbst zu verdauen, bevor sie ihm eine Frage stellte, die sie schon während der gesamten Ermittlungen bewegt hatte: »Warum ist Ihr Vater eigentlich, nachdem er sich nach knapp zwei Jahren fast gänzlich von den Folgen des Schlaganfalls erholt hatte, nicht in die Firma zurückgekommen?«

Hanns-Martin Budde begann, schon während sie die Frage stellte, zustimmend zu nicken: »Das habe ich mich auch immer gefragt.«

Er zuckte mit den Schultern und machte Anstalten aufzustehen, ließ es aber, als sie ihm mit einer leichten Neigung des Kopfes bedeutete, sitzen zu bleiben.

»Ich denke, im Grunde hat er gewusst, dass er das nicht mehr konnte. Er war ja nicht dumm«, sagte er.

Sie stimmte ihm zu. »Er hat also gewusst, dass Sie der Richtige waren, um die Geschäfte zu führen.«

»Wahrscheinlich.« Hanns-Martin Budde senkte die Stimme: »Aber er hat es mir eben nie gesagt.«

23. KAPITEL

»Dass wir drei mal zusammen essen gehen!«

Cora Schönhaus hatte Johanna Kluge und Jakob Besser eingeladen, um den Abschluss des Falls zu feiern. Sie saßen in einem Restaurant in Bad Iburg am Fuß des Schlosses in einem Barockhaus inmitten eines großen Gartens. Die Hortensien trugen die letzten Blüten, und sie fühlten sich ein wenig aus der Zeit gefallen. Die Besitzerin, eine attraktive, dunkelhaarige Frau Ende 50, begrüßte Cora Schönhaus und servierte ihnen die Vorspeise, eine Gemüsepastete mit Salat. Cora Schönhaus sah ihr anerkennend hinterher.

»Es gibt wenig Lokale, in denen man auf solchem Niveau mittags ein Essen bekommt – ein bisschen wie in Frankreich«, sagte sie und hob ihr Glas: »Zum Wohl!«

Selbst Jakob nippte am Rotwein, obwohl er fahren musste.

»Nicht, dass Sie mir zum Trinker werden, Herr Besser.«

Jakob Besser hob seine rechte Augenbraue und gab zu verstehen, dass nichts im Leben unmöglich war: »Sie halten mich wohl beide für einen asketischen Langweiler«, seufzte er und stellte sein Glas wieder hin.

»Auf keinen Fall, Herr Besser. Übrigens habe ich gehört, Sie promovieren?« Dieses Mal hob Cora Schönhaus die Braue und schaute ihn über die Brille hinweg an

Johanna hob abwehrend die Hände. Sie hatte mit dieser Information der Staatsanwältin nichts zu tun.

»Keine Sorge, hier hat niemand geplaudert. Meine Lebensgefährtin sitzt mit Ihnen im Kolloquium von Professor Brusenkamp.«

Und bevor Jakob im Geist die Personen durchgehen konnte, die infrage kamen, klärte sie ihn auf: »Sie sieht genauso aus wie ich. Nur dunkelhaarig, viel kleiner und ein bisschen schlanker.«

Cora Schönhaus war ausgesprochen guter Laune, obwohl ihr Turnier wegen eines Todesfalls hatte abgesagt werden müssen. Sie hatte die Gelegenheit beim Schopf ergriffen und folgte nun ihrer zweitliebsten Freizeitbeschäftigung.

»Nein, ich esse nicht nur, ich liebe das gute Leben. Das ist es.« Sie sah erwartungsvoll über die Schulter zu einer schmalen Frau Anfang 50 mit kinnlangem grauem Haar, die ihnen den Hauptgang brachte. Und während sie die Chicoréeröllchen aßen, erörterte die pragmatische Staatsanwältin den Fall von der juristischen Seite.

»Wissen Sie, im Grunde verstehe ich die ganze Problematik nicht, in die sich Budde junior verstrickt hat. Er hätte doch einfach das Testament anfechten können. So mir nichts, dir nichts ist eine Enterbung nicht möglich. Vor allem nicht, wenn der Sohn seit Jahr und Tag als Geschäftsführer arbeitet. Er hätte zumindest den Pflichtteil bekommen.«

Johanna nickte, das hatten sie schon einige Male besprochen. Doch Cora Schönhaus war für subtile Beweggründe weniger zu haben. Sie fand das Verhalten von Hanns-Martin Budde hochgradig kindisch. Irgendwann in den letzten acht Jahren hätte er in einem Gespräch unter Männern, »und wenn das nicht geklappt hätte, in Begleitung eines Rechtsanwalts«, die Sache mit dem Vater klären können.

»Gerade das aber konnte er nicht, weil es ihm darum im Grunde nicht ging.« Auch darüber hatten sie mehrfach geredet. Cora Schönhaus jedoch ging es um die Sachebene, und sie forderte, alle Welt habe sich entsprechend sachlich zu verhalten.

»Zudem hatte Hanns-Martin Budde das Patent für den Motor auf seinen Namen angemeldet«, sagte Jakob und reckte ein wenig stolz die Nase hoch. Das hatte er erst gestern Abend bei seinen weiteren Recherchen über die Firma BudSol herausbekommen. »Er hätte ohne Weiteres das lukrative Geschäft mit den Motoren in einer ausgelagerten Firma auf seinen Namen weiterlaufen lassen können.«

Johanna erschreckte diese Information. Wie enttäuscht musste dieser Mann gewesen sein. Schließlich war er nicht dumm, und sie war überzeugt davon, dass er über diese rechtlichen Möglichkeiten Bescheid gewusst hatte. »Umso mehr liegt doch sein Motiv in der unglaublichen Missachtung, die sein Vater ihm entgegengebracht hat«, beharrte sie deshalb. »Übrigens lassen wir nächste Woche im Kanal nach der Statue tauchen.« Hanns-Martin Budde hatte ihr die genaue Stelle genannt, an der er sie am nächsten Morgen auf dem Weg zur Firma versenkt hatte.

Als ihr Handy in der Jackentasche lautlos zuckte, fürchtete sie zu erröten und wollte aufstehen, um die SMS von JvdB, wie sie vermutete, zu lesen.

»Bleiben Sie ruhig hier. Sie sind ja im Dienst«, forderte die aufmerksame Cora sie auf und grinste sie an, »sozusagen.«

Ein wenig verschämt zog Johanna ihr Smartphone aus der Tasche und legte es auf ihr Knie. Die SMS war von ihrem Sohn Stefan: *komme 3 tage, 21.14 hbf, LG S.* Johanna rollte innerlich mit den Augen, steckte das Handy wieder in die Tasche und signalisierte mit einem Lächeln, dass sie wieder präsent sei.

»Es sind doch immer die Beziehungen, die das Leben lebenswert machen.« Sie lächelte versonnen. »Aber es gibt auch Beziehungen, die das Leben unerträglich machen können.«

Sie versuchte, das Problem, das die überraschende Ankunft ihres Sohnes ihrem jungen Liebesleben bereitete, für einen Moment beiseite zu schieben, und referierte über Familienbeziehungen: »Für die Persönlichkeitsentwicklung und die

Lebensgestaltung sind doch die horizontalen Beziehungen, also die Beziehungen der Kinder untereinander, wichtig. Ihr individuelles Verhältnis zu den Eltern wird dadurch bestimmt. Maja und Hanns-Martin, unsere beiden Geschwister, waren sich doch im Grunde fremd. Sie kannten sich kaum. Fünf Jahre Altersunterschied ist eine Ewigkeit, wenn man klein ist. Beide haben auf tragische Weise um die Zuwendung ihres Vaters gebuhlt.«

Jakob schaute über seinen Brillenrand: »Tragisch – also nicht böse?«

Johanna zuckte mit den Schultern.

»Wir haben also Mitleid mit den Tätern und fürchten uns gleichzeitig vor ihnen?« Jakob schaute die beiden Frauen forsch an, weil sie erwarteten, dass er die Sache weiter ausführen wollte. Jakob nutzte aber die Chance zur Belehrung nicht.

»Was meinen denn Sie, Herr Besser?«, fragte Cora Schönhaus und goss sich den Rest des Rotweins ins Glas. »Wer war denn in unserem Fall der Böse?«

»Sehen Sie, Frau Schönhaus, genauso kompliziert, wie diese Frage zu beantworten ist, gestalten sich meine Überlegungen.« Er griff zum Wasser, sein Anstoßen vorhin war lediglich ein symbolischer Akt gewesen. »Alle Beteiligten hätte sich meiner Meinung nach an jeder Stelle anders verhalten können. Auch in Familienverhältnissen hat man die Wahl und kann über seine Handlungen entscheiden.«

Cora Schönhaus nickte, dieses Argument konnte sie gelten lassen.

»Der Grat ist schmal, ob man Opfer oder Täter wird«, meinte Jakob.

»Aber genau das meine ich ja auch«, meldete sich Johanna wieder. Sie dachte an das gestrige Verhör und das Eingeständnis des Mannes, der nach der Tat dem toten Vater die Augen geschlossen hatte. »Hanns-Martin Budde hätte seinem Vater auch zu Füßen fallen können, er hätte ohne ein Wort gehen können – er hätte, hätte … und nichts von allem wäre geschehen. Aber er hat es nicht. Wir sind nicht immer in der Lage, uns zwischen richtig und falsch zu entscheiden«, fasste sie ihren Zweifel zusammen. »Manchmal ist es einfach Zufall, was geschieht, eine Verkettung der Umstände.«

Jakob staunte über ihre langen Ausführungen: »Komm doch mit ins Kolloquium.«

»Das nenne ich doch mal eine gepflegte Konversation.« Cora Schönhaus hob ihr Glas und wollte anstoßen, doch Johannas Glas war leer. Jakob hob sein Wasserglas.

Johanna lachte und setzte ein beiläufiges Gesicht auf: »Jakob, du bist doch nicht böse, wenn ich dich um etwas bitte?«

Er schaute misstrauisch.

»Hast du ein Gästezimmer?« Sie klimperte mit den Augenlidern.

»Ja«, sagte er eher fragend.

»Dann schicke ich dir Stefan. Er kommt für drei Tage.«

»Er will *dich* besuchen«, sagte Jakob in strengem Ton.

»Ja, aber ich kann Besuch im Moment nicht brauchen.« Johanna löffelte sich dreimal Zucker in ihren Espresso: »Jedenfalls nicht den meines Sohnes. Ich möchte jetzt auch einmal das Leben genießen.«

ENDE

ULRIKE KRONECK
Grundlos

978-3-8392-1429-9 (Paperback)
978-3-8392-4171-4 (pdf)
978-3-8392-4170-7 (epub)

»Ein psychologisch raffinierter Krimi mit zwei Ermittlern, die das Banale des Bösen kennen und den Dingen mit gesundem Menschenverstand und geistreichem Scharfblick auf den Grund gehen.«

Die verweste Leiche eines jungen Mannes führt Johanna Kluge und Jakob Besser von der Osnabrücker Polizeiinspektion in die niedersächsische Provinz, mitten in die Machenschaften von skrupellosen Drückerbanden.

Auch Lena Salmann bringt eine zufällige Beobachtung auf einem abgelegenen Autobahnparkplatz in Berührung mit dem alltäglichen Bösen. Ein altes Trauma bricht wieder auf. Das führt fast zwangsläufig zu einem weiteren Mord. Kluge und Besser stehen vor einem Rätsel.

Das Neueste aus der Gmeiner-Bibliothek

Unser Lesermagazin

Bestellen Sie das kostenlose Krimi-Journal in Ihrer Buchhandlung oder unter www.gmeiner-verlag.de

Informieren Sie sich …

www … auf unserer Homepage:
www.gmeiner-verlag.de

@ … über unseren Newsletter:
Melden Sie sich für unseren Newsletter an unter www.gmeiner-verlag.de/newsletter

f … werden Sie Fan auf Facebook:
www.facebook.com/gmeiner.verlag

Mitmachen und gewinnen!

Schicken Sie uns Ihre Meinung zu unseren Büchern per Mail an gewinnspiel@gmeiner-verlag.de und nehmen Sie automatisch an unserem Jahresgewinnspiel mit »mörderisch guten« Preisen teil!